Colecție coordonată de
DENISA COMĂNESCU

YŌKO OGAWA

POLIȚIA MEMORIEI

Traducere din japoneză de
RALUCA NICOLAE

HUMANITAS
fiction

Redactor: Raluca Popescu
Coperta: Angela Rotaru
Tehnoredactor: Manuela Măxineanu
Corector: Marilena Vasile
DTP: Florina Vasiliu, Veronica Dinu

Tipărit la Livco Design

Descrierea CIP a Bibliotecii Naționale a României
OGAWA, YŌKO
Poliția Memoriei / Yōko Ogawa; trad. din japoneză
de Raluca Nicolae. – București: Humanitas Fiction, 2021
ISBN 978-606-779-859-3
I. Nicolae, Raluca (trad.)
821.521

EDITURA HUMANITAS FICTION
Piața Presei Libere 1, 013701 București, România
tel. 021.408.83.50, fax 021.408.83.51
www.humanitas.ro

Comenzi online: www.libhumanitas.ro
Comenzi prin e-mail: vanzari@libhumanitas.ro
Comenzi telefonice: 0723.684.194

Capitolul 1

Uneori stăteam să mă gândesc care să fi fost primul obiect care a dispărut.

— Cu mult înainte ca tu să fi venit pe lume, pe insula noastră se găseau o sumedenie de lucruri nemaipomenite. Unele străvezii, altele răspândind arome îmbietoare, altele fluturând în bătaia vântului sau strălucind în fel și chip – minunății cum nici cu gândul nu gândești.

Aceasta era una dintre istorisirile pe care mama mi le spunea adesea când eram mică.

— Din păcate, și mă doare inima să ți-o spun, oamenii nu le mai țin minte. Sunt nevoiți să le uite, rând pe rând. În curând o să-ți vină și ție rândul să dai ceva uitării.

— Și asta-i rău? o întrebasem, înfiorându-mă de neliniște.

— Nu, fii pe pace! Nu-i nimic dureros. O să se petreacă pe nesimțite, într-o dimineață, când nici nu te-ai sculat bine din pat. O să rămâi nemișcată, cu ochii închiși, cu urechile ciulite să surprinzi tresărirea din aerul dimineții, presimțind că, pe undeva, ceva s-a schimbat, că nimic nu mai era ca înainte. Și așa vei ști că ai pierdut ceva, că pe insulă s-a mai produs o dispariție.

Mama îmi vorbea astfel numai și numai în atelierul ei din pivniță, o încăpere prăfuită, cu podeaua zgrunțuroasă, de aproape douăzeci de *tatami*[1]. Cum partea de nord a atelierului dădea spre râu, în urechi îmi răsuna încontinuu susurul apei. Eu stăteam pe taburetul pregătit anume pentru mine, iar ea depăna povești de demult cu glas scăzut, ascunțindu-și dalta sau șlefuind un bloc de piatră – mama fusese sculptoriță.

— După ce un lucru dispărea, insula era în mare fierbere. Oamenii se adunau pâlcuri-pâlcuri pe străzi să discute, să se consoleze reciproc, pentru că unii deveneau nostalgici sau se lăsau doborâți de singurătate. Când un obiect era declarat dispărut, lumea trebuia să-l ardă, să-l îngroape sau să-l arunce în râu. Tevatura se termina în două-trei zile și fiecare se grăbea să se întoarcă la treburile sale. Nimeni nu mai era în stare să-și aducă aminte ce dispăruse. Totul revenise la normal.

Mama se oprise din treabă ca să mă ducă în spatele scărilor, unde se afla o comodă veche, cu multe sertare.

— Hai, deschide-l pe care vrei.

Îmi trebuiseră câteva minute să studiez mânerele ovale, pline de rugină, încercând să mă decid pe care sertar să-l aleg.

Mereu șovăiam când știam că înăuntru urma să dau peste o grămadă de mărunțișuri fascinante. În acest colțișor tainic mama ascundea lucrurile care dispăruseră de pe insulă.

Când în sfârșit mă hotăram să trag de unul dintre mânere, mama îmi zâmbea de fiecare dată.

— Acesta a dispărut când aveam șapte ani, îmi zicea ea, luând obiectul în căușul palmei. Se numește „panglică“. Se punea în păr sau se cosea pe rochie.

---

1. Mărimea unui rogojini de *tatami* este de aproximativ 1,8 × 0,9 m. (N. tr.)

— Acesta-i un clopoțel. Scutură-l puțin. Nu-i așa că scoate un clinchet delicat?

— Ai făcut o alegere inspirată! Aici se găsește unul dintre lucrurile nespus de dragi mie, un smarald – amintire de la bunica. Smaraldele sunt pietre prețioase. Pe vremuri din ele se făceau niște bijuterii superbe, foarte apreciate pe insulă, însă în zilele noastre frumusețea lor a fost dată uitării.

— Obiectul acesta mic și subțire se numește „timbru" și era cândva foarte important. Când aveai de trimis un mesaj, îl scriai pe o bucată de hârtie și apoi lipeai „timbrul" pe scrisoare. Iar aceasta ajungea în orice colț al lumii. Ce vremuri!...

Panglică, *clopoțel*, *smarald*, *timbru*... Cuvintele care-i ieșeau de pe buze mă înfiorau precum numele fetițelor din țări îndepărtate sau denumirile unor specii rare de plante. Ascultându-i poveștile, îmi plăcea la nebunie să-mi închipui cum era când toate aceste lucruri își aveau încă locul lor pe insulă.

Exercițiul acesta de imaginație nu-mi venea tocmai la îndemână. Obiectele păreau că mi se chircesc în palmă, încremenite ca niște animăluțe în hibernare, cu viața de-abia mai pâlpâind în ele. De cele mai multe ori mă tulburau de parcă aș fi vrut să modelez din lut norii de pe cer. Îndată ce mă aflam în fața sertarelor secrete, mă străduiam să-mi întipăresc în minte fiecare cuvințel al mamei.

Cel mai mult mă fascina povestea „parfumului" – un lichid transparent, pus într-un recipient de sticlă. Prima dată când mama îmi dăduse să țin sticluța de parfum crezusem că în ea era apă cu zahăr și fusesem cât pe ce s-o duc la buze.

— Vezi că nu-i de băut, mă prevenise impacientată mama, izbucnind în râs. Uite, e de ajuns să-ți pui o picătură pe gât.

Mama dusese după ureche sticluța și turnase cu băgare de seamă din ea.

— De ce faci asta?

Gestul ei n-avea nici un sens.

— Parfumul nu se vede, dar chiar dacă-i invizibil, îl poți închide într-un vas ca acesta.

Am măsurat din priviri sticluța.

— Parfumul are un miros irezistibil. În tinerețe mă dădeam cu el înainte de o întâlnire. Alegerea parfumului și a rochiei erau deosebit de importante pentru că băiatului de care erai îndrăgostită trebuia musai să-i placă amândouă. Uite, acesta-i parfumul cu care mă dădeam pe vremea când tatăl tău îmi făcea curte. Ne întâlneam într-o grădină de trandafiri de pe dealul din sudul orașului și mă făcusem luntre și punte să găsesc un parfum care să nu fie mai prejos ca mireasma florilor. Odată, când vântul mi-a ciufulit părul, m-am surprins aruncându-i priviri furișe, dornică să aflu dacă îmi simțise parfumul.

Mama era în mare vervă când vorbea de parfum.

— Toată lumea era încântată să miroasă un parfum bun. Acum nu se mai vinde nicăieri și nimeni nu mai visează la mirosul lui îmbătător. A dispărut în toamna anului în care m-am căsătorit cu tatăl tău. Ne-am strâns cu toții pe malul râului, am deschis sticluțele și le-am turnat conținutul în râu. Câteva fete, mai nostalgice, și-au mai dus o dată parfumul la nas. Însă nimeni nu-i mai simțea mirosul. Până și amintirile legate de el au dispărut. Și așa parfumul a ajuns un lucru de prisos, fără nici o valoare. Două zile râul a duhnit de te lua cu leșin. O parte din pești au murit. Dar nimeni nu s-a sinchisit. Ideea de „parfum“ le ieșise cu totul din cap oamenilor.

Privirea mamei era de o tristețe copleșitoare.

— Ei, cum ți se pare? mă întrebase, după ce m-a luat în poală și m-a lăsat să-i miros gâtul.

Habar n-aveam ce să-i răspund. De mirosit, mirosea a ceva... Însă nu era nici aroma de pâine prăjită, nici izul înțepător de dezinfectant de piscină. Numai că, oricât mi-aș fi stors creierii, nu-mi venea nimic în minte.

Mama a tot așteptat, dar, cum rămăsesem tăcută, a oftat ușor.

— Lasă... Știu că pentru tine nu-s decât câțiva stropi de apă. Oamenii își amintesc cu greu de lucrurile dispărute de pe insulă, îmi zisese, punând sticluța la loc, în sertar.

Când ceasul de pe stâlpul atelierului a bătut ora nouă, m-am dus la culcare în camera mea. Mama și-a văzut de ale ei, meșterind cu ciocanul și dalta, vegheată de luna ale cărei raze se cerneau prin fereastră.

Când a venit să-mi ureze noapte bună, mi-am luat inima în dinți și am întrebat-o:

— Mami, cum se face că-ți amintești de toate lucrurile dispărute? Cum de mai poți mirosi parfumul când toată lumea l-a dat uitării?

Rămăsese cu privirea pierdută pe fereastră, la secera lunii, apoi își scuturase praful de pe șorț și îmi spusese cu o voce gâtuită.

— Pentru că mereu mă gândesc la ele.

— Nu pricep. Cum de ești singura care nu și-a pierdut amintirile? Îți amintești absolut orice? Tot timpul?

Și-a plecat privirea în jos, îndurerată parcă. Eu am sărutat-o pe obraz, să-i alung tristețea.

Capitolul 2

Mama a murit, după care a urmat tata și așa am rămas singură în casă. Acum doi ani, bătrâna care avusese grijă de mine când eram mică s-a prăpădit și ea, de inimă.

Se pare că mai aveam câțiva veri care locuiau într-un sătuc de la gurile râului, undeva în nord, dincolo de munți. Oricum, nu i-am cunoscut, și nu m-a bătut niciodată gândul să-i vizitez, cu atât mai mult cu cât nimeni nu se încumeta să treacă munții. Hărțile dispăruseră de o veșnicie, așa că nu se știa ce formă are insula sau ce se află în cealaltă parte a ei...

Tatăl meu fusese ornitolog. Lucrase la un observator situat pe vârful dealului din sudul insulei. Stătea acolo trei luni pe an, strângând date, făcând fotografii și așteptând puii să eclozeze.

Îmi plăcea la nebunie să-l vizitez, sub pretextul că-i aduceam pachețelul cu masa de prânz. Tinerii cercetători mă îndrăgiseră și mă îndopau constant cu fursecuri și ciocolată caldă.

Eu mă ghemuiam în brațele tatei și mă uitam la păsări cu binoclul. Forma ciocului, culoarea penajului din jurul ochilor, felul în care își deschideau aripile – nimic nu-i scăpa ochiului său vigilent, de cercetător. Cum binoclul era destul de greu pentru un copil și brațele îmi oboseau repede, tata își strecura binișor mâna pe dedesubt, să mai susțină din greutate.

Stăteam cu obrazul lipit de-al lui, privind păsările, dar ardeam de nerăbdare să-l întreb de lucrurile ascunse în comoda veche din atelier.

Însă, când să apuc să deschid gura, îmi revenea în minte profilul trist al mamei, uitându-se pe fereastră la secera lunii, și îmi înghițeam repede cuvintele.

— Mănâncă pachețelul până nu se strică mâncarea! mă pomeneam eu că-l dădăcesc, imitând-o pe mama.

La plecare, tata mă conducea la autobuz. În drum spre stație era un loc unde zburătoarele veneau să se hrănească, iar eu mă opream și fărâmițam din biscuiții primiți în dar.

— Când vii acasă? îl întrebam.

— Sâmbătă seară, cred, îmi răspundea blând, foindu-se de pe un picior pe altul. Transmite-i salutări mamei!

Apoi îmi făcea atât de tare cu mâna, că mai-mai să-i sară creionul roșu din mână – sau busola, markerul, rigla, penseta, sau orice altceva se nimerea să aibă prin buzunare.

*

Mare noroc că păsările au dispărut după ce a murit tata! Mulți se reprofilau repede după ce era declarată o dispariție – nu și tata. El nu știa altceva decât să catalogheze păsările...

De pildă, pălărierul de peste drum începuse să confecționeze umbrele. Soțul bătrânei care m-a crescut, fost mecanic pe feribot, s-a făcut paznic la un depozit. O fată ceva mai mare ca mine s-a trezit peste noapte moașă, după ce înainte fusese coafeză. Chiar dacă noua slujbă era mai prost plătită, nimeni nu se plângea și nu se perpelea de dorul fostului serviciu. Bineînțeles, dacă ar fi cârtit cu ceva, ar fi fost imediat luați la ochi de Poliția Memoriei.

Insula noastră era un petic de pământ în mijlocul unui imens ocean pustiu, iar oamenii de pe ea, inclusiv eu, uitau foarte ușor.

S-a petrecut într-o dimineață, brusc, pe nepusă masă, așa cum se întâmpla de obicei în astfel de cazuri.

Când am deschis ochii, am simțit o undă aspră în aer – semnul unei noi dispariții. Înfășurată în pătură, mi-am plimbat privirea prin odaie, trecând în revistă fardurile de pe policioara cu oglinda, decupajele de hârtie, notițele împrăștiate pe birou, dantela de la perdea, raftul cu discurile de vinil. Mi-a luat ceva timp până să mă dumiresc ce lipsea.

M-am dat jos din pat, mi-am tras pe mine un pulover, apoi am ieșit în grădină. Vecinii erau deja afară, uitându-se îngrijorați în jur. Câinele din curtea de alături mârâia. Ochii mi-au căzut pe o pasăre maronie, înfoiată, cu pene albe pe piept, zburând în înaltul cerului.

Putea foarte bine să fi fost una din cele văzute la observator, în compania tatei. Deodată m-a străfulgerat ideea că toate lucrurile legate de păsări mi se șterseseră complet din minte: amintirile, senzațiile, chiar și înțelesul cuvântului „pasăre“. Totul – absolut totul – pierise.

— Deci le-a venit rândul păsărilor, a șoptit fostul pălărier, care locuia în casa de peste drum. Călătorie sprâncenată! Nu cred c-o să le simtă cineva lipsa. Nimic nu făceau, decât să se vânture de colo-colo în zbor.

Și-a potrivit fularul la gât și a strănutat înăbușit. Apoi, dând cu ochii de mine, și-a adus aminte că tata fusese ornitolog, a schițat un zâmbet jenat și a pornit-o iute spre serviciu.

Și ceilalți păreau la fel de ușurați. Și-au văzut mai departe de treburile de dimineață, lăsându-mă singură, cu ochii la cer.

Făptura plăpândă și maronie de adineauri a dat roată prin aer, după care și-a luat zborul spre nord, pierzându-se în depărtare. Deja nu-mi mai aminteam cum se numește. M-a încercat o undă de regret că nu memorasem mai multe denumiri de păsări pe vremea când eram cu tata la observator, uitându-mă cu binoclul la ele.

Am încercat să-mi întipăresc în minte fâlfâitul aripilor, ciripitul, culorile penajului, dar știam că-i în zadar. Pasărea, a cărei imagine se întrepătrundea cu amintirile legate de tata, mă lăsa acum rece – o vietate oarecare tăind văzduhul cu bătaia aripilor.

După-amiaza am fost la cumpărături în piață. Ici-colo am întâlnit pâlcuri de oameni cu colivii. Papagalii, cintezele, orezarii și canarii se agitau de după gratii, de parcă presimțeau ce-i așteaptă. Crescătorii de păsări – tăcuți, aproape amorțiți, străduindu-se să se împace cu gândul acestei noi pierderi – își luau fiecare, în felul lui, rămas-bun. Unii își strigau păsările pe nume, alții își frecau obrazul de penele lor sau le lăsau să le ia din gură un ultim tain. Îndată ce micile ritualuri s-au sfârșit, au deschis coliviile și le-au ridicat spre cer. Micuțele făpturi, la început buimăcite, le-au dat un mic ocol, apoi s-au făcut nevăzute, înghițite de depărtările albastre.

După ce și-au luat toate zborul, s-a așternut o liniște apăsătoare, de parcă întreaga fire respira încet, cu greu, cu băgare de seamă. Vânzătorii s-au întors rând pe rând acasă cu coliviile goale.

Și așa au dispărut păsările…

*

Ziua următoare s-a petrecut ceva neașteptat. Pe când îmi luam micul dejun și mă uitam la televizor, s-a auzit soneria de la ușă. După cât de insistent suna, nu prevestea nimic bun.

— Vrem să ne duci în biroul tatălui tău! a zis de la intrare unul dintre agenții din Poliția Memoriei.

Erau cu totul cinci, îmbrăcați în uniforme verde închis, încinși cu curele late și încălțați cu bocanci negri. Purtau mănuși de piele și pistoalele li se ițeau pe jumătate din tocurile de la brâu. Arătau aproape identic, mai puțin cele trei insigne de pe guler – deși n-am avut răgaz să le studiez pe îndelete.

— Du-ne în biroul tatălui tău! a repetat pe același ton polițistul din fruntea lor.

Pe guler avea trei insigne – una în formă de diamant, iar celelalte aducând cu un bob de fasole și un trapez.

— Tata a murit acum cinci ani, am spus, apăsând pe fiecare cuvânt ca să-mi păstrez calmul.

— Știm asta, a zis un altul.

Insignele de pe gulerul lui reprezentau o pană de despicat lemne, un hexagon și litera „T". Ca și cum vorbele sale ar fi fost un semnal secret, ceilalți au năvălit în casă încălțați. Holul a răsunat de bocănitul ghetelor și zdrăngănitul armelor lovindu-se de teci.

— Tocmai am spălat covoarele. Vă rog să vă descălțați.

Nu-mi venise în minte o replică mai bună. Știam că trebuia să le vorbesc pe un ton ferm, să-i fac să înțeleagă că pentru mine era ceva important. Nici nu m-au băgat în seamă și au pornit-o întins spre etaj.

Știau exact unde se duc. O clipă mai târziu se proțăpiseră în biroul tatei din aripa de est a casei și se apucaseră deja de treabă cu maximă eficiență.

Întâi și-ntâi, unul dintre ei a desfăcut ferestrele, care fuseseră bătute în cuie după moartea tatei. Între timp, un altul, cu ajutorul unui obiect lung și subțire ca un bisturiu, a forțat încuietorile dulapului și sertarele biroului. Ceilalți au cercetat peretele, centimetru cu centimetru, în căutarea unor compartimente secrete.

Apoi au început să scotocească prin hârtiile tatei, mototolindu-i notițele, ciornele, articolele și fotografiile. Cum n-au dat de nimic compromițător – adică nimic despre „păsări" – au aruncat lucrurile pe podea. Rezemată de tocul ușii, îi priveam atentă cum operau, jucându-mă cu clanța ușii.

După cum se tot zvonea, agenții din Poliția Memoriei erau extrem de bine antrenați. Cei cinci polițiști lucrau meticulos, eficient, fiecare cu rolul lui. Tăcuți, cu privirea ageră, fără mișcări de prisos. Singurul sunet care se auzea era foșnetul hârtiilor ca zbaterea unor aripi nevăzute.

Cât ai clipi, pe podea s-a strâns un morman de maculatură. Oricum, n-aveau ce să găsească aici. Documentele cu scrisul bine-cunoscut al tatei și pozele de la observator, făcute cu mari eforturi, au prins a zbura prin cameră.

Se făcuse un talmeș-balmeș de nedescris. Mișcările le erau atât de studiate, încât îți creau iluzia că, de fapt, erau pe de-a-ntregul justificate.

Poate că ar fi trebuit să protestez, dar inima îmi bătea să-mi sară din piept și nu prea știam ce să fac.

— Umblați mai cu grijă, vă rog. Sunt amintiri de la tata, mi-am răcit eu gura de pomană.

Nici unul nu s-a sinchisit să-mi arunce măcar o privire. Vocea mi-a fost înghițită de grămada de gunoaie de pe podea.

Unul dintre agenți a dat să apuce mânerul sertarului de jos al biroului.

— N-o să găsiți nimic acolo, m-am rățoit eu.

Era sertarul unde tata își ținea scrisorile și fotografiile de familie. Un agent cu alte trei insigne pe guler – niște cercuri concentrice, o lacrimă și un dreptunghi – a continuat să scotocească impasibil. La un moment dat, a descoperit o poză de familie cu o pasăre viu colorată, scoasă din incubator de tata – nu-mi mai aminteam cu nici un chip numele ei. Apoi a strâns cu grijă fotografiile și scrisorile de pe masă și le-a pus înapoi în sertar. A fost singurul lor gest frumos.

După ce au luat la mână toate obiectele, au băgat hârtiile ce zăceau pe podea în niște saci negri, de plastic, pe care îi scoseseră din buzunarele hainelor. După felul brutal în care umblau era clar că aveau să se descotorosească de saci imediat ce plecau. N-au mai căutat altceva. Veniseră să elimine orice dovadă legată de păsări – prima dintre îndatoririle Poliției Memoriei era să se asigure că disparițiile decurg ca la carte.

Operațiunea a fost mult mai sumară decât cea din ziua în care mama fusese arestată. Cum găsiseră ce-și propuseseră și puseseră totul în saci, mai mult ca sigur că n-aveau să se mai întoarcă. Tata era de mult mort și amintirea păsărilor pălea pe zi ce trece.

După o oră de percheziție, se adunaseră zece saci de gunoi. Razele soarelui de dimineață au încălzit camera și au făcut ca insignele de pe guler să le lucească. Nici unul dintre ei nu transpirase și nu-și pierduse răsuflarea de la efortul făcut. Fiecare agent a luat în spate câte doi saci pe care i-a dus la camionul parcat în fața casei.

Într-o oră, camera era complet schimbată. Urmele prezenței tatălui meu, pe care mă străduisem să le păstrez vii, dispăruseră, iar în locul lor domnea un gol imens. Am rămas în picioare în mijlocul camerei. Vidul era atât de vast, încât părea că înghite totul în adâncurile sale tenebroase.

Capitolul 3

Eram scriitoare. Publicasem deja trei romane. Primul era despre un acordor de piane care colinda magazinele de instrumente muzicale și sălile de concerte ca să-și găsească iubita dispărută fără urmă. Căutarea sa se baza numai și numai pe ecourile muzicii ascultate cândva, care încă îi mai răsunau în urechi. A doua carte avea ca personaj principal o balerină care își pierduse piciorul drept într-un accident și care locuia cu iubitul ei, botanist, într-o seră. În cel de-al treilea roman abordasem tema unei tinere care avea grijă de fratele mai mic, suferind de o boală genetică teribilă, care îi distrugea cromozomii.

În fiecare carte se vorbea de o dispariție. Unii se dădeau în vânt după genul acesta de povestiri, numai că aici nu impresionam pe nimeni că eram scriitoare, de fapt, era una dintre cele anoste îndeletniciri. Bineînțeles, pe insulă nu erau foarte multe cărți. Biblioteca, o clădire de lemn dărăpănată, situată lângă grădina de trandafiri, este vizitată de o mână de cititori fideli. Cărțile, care de mult nu mai atrăgeau privirea nimănui, își dormeau somnul de veci pe rafturi. Aveau coperțile rupte, paginile ferfenițite și s-ar fi dezmembrat la cea mai mică atingere. Tomurile vechi sfârșeau la gunoi, după ce zăcuseră o vreme în depozitul neîncăpător al bibliotecii. Însă nimeni nu le deplângea soarta...

La fel era și cu librăriile. Să fi umblat o sută de ani și nu găseai magazine mai pustii ca librăriile. Patronii erau fără chef și morocănoși, în timp ce coperțile cărților rămase pe rafturi se îngălbeneau pe zi ce trece.

Se pare că oamenii nu mai aveau trebuință de romane.

*

De obicei, mă apucam de treabă la ora două după-amiaza și mă opream pe la miezul nopții, dar nu reușeam să termin mai mult de cinci pagini. Îmi plăcea să scriu încet, așternând cu grijă câte o ideogramă în fiecare căsuță. Nu mă zorea nimeni și voiam întotdeauna să găsesc cel mai potrivit cuvânt, chiar dacă îmi lua mai mult.

Lucram în camera care-i aparținuse cândva tatei. Odaia era mai ordonată și mai curată ca odinioară, pentru că nu aveam nevoie de notițe sau de alte materiale pentru romanele mele. Pe birou se aflau un maldăr de hârtii, un creion, un cuțitaș de ascuțit și o gumă de șters. Oricât m-aș fi străduit, nu izbuteam să umplu golul lăsat de ultima vizită a Poliției Memoriei.

Pe seară ieșeam la plimbare o oră. Mergeam pe malul mării, îndreptându-mă spre debarcader, și în drum spre casă o porneam pe cărarea de pe dealuri, care trecea pe lângă observator.

Un feribot înțepenise ancorat la mal, năpădit de rugină. Nici un pasager nu urca la bord, și, oricum, vasul – unul din zecile de lucruri declarate dispărute pe insulă – nu mai funcționa.

Numele feribotului, scris cu vopsea pe una din laturi, se ștersese de la aerul sărat. Avea ferestrele prăfuite și fundul vasului, niturile și lanțul ancorei pline de scoici și alge

– precum scheletul unei imense vietăți marine, așteptând să încremenească pe veci.

Soțul bătrânei care m-a crescut fusese cândva mecanic pe vas. După ce au dispărut feriboturile, fusese numit paznic la depozitul din port. Acum era pensionar și trăia singur pe vasul părăsit. La întoarcere treceam întotdeauna pe acolo, să mai schimbăm o vorbă.

— Cum o mai duci? m-a întrebat într-o seară, invitându-mă să iau loc. Merge bine romanul?

Erau o mulțime de scaune unde mă puteam așeza. În funcție de dispoziția de moment sau de vreme, ședeam fie pe băncile de la debarcader, fie pe canapeaua confortabilă pentru pasagerii de la clasa I.

— Nu prea, am răspuns.

— Întâi de toate, trebuie să ai grijă de dumneata.

Era una dintre replicile lui nelipsite.

— Nu oricine poate să facă noapte albă ca să născocească povești complicate. Dacă ar mai trăi, părinții tăi ar fi tare mândri de dumneata.

— Un roman nu-i chiar atât de spectaculos pe cât pare. Cred că-i mai greu să demontezi motorul unui feribot, să-i repari fiecare piesă în parte, apoi să mai știi cum să-l asamblezi la loc.

— Ce vorbe-s astea?! Feriboturile au dispărut de mult! Cum aș mai putea să fac asta?!

Au urmat câteva momente de tăcere.

— A! a zis într-un final. Azi am făcut rost de niște piersici, o frumusețe. Nu vrei și dumneata una?

S-a dus în bucătărioara de lângă sala cazanelor și a așezat pe o farfurie cu gheață câteva felii de piersică, ornate cu frunze de mentă. Apoi a pus la făcut un ceai tare. Se pricepea la toate – la mașinării, mâncare sau plante.

Bătrânul era primul care primea câte un exemplar din cărțile mele.

— Carevasăzică acesta-i noul dumitale roman, îmi spunea de fiecare dată, pronunțând cu mare grijă cuvântul „roman".

Apoi își pleca fruntea și lua cartea cu ambele mâini, ca pe o ofrandă sfântă.

— Mulțumesc, mulțumesc foarte mult, repeta el, și, spre surprinderea mea, îl vedeam că era cât pe ce să-l podidească lacrimile.

Însă de citit, nu citea nici măcar o pagină...

Într-o zi, când i-am spus că mi-ar plăcea să-și dea cu părerea despre roman, a bătut imediat în retragere.

— Ce să-ți spun? Un roman, odată citit, nu mai înseamnă nimic. S-a terminat, și cu asta basta. Nu mai bine îl țin aici, cu mine, ca pe un lucru de mare preț?

Apoi a pus cartea pe micul altar din cabină, dedicat zeului mării, și și-a împreunat mâinile în rugăciune.

Ne-am savurat gustarea, sporovăind vrute și nevrute – cel mai adesea amintiri despre tata, mama, bătrâna care mă crescuse, sau despre observator, sculpturi, vremurile în care ne plimbam cu feribotul de pe o insulă pe alta. Trecuse o veșnicie de atunci și amintirile noastre se împuținau. Am împărțit frățește ultimele felii de fruct, continuând să depănăm aceleași și aceleași povești, cu dulceața piersicilor încă mai stăruindu-ne pe buze.

Când soarele era la scăpătat, coboram de pe vas. Deși scara nu era prea abruptă, bătrânul îmi dădea mâna, să mă ajute să ies prin chepeng. Se purta cu mine ca și cum aș mai fi fost o fetișcană.

— La revedere. Ai grijă!

— Sigur. Ne vedem mâine.

A rămas nemișcat, petrecându-mă cu privirea până nu m-a mai văzut.

După port am trecut pe la observatorul din vârful dealului. Zăboveam acolo doar cât să mă uit o clipă la întinderea nesfârșită a mării și să iau o gură de aer proaspăt. Apoi îmi vedeam de drum.

Poliția Memoriei își băgase și aici nasul, așa cum făcuse și în biroul tatei, lăsând în urmă un mare gol. Nimic din acele dărâmături nu mai amintea de observatorul de păsări. Se alesese praful de tot, iar cercetătorii se risipiseră și ei, care încotro.

Am rămas la fereastră, cu binoclul la ochi, așa cum stăteam cât trăia tata. Niște puncte înaripate se apropiau în zbor, dar pentru mine nu mai însemnau nimic, decât niște umbre pale a ceea ce fuseseră cândva.

Când am coborât dealul și m-am îndreptat spre oraș, soarele apunea. Insula era și mai liniștită seara. Oamenii se întorceau de la serviciu cu ochii-n în pământ, iar copiii o zbugheau imediat în casă. O vreme m-a urmărit horcăitul motoarelor camioanelor din piață, care se îndepărtau după ce își vânduseră marfa.

Tăcerea se așternea peste tot, pregătindu-ne pentru dispariția care avea să vină negreșit, poate chiar mâine.

Și seara s-a pogorât lin peste insulă.

Capitolul 4

Miercuri după-amiaza, pe când mă duceam cu manuscrisul la editură, m-am întâlnit cu Poliția Memoriei. Era a treia oară într-o lună când mă intersectam cu ei.

În ultima perioadă, agenții erau tot mai agresivi, tot mai brutali. Mi-am dat seama că începuseră să acționeze în urmă cu cincisprezece ani, cam pe vremea când mama fusese arestată. Încet-încet a devenit tot mai evident faptul că existau și persoane care, asemenea mamei, nu-și pierduseră memoria și care fuseseră apoi ridicate de poliție, însă nimeni nu știa unde fuseseră duse.

Tocmai coborâsem din autobuz și mă pregăteam să trec strada, când trei camioane cu însemnele Poliției Memoriei au intrat în intersecție. Celelalte mașini de pe stradă au încetinit și au oprit în curbă, să le facă loc. Vehiculele verde închis au parcat în preajma unei clădiri unde se aflau un cabinet stomatologic, o companie de asigurări și o sală de dans. Zece polițiști au intrat în pas alergător înăuntru.

Lumea de pe stradă abia îndrăznea să mai respire de frică. Unii se refugiaseră, prudent, pe străzile lăturalnice, sperând ca operațiunea să se termine repede, înainte să fie în vreun fel implicați în ea. Aerul din jurul mașinilor poliției încremenise, înghițit de torentul învolburat al timpului.

Am strâns la piept plicul cu manuscrisul și am rămas lângă un felinar de pe stradă. Semaforul s-a făcut din verde portocaliu, apoi roșu și tot așa. Nimeni nu se încumeta să traverseze pe trecerea de pietoni. Călătorii din tramvai se holbau de la ferestre. La un moment dat, am realizat că plicul mi se boțise în mâini.

În scurt timp s-au auzit bocancii apăsați ai agenților din Poliția Memoriei, amestecați cu alți pași, mai nesiguri, mai înăbușiți. La intrare și-au făcut apariția doi domni între două vârste, o femeie de treizeci de ani cu părul vopsit șaten, având alături o fetiță slăbuță, de vreo zece ani. Deși nu veniseră încă gerul și vânturile înghețate, cei patru „conspiraționiști" purtau mai multe bluze, puse una peste alta, un pardesiu și un mănunchi de fulare înfășurate în jurul gâtului. Cărau genți de voiaj și valize pline până la refuz. De bună seamă încercaseră să ia cu ei cât mai multe lucruri.

Judecând după nasturii descheiați, șireturile desfăcute și hainele care li se ițeau din genți, împachetaseră în mare grabă. Deși erau mânați de la spate cu puștile, nu păreau tulburați, dimpotrivă, pe chipuri li se citea calmul. Se uitau în zare, iar privirea le era la fel de nemișcată ca o mlaștină singuratică din adâncul pădurii, adăpostind o puzderie de amintiri de care noi, ceilalți, nu mai aveam habar.

Ca de obicei, agenții din Poliția Memoriei, cu insignele strălucindu-le pe guler, și-au dus la îndeplinire sarcinile impecabil, fără gesturi de prisos. Cei patru au trecut chiar prin fața mea și mi-a ajuns la nări un iz de antiseptic, pesemne de la cabinetul dentistului.

Agenții i-au îmbrâncit în camionul cu prelată, ținându-i mereu în bătaia puștii. Fata, rămasă în coada șirului, ducea o geantă portocalie, cu un ursuleț în relief cusut pe ea. După ce și-a aruncat bagajul înăuntru, a dat să urce, dar, cum treptele erau prea înalte, a căzut de-a berbeleacul pe spate.

Surprinsă, am scăpat plicul din mâini. Paginile manuscrisului s-au împrăștiat pe trotuar. Trecătorii s-au întors spre mine, fulgerându-mă cu privirea. Le era teamă să nu ne ia la ochi polițiștii și să dăm de vreo belea.

Un băiat din apropiere m-a ajutat să strâng foile de pe jos. Unele căzuseră în băltoace și se udaseră sau fuseseră călcate în picioare de trecători, dar, din fericire, am izbutit să le adunăm repede.

— Sunt toate? mi-a șoptit băiatul la ureche.

Am încuviințat și i-am mulțumit din priviri.

Agenții din Poliția Memoriei nici măcar n-au catadicsit să se uite la noi.

Unul dintre polițiștii care se urcaseră în camion i-a întins mâna fetei și a tras-o în sus. Era ceva copilăros în genunchii mici și colțuroși care i se iveau de sub fustă.

A mai durat câteva minute până când timpul să-și reia curgerea obișnuită. Abia după ce camioanele au plecat, zumzetul motoarelor s-a îndepărtat și tramvaiul a început iar să circule, am răsuflat ușurată că pericolul trecuse. Lumea s-a împrăștiat și tânărul cumsecade, care mă ajutase ceva mai devreme, a traversat grăbit strada.

Am rămas cu ochii la intrarea în clădire, întrebându-mă ce simțise polițistul care-i atinsese mâna fetei.

*

— Am asistat la o scenă groaznică! i-am spus în hol lui R, editorul meu.

— Poliția Memoriei? m-a întrebat, aprinzându-și o țigară.

— Da. Te izbești de ei la tot pasul.

— Sunt îngrozitori! m-a aprobat el, suflând un norișor de fum.

— Azi mi s-au părut altfel. Au arestat patru persoane chiar în centrul orașului, ziua-n amiaza mare. Din câte știam, acționează noaptea, în cartierele mărginașe, și nu iau cu ei decât o singură persoană.

— Pesemne că fugarii de care îmi spui se ascunseseră într-o locuință secretă.

— O locuință secretă? am repetat papagalicește.

Bineînțeles, ar fi trebuit să-mi țin gura. Fusesem prevenită să nu pomenesc în public chestiuni atât de delicate. N-aveai de unde să știi dacă nu cumva te aflai în preajma unui polițist sub acoperire. Pe insulă circulau tot felul de zvonuri despre asta.

Holul era aproape pustiu. Dincolo de un ghiveci cu ficus, trei bărbați în costume, cu niște dosare voluminoase la subsuoară, discutau aprins. În afară de ei, mai era recepționera care stătea în spatele tejghelei cu o mină plictisită.

— Adică o cameră transformată în ascunzătoare. Se spune că ar fi o organizație secretă care se ocupă de asta. Aranjează încăperea și o pun la dispoziția fugarilor, împreună cu câteva provizii și bani. Dar se prea poate ca astfel de locuințe să fie pe cale de dispariție...

R ar mai fi spus ceva, dar a tăcut și și-a întins mâna după cana de cafea, măsurând cu privirea curtea interioară, în care se afla o mică fântână din cărămidă. Conversația trena... Prin fereastră răzbătea susurul apei, ca o melodie îndepărtată, cântată la niște instrumente cu coarde.

— Și totuși, e tare ciudat... am zis, privindu-i profilul. Cum de le ajung polițiștilor la urechi informații despre cei care n-au fost afectați de dispariții. Mă îndoiesc că ar avea un semn distinctiv. Sunt bărbați și femei de toate vârstele, din familii diverse, cu meserii diferite. Dacă ar fi prudenți și ar ști cum să se piardă în mulțime, ar putea trece neobservați. N-ar trebui decât să se poarte firesc, ca și cum dispariția i-ar fi afectat la fel ca pe ceilalți.

— Știu și eu? Lucrurile nu-s chiar atât de simple.

R a căzut o clipă pe gânduri.

— Conștientul este doar o mică parte din subconștient, care-i de departe mult mai puternic. Nu uita că fugarii nu știu exact ce presupun aceste dispariții. Dacă ar fi fost ușor să se prefacă, n-ar mai fost nevoiți să tremure prin ascunzători.

— Cu siguranță că nu.

— Lumea vorbește că agenții din Poliția Memoriei au învățat să ne descifreze codul genetic în care ne sunt înscrise toate predispozițiile. Am auzit că adună pe ascuns specialiști pentru un laborator universitar.

— Ne descifrează codul genetic? am bâiguit.

— Da. Deși polițiștii nu știu după aspectul exterior care sunt cei care nu pot să uite, genele nu mint niciodată. Dacă le analizează, adevărul iese imediat la suprafață. După cum se poartă în ultima vreme, cred că sunt într-un stadiu destul de avansat cu cercetările.

— Bine, dar cum au acces la genele noastre?

— Ai băut cafea, nu? a zis R, scuturându-și scrumul și băgându-mi sub nas cana de cafea.

Am încuviințat, strângând din buze. Era atât de aproape de mine, că probabil îmi simțea respirația învăluindu-i degetele.

— Ei bine, un agent ia obiectul și descifrează materialul genetic prelevat din salivă. Floare la ureche pentru ei. Sunt peste tot, pândind din umbră – poate chiar aici, în holul editurii. Până să băgam de seamă, ne-au testat deja pe toți și ne-au stocat informațiile în baza lor de date. Oricât de prevăzători am fi, ne împrăștiem ADN-ul pretutindeni. Păr, transpirație, unghii, lacrimi... Toate acestea pot fi testate, așa că nimeni nu scapă.

A așezat încet ceașca pe farfurioară, cu ochii la cafeaua pe jumătate băută.

Bărbații care stătuseră de vorbă după ficusul din hol plecaseră. Pe masă rămăseseră trei cești. Impasibilă, recepționera a venit să debaraseze masa.

Am așteptat să plece.

— Dar de ce atâtea arestări? Până la urmă, oamenii ăștia n-au făcut nimic rău.

— Insula este condusă de câteva persoane obișnuite să vadă lucrurile dispărând rând pe rând. Din punctul lor de vedere, e incomod, ca să nu spun inacceptabil, când un obiect nu se face nevăzut la comandă. Așa că-l silesc să dispară.

— Crezi că mama a fost ucisă?

Mă luase gura pe dinainte...

— Fără doar și poate că o urmăreau, o țineau sub observație, a zis R, alegându-și atent cuvintele.

Apoi a tăcut. În încăpere nu se mai auzea decât susurul apei din fântână. Plicul mototolit de pe masă stătea între mine și el. R l-a tras mai aproape și a scos manuscrisul.

— E ciudat să poți crea ceva nou, cu ajutorul cuvintelor, pe o insulă unde aproape totul dispare, a spus, ștergând câteva fire de praf de pe manuscris.

Mi-am dat seama că ne gândeam la același lucru. Ne-am uitat unul în ochii celuilalt și am simțit și mai vie neliniștea care ni se cuibărise în suflete. Reflexiile de la apa fântânii îi luceau pe chip.

„Cum ar fi dacă ar dispărea cuvintele?“ m-am întrebat în gând, temându-mă, că, dacă le-aș rosti cu glas tare, vorbele mele s-ar putea adeveri.

Capitolul 5

Toamna a trecut repede. Valurile erau tot mai năvalnice și mai reci, iar vântul aducea de peste munți nori ce vesteau iarna.

Bătrânul și-a părăsit feribotul și a venit să-mi dea o mână de ajutor cu pregătirile pentru sezonul rece. Am curățat soba, am reparat, pe ici, pe colo, țevile și am ars frunzele uscate din grădină.

— N-a mai nins de zece ani, a zis, agățând funiile de ceapă de tavanul cămării din fundul curții. Ninge întotdeauna când coaja cepei de vară se face maro închis și e subțire ca aripile unui fluture, a mai adăugat, foșnind în mâini o foaie de ceapă.

— De când mă știu, nu prea am avut parte de ninsoare. Ar fi a treia zăpadă pe care o prind. De-abia aștept! am spus binedispusă. La tine a câta oară ar fi? l-am întrebat entuziasmată.

— N-am ținut niciodată socoteala. Când mergeam cu feribotul pe mare, în nord, ningea atât de des, că mă săturasem de zăpadă. Dar asta se întâmpla cu mult înainte să vii pe lume, a răspuns el, continuând să întindă funiile de ceapă.

Când ne-am terminat treaba, am făcut focul în sobă și am mâncat vafe în sufragerie. Soba s-a încins greu, iar lemnul ardea scoțând o mulțime de pocnituri și pârâituri. De la fereastră se vedea urma lăsată de un avion cu reacție. Un fuior firav de fum se înălța din mormanul de frunze arse în grădină.

— Mi-ai fost mereu de mare ajutor! Nu pot să mă ocup singură pe toate... Uite, ți-am făcut un pulover. Aș vrea să-l probezi.

După ce am terminat de mâncat prima vafă, m-am dus după puloverul gri pe care i-l tricotasem. Surprins, a sorbit din ceai și, la fel ca atunci când îi dădeam romanele mele, l-a apucat cu ambele mâini.

— Mă bucur că ți-am fost de folos, dar n-am făcut cine știe ce. Chiar nu trebuia să te deranjezi.

Dar și-a scos imediat puloverul scămoșat și l-a aruncat în geanta de voiaj, ca pe un prosop murdar. Apoi și-a strecurat cu mare atenție brațele în cel nou, de parcă s-ar fi temut că s-ar putea destrăma la cea mai mică atingere.

— E tare călduros, a zis, și ușor ca un fulg!

Mânecile îi erau lungi, și gulerul cam strâmt. Era așa de încântat de pulover, că nici n-a băgat de seamă că se murdărise de cremă pe obraz după ce mâncase și cea de-a doua vafă.

După cină, și-a pus cleștele, șurubelnița, șmirghelul și canistra cu ulei în trusa cu unelte din spatele bicicletei și s-a întors la vasul care îi ținea loc de casă.

A doua zi, iarna și-a intrat în drepturi. Nu mai puteai ieși afară fără o haină groasă pe tine. Dimineața, sloiuri de gheață pluteau pe râul din spatele casei și la piața ambulantă se găseau tot mai puține legume.

Profitând de vremea câinoasă, mă închisesem în casă și mă apucasem de cel de-al patrulea roman. Era povestea unei dactilografe care își pierduse vocea și tot încerca să și-o recupereze cu ajutorul iubitului ei, profesor la o școală de dactilografie. După vizita eșuată la logoped, prietenul ei a început să-i maseze gâtul, să-i încălzească limba cu buzele și s-o pună să asculte melodii de altădată. În cele din urmă, au fost nevoiți să comunice bătând la mașina de scris, cu țăcănitul clapelor insinuându-se între ei ca o muzică...

Nu știam cum să continui. Povestea nu era complicată și debutase liniștit, dar aveam o presimțire că lucrurile urmau să se schimbe.

*

Trecuse de mult de miezul nopții. Încă mai lucram când mi s-a părut că aud vag ciocănituri la fereastră. Am pus jos creionul, mi-am ciulit urechile. Era doar vântul de afară. M-am întors la manuscrisul meu, dar, până să mai scriu un rând, fereastra a început să se zgâlțâie. Zdrang, zdrang... Un sunet înăbușit, ritmic.

Am tras draperia și m-am uitat afară. Casele din jur aveau luminile stinse și pe străzi nu era nici țipenie. Am închis ochii și am încercat să-mi dau seama de unde venea sunetul. Brusc, m-a străfulgerat gândul că se auzea de la subsol.

De la moartea mamei, nu prea mă mai încumetasem să cobor în atelierul ei din pivniță, pe care, de fapt, îl țineam încuiat. Aproape că uitasem unde pusesem cheia. Mi-a luat câteva clipe să-mi amintesc. Zdrăngănitul a devenit și mai puternic pe când cotrobăiam în sertar. În cele din urmă, am găsit cutia de tablă și am dibuit cheia din breloc. Pesemne că ar fi trebuit să umblu mai încetișor, dar bocăniturile de la subsol – egale și răbdătoare – m-au făcut să-i dau zor.

Într-un final, am reușit să deschid. Am coborât scările, am aprins lumina și am zărit o umbră cuibărită lângă ușa care ducea la spălătoria de pe malul râului, pe care nu o mai folosisem de pe vremea bunicii. Câteodată, mama își spăla acolo uneltele de sculptură, dar trecuseră cincisprezece ani de atunci.

Din pivniță, un alt șir de trepte cobora spre mica spălătorie pardosită cu cărămidă. Cum în punctul acela râul nu era mai lat de trei metri, bunicul construise cu mâna lui un podeț de lemn, care acum se afla într-o stare jalnică.

„Cine să fie?", m-am întrebat. „Poate un hoț. Nu, un hoț n-ar bate la ușă. Să fi fost gluma unui obsedat sexual? Și totuși un pervers n-ar fi ciocănit așa de politicos la ușă."

Luându-mi inima în dinți, am strigat.

— Cine-i acolo?

— Mii de scuze. Știu că e târziu. Sunt Inui.

*

Când am deschis ușa cu geam, am dat cu ochii de profesorul Inui, împreună cu familia. Inui era prieten de familie și preda la catedra de dermatologie a spitalului universitar.

— Ce s-a întâmplat? am întrebat, poftindu-i înăuntru.

Râul de la picioarele noastre făcea frigul nopții și mai pătrunzător. Nu păreau deloc în apele lor.

— Îmi pare rău că am apărut așa, din senin. Nu voiam să te deranjăm.

Profesorul nu mai prididea cu scuzele. Soția sa era foarte trasă la față și nu apucase să se machieze. Avea ochii umezi, poate de la frig, poate pentru că plânsese. Fiica lor, de cincisprezece ani, stătea în picioare, cu buzele strânse, iar fratele ei de opt ani se uita curios în jur. Se băgaseră unul într-altul. Doamna Inui se prinsese de brațul soțului, iar acesta o cuprinsese pe după umeri pe fată.

Copiii se țineau de mână. Încheind cercul, băiatul se agățase cu brațul liber de poalele hainei mamei.

— Nu mă deranjați deloc, le-am zis, dar sunt surprinsă că ați reușit să treceți podețul. Nu v-a fost frică? Nu cred că mai rezistă mult până se rupe. Și nu pricep de ce n-ați venit pe ușa din față... Mai bine să mergem în sufragerie, unde-i cald și bine. Aici nu-i cel mai potrivit loc de primit oaspeți.

— Ești foarte amabilă, dar suntem pe fugă și trebuie să fim discreți. Nu vrem să atragem atenția asupra noastră. Nu o să stăm mult.

Profesorul a oftat, și, ca la un semnal, toți patru s-au băgat și mai mult unul într-altul.

Erau îmbrăcați cu paltoane de cașmir lungi, bine croite, iar gâtul, mâinile și picioarele – și orice părticică neacoperită de palton – era înfofolite în straturi călduroase din lână. Fiecare ducea o geantă grea în câte o mână, una mai mare, alta mai mică, pe măsura celui care o ținea.

Am debarasat în grabă masa de lucru a mamei, am adus câteva scaune și le-am făcut semn să ia loc. După ce și-au așezat genţile sub masă, i-am așteptat să-mi spună de ce veniseră în puterea nopții.

— Iată-ne deci aici... a spus profesorul, împreunându-și mâinile pe masă ca și cum ar fi sperat să-și ascundă vocea în spatele semicercului format de degetele sale.

— Ce s-a întâmplat? l-am descusut eu, văzând că ezita.

— Am primit o citație de la Poliția Memoriei, a răspuns calm.

— Bine, dar de ce?

— Trebuie să mă prezint la laboratorul de analize genetice. Mâine – adică azi, că-i trecut de miezul nopții – vor veni să mă ia. Am fost concediat de la catedră și mi s-a adus la cunoștință că trebuie să eliberez locuința de serviciu. Toată familia urmează să mă însoțească la centrul de cercetare.

— Și unde-i centrul ăsta?

— Habar n-am. Nimeni nu știe nici unde este, nici cum arată. Dar bănuiesc ce se întâmplă între zidurile lui. De fațadă pare, într-adevăr, o instituție de cercetări medicale, dar, în realitate, nu-i decât un paravan pentru Poliția Memoriei. Vor să se folosească de munca mea ca să-i găsească pe cei care nu și-au pierdut memoria.

Mi-am amintit discuția cu R din holul editurii. Așadar, nu erau doar niște zvonuri... Și lațul se strângea. Persoane apropiate mie ajunseseră implicate în nebunia asta.

— Citația a sosit acum trei zile. N-am avut timp să ne gândim ce să facem. S-au oferit să-mi tripleze salariul și să-mi trimită copiii la o școală bună. S-au gândit la toate – taxe, asigurări, mașină, un acoperiș deasupra capului. Propunerea lor suna înfricoșător de bine.

— Plicul e identic cu cel primit de mama ta, acum cincisprezece ani.

Era prima oară de când soția lui deschidea gura. Vocea și privirea îi erau încărcate de emoție. Fata asculta în tăcere, întorcând capul când la dreapta, când la stânga, în funcție de cel care vorbea. Băiatul, cu mâinile încă înmănușate, se juca temător cu ustensilele de sculptură de pe masă.

*

Gândul m-a purtat acum cincisprezece ani, când o arestaseră pe mama. Soții Inui îmi fuseseră alături. Eram încă mică. Fetița lor de-abia se născuse și doamna Inui o ținea în brațe.

Citația venise într-un plic liliachiu, aspru la pipăit. Pe atunci nu se prea auzise de Poliția Memoriei, și nici alor mei, nici soților Inui nu li se păruse periculoasă scrisoarea. Intraseră puțin la bănuieli pentru că nu pricepeau de ce fusese chemată mama, sau cât urma să fie reținută.

Dar eu știam că avea de-a face cu sertarele din camera din pivniță. Pe când oamenii mari își dădeau cu părerea despre plic, mi-am amintit vocea liniștită a mamei, depănându-mi povești despre obiectele dispărute – și privirea îngrijorată de pe chipul ei când am întrebat-o cum se face că nu le uitase.

Discutaseră îndelung, dar nu ajunseseră la nici o concluzie. Mama n-ar fi avut de ce să-i refuze pe polițiști. Ar fi putut fi o anchetă de rutină, și, negăsind nimic concludent, și-ar fi pierdut repede cheful.

— Fii pe pace! O să fie bine!

— O s-avem noi grijă de casă și de fiica ta, o îmbărbătaseră soții Inui.

Mașina elegantă pe care Poliția Memoriei o trimisese a doua zi de dimineață era neagră ca tăciunele, lustruită de-ți lua ochii și mare cât casa. Roțile, mânerele ușii și însemnele de pe capotă străluceau în lumina soarelui de dimineață. Scaunele de piele erau atât de moi, că-ți venea să te așezi imediat pe ele.

Un șofer cu mănuși albe îi deschisese ușa. Mama se oprise să mai schimbe două-trei cuvinte cu soții Inui și cu bătrâna care mă crescuse, apoi îl îmbrățișase pe tata și, în final, surâzând, îmi cuprinsese obrajii în palme.

Mă simțisem ușurată când văzusem mașina luxoasă și șoferul acela manierat. Așadar, încăpuse pe mâini bune! N-aveam de ce să ne facem griji.

Mama se cufundase în scaunele moi de piele. Noi îi făcuserăm cu mâna de parcă se ducea la ceremonia la care urma să fie premiată pentru sculpturile sale.

Aceea fusese ultima dată când o mai văzusem. Cadavrul ne parvenise în aceeași săptămână, însoțit de certificatul de deces. Cauza morții: stop cardiorespirator. Autopsia fusese efectuată la clinica profesorului Inui, dar nu se descoperise nimic suspect.

„A fost doborâtă de o slăbiciune subită pe când ne ajuta la cercetările secrete pe care le întreprindeam... Sincerele noastre condoleanțe."

Tata citise cu glas tare scrisoarea trimisă de Poliția Memoriei, dar eu nu pricepusem o iotă. Parcă rostea un descântec într-o limbă străină. Priveam tăcută cum lacrimile tatei cădeau pe scrisoarea liliachie, lăsând mici pete umede.

*

— Calitatea hârtiei, corpul de literă al mașinii de scris, chiar și antetul erau identice cu cele din scrisoarea pentru mama ta, a continuat doamna Inui.

Avea la gât două eșarfe pe care și le prinsese în față, cu un nod strâns. Genele i se zbăteau la fiecare cuvânt.

— Nu-i puteați refuza? am întrebat.

— Dacă i-am fi refuzat, am fi fost arestați pe loc, a răspuns prompt profesorul Inui. Dacă nu cooperezi, te închid imediat. Mă îndoiesc că ne-ar fi arătat vreun strop de milă. Nu se știe unde te duc. La închisoare? La muncă silnică? Te execută? Însă, după modul în care acționează, sigur nu într-un loc frumos.

— Atunci o să mergeți la centrul de cercetări genetice?

— Nu, a zis profesorul, scuturând din cap în același timp cu soția. Ne ducem într-o ascunzătoare.

— O ascunzătoare? am șoptit eu, realizând că nu era prima dată când auzeam acest cuvânt.

— Am avut norocul să găsim o rețea secretă, care s-a arătat dispusă să ne ascundă. De fapt, într-acolo ne îndreptăm după ce terminăm aici.

— Sunteți dispuși să renunțați la munca de-o viață, la traiul de până acum? O să pierdeți totul... N-ar fi mai bine să vă supuneți ordinelor, chiar dacă v-ar fi greu? Copiii sunt încă mici...

— Nu cred că ar fi deloc mai bine, sechestrați într-un centru de cercetare, condus la urma urmelor, de Poliția Memoriei, care nu-mi inspiră nici un fel de încredere. Când nu le voi mai fi util, mai mult ca sigur că vor face tot posibilul să mă îndepărteze, ca să păstreze secretul.

Profesorul se străduia să-și aleagă cuvintele cu grijă, să nu-i sperie pe cei mici.

Amândoi copiii erau cuminți. Băiatul își făcea de lucru cu o pietricică, de parcă ar fi fost o jucărie cu un mecanism ascuns și foarte complicat. Mănușile lui azurii, cu un model simplu, tricotate de mână, erau legate una de alta cu un șnur, ca să nu și le piardă. Și eu purtasem cândva unele la fel. Atmosfera din pivniță era apăsătoare, doar mănușile îți dădeau un sentiment de liniște și pace.

— În plus, nu intenționăm să ajutăm poliția, a adăugat doamna Inui.

— Și unde o să vă ascundeți? Din ce o să trăiți? De unde o să faceți rost de mâncare? Dar școala copiilor? Dacă vreunul se îmbolnăvește? Ce se va alege de voi?

Erau multe necunoscute – genele, decriptarea lor, centrul de cercetări, rețeaua secretă, ascunzătorile... Cuvintele lor, care nu mi se decantaseră pe de-a-ntregul în minte, îmi răsunau neîncetat în urechi.

— Nu știm nici noi, a zis doamna Inui, cu ochii împăienjeniți de lacrimi.

Știam că nu plângea. Paradoxal, chiar dacă îi curgeau lacrimile, eram convinsă că nu plângea cu adevărat. Era prea tristă să plângă, doar că din ochi îi curgea un lichid transparent. Pic, pic, pic.

— S-a întâmplat atât de fulgerător, a continuat ea, că n-am avut răgaz să ne gândim ce să luăm și ce să lăsăm acasă. Era imposibil să anticipăm ce-o să ni se întâmple. Dată fiind situația, e tot ce-am putut face... Ne-am tot perpelit... Să ne luăm carnetul de cecuri? Sau mai bine bani gheață sau niște aur? De ce îmbrăcăminte o să avem nevoie? Să luăm de mâncare, măcar cât putem căra? S-o lăsăm acasă pe Mizore, pisica noastră?

Picăturile de lichid transparent i se prelingeau pe obraji neîncetat. Fiica ei a scos din buzunar o batistă.

— Dar mai aveam de încheiat o socoteală... a spus profesorul. Trebuia să ne hotărâm ce facem cu sculpturile de la mama ta. Odată dispăruți, Poliția Memoriei o să ne percheziționeze casa, încercând să afle unde ne-am refugiat. S-ar putea să ne distrugă toate lucrurile, așa că am vrea să-ți lăsăm măcar unul din obiectele dragi nouă.

Am încuviințat.

— Știu că-ți cerem prea mult, dar ne gândeam că poate vrei sculpturile pe care mama ta ni le-a dat mai de mult. Le poți păstra până la următoarea noastră întâlnire...

Fiica lui a băgat mâna în geanta de voiaj de la picioarele ei, și, ca și cum ar fi repetat îndelung pentru acest moment, a scos cinci statuete și le-a așezat pe masă.

— Mama ta a făcut acest tapir pentru noi, ca dar de nuntă. Pe acesta ni l-a dat când ni s-a născut fetița, și pe cel de-al treilea, cu o zi înainte să fie luată de Poliția Memoriei.

Mamei îi plăcea la nebunie să sculpteze tapiri, deși nu văzuse niciodată vreunul în carne și oase. Cadoul de la nașterea fiicei lor era o păpușă cu ochii mari, sculptată în lemn de stejar. Aveam și eu una exact la fel. Celelalte trei obiecte erau însă cu totul deosebite: abstracte, ca niște piese de puzzle din lemn și metal, mici cât să-ți încapă în palmă și aspre la pipăit. Nici una nu fusese șmirgheluită sau vopsită. Arătau ca și cum împreună ar fi format un obiect, și, în același timp, fiecare își avea propria personalitate.

— Nu știam că v-a lăsat sculpturile înainte să plece.

— Nici noi nu ne-am închipuit că doar atât ne va mai rămâne de pe urma ei. Cred totuși că mama ta știa preabine ce-o așteaptă. Cu puțin înainte de plecarea ei, a lucrat zi și noapte în atelierul din pivniță, gândindu-se că poate nu va mai apuca să sculpteze vreodată. După ce a terminat, ne-a întrebat dacă nu vrem noi sculpturile, pentru că nu ar fi avut nici un rost să zacă pe rafturile din atelier.

— Iar acum am vrea să ți le încredințăm ție, a spus doamna Inui, împăturindu-și batista.

— Da, bineînțeles. Vă sunt recunoscătoare că le-ați păstrat atâta timp. Mulțumesc.

— Mă bucur! Măcar așa nu vor încăpea pe mâna lor.

Profesorul a zâmbit și n-a mai spus nimic.

*

Eram conștientă că trebuia să li se piardă urma până în zori, dar voiam să fac ceva pentru ei, deși nu prea știam ce.

Până una-alta, m-am dus sus, în bucătărie, am încălzit niște lapte și l-am turnat în căni. Apoi am dus ceștile în pivniță și ne-am prefăcut că ciocnim între noi, atenți să nu facem gălăgie. Ne-am băut laptele în tăcere. Când și când, unul dintre noi își ridica privirea, ca și cum ar fi vrut să spună ceva, dar, cum nu-și găsea cuvintele, continua să soarbă din lichidul alb.

În lumina palidă aruncată de becul prăfuit, scena din pivniță arăta ca o acuarelă. Lucrurile mamei dormitau într-un con de umbră – o sculptură de piatră pe jumătate terminată, niște blocnotesuri îngălbenite de vreme, o gresie de ascuțit, un aparat de fotografiat stricat, o cutie cu 24 de pasteluri. La cea mai mică mișcare, scaunele scârțâiau. Luna nu se vedea, și dincolo de fereastră domnea bezna.

— E foarte bun! a zis băiatul căruia, pesemne, i se părea ciudat că nimeni nu vorbește.

În jurul gurii îi rămăsese un cerc alb.

— Da, e bun, am încuviințat cu toții.

Mi-era greu să-mi închipui ce fel de viață îi aștepta, dar mă bucuram că acum ne beam împreună laptele gustos și fierbinte.

— Unde o să stați? am zis eu, dând glas întrebării care mă rodea. Poate v-aș fi de ajutor cu ceva. Să vă aduc din lucrurile de care aveți nevoie sau să vă țin la curent cu ce se întâmplă afară.

Soții Inui s-au uitat unul la altul, apoi și-au plecat ochii în cana cu lapte. După o clipă de tăcere, profesorul mi-a spus:

— Drăguț din partea ta să ne porți de grijă, dar cred că ar fi mai înțelept să nu știi nimic de ascunzătoare. Nu că ne-ai da de gol – altfel nu ți-am fi adus sculpturile. Numai că nu vreau să-ți facem neplăceri. Ar fi periculos să te implicăm. În orice caz, n-ai cum să vorbești despre ceva ce nu cunoști, însă, dacă știi de locuința secretă, agenții poliției nu s-ar da în lături de la nimic să te facă să mărturisești. Te rugăm din suflet, nu ne mai întreba de ascunzătoare.

— Înțeleg. N-o să vă mai întreb... Dar o să mă rog să nu vi se întâmple nimic rău, oriunde vă veți afla. Vă mai pot fi de folos cu ceva înainte să plecați? am zis, ținând strâns cana goală.

— Ne-ai putea da un cleștișor? Fiului meu i-au crescut unghiile și n-am apucat să i le tai, a zis doamna Inui stânjenită, luându-i mâinile băiatului într-ale ei.

— Sigur că da, am zis, și, după ce am luat unghiera din fundul unui sertar, i-am scos băiatului mănușile.

— Să stai cuminte. Termin numaidecât.

Avea degete subțiri, moi, perfecte, fără nici o pată sau vânătaie. M-am lăsat pe vine și l-am prins ușor de mână, atentă să nu-l rănesc. Privirile ni s-au întâlnit, și băiatul mi-a zâmbit sfios. Picioarele i se bălăngăneau în sus și în jos.

M-am apucat de treabă fără să mă grăbesc, începând cu degetul mic al mâinii stângi. Unghiile moi și transparente se tăiau ușor, împrăștiindu-se pe podea ca niște petale. Țăcănitul cleștelui a sfredelit o clipă străfundurile nopții.

Când am isprăvit, mănușile azurii așteptau pe masă.

Și astfel s-a făcut nevăzută familia Inui.

Capitolul 6

Am urcat șirul îngust de trepte – niște șipci grosolane, bătute în cuie, fără covor și fără balustradă. Mi-a trecut o clipă prin minte cum ar fi să vină cineva din direcție opusă. Cu siguranță n-am fi încăput pe scară!

De fiecare dată când mă duceam în turn mi se părea că mă aflu într-un far, judecând după bocănitul înăbușit al pașilor pe fiecare scândură și izul de ulei de mașină. În copilărie urcasem într-un far o dată sau de două ori, în compania vărului meu, și fusesem încercată de aceleași senzații.

Farul nu mai funcționa și nimeni nu-l mai vizita. Limba de pământ pe care se afla fusese invadată de trestii cu tulpinile ascuțite. Te-ai fi ales cu o droaie de zgârieturi pe picioare după o plimbare până acolo.

Lângă scară era o cămăruță care fusese cândva odaia paznicului și unde mai rămăseseră două scaune și o masă pliantă, pe care erau așezate un ceainic, un borcan cu zahăr, niște șervețele, două cești, furculițe și câteva farfurioare.

Totul arăta fără cusur – distanța dintre tacâmuri, poziția simetrică a mânerele ceștilor, lucirea furculițelor. Îmi imaginam, cu un fior de plăcere, prăjituri delicioase servite pe farfuriile acelea minunate.

Paznicul nu mai stătea de-o veșnicie acolo și lampa din vârful farului, care lumina marea, era inertă și prăfuită. Și totuși… cineva parcă tocmai se oprise acum câteva minute să ia o gustare. Dacă m-aș fi uitat mai atent, aproape că aș fi văzut aburul înălțându-se din ceștile de pe masă.

Inima îmi bătea nebunește. Cu toate acestea, am urcat mai departe scările. Mergeam înainte, iar vărul meu mă urma. Cum lumina era destul de slabă, iar șirul de trepte făcea tot felul de meandre, nu-mi dădeam seama cât de mult înaintaserăm sau cât mai era până în vârf.

Cred că aveam vreo șapte-opt ani. Eram îmbrăcată în fusta de dantelă roz făcută de mama. Mi-era deja prea scurtă, chiar dacă mi-o tot trăgeam în jos, așa că îmi făceam o mie de griji ca nu cumva vărul meu să-mi vadă chiloțeii.

Dar oare de ce veniserăm până aici? Nu-mi mai aminteam.

Tocmai când mi se tăiase răsuflarea de la efort, mi-a ajuns la urechi vuietul impetuos al valurilor și am simțit în nări iz de ulei de motor ars – deși, la vremea aceea, nu știam exact a ce mirosea. La început am crezut că era un nor toxic plutind în aer. Mi-am dus mâna la gură să nu inhalez aburii otrăvitori și mi-am ținut respirația, dar asta a înrăutățit și mai mult lucrurile, pentru că m-a luat îndată amețeala.

Dedesubtul meu se auzeau un fel de bocănituri. Să fi fost oare oaspeții din camera paznicului, care își terminaseră prăjiturile de pe farfurioare și acum dădeau năvală pe scări în urmărirea noastră? Parcă îl și vedeam pe paznicul farului, care, după ce luase o ultimă îmbucătură cu furculița lui strălucitoare, venea valvârtej după noi, cu gustul prăjiturii stăruindu-i încă pe buze, cu firimituri în colțul gurii.

Am vrut să mă întorc spre vărul meu, în speranța că mă va ajuta, dar mă gândeam cu groază cum ar fi fost dacă m-aș fi pomenit în spatele meu cu paznicul de far. M-am oprit și m-am ghemuit pe trepte, înfricoșată să mă gândesc la ce mă aștepta în vârf.

Nu știu cât timp am stat acolo chircită. La un moment dat, farul s-a cufundat în tăcere. Nu se mai auzea decât vuietul valurilor.

Mi-am ciulit urechile căutând să prind cel mai mic zgomot. În jur domnea o tăcere deplină. Făcându-mi curaj, m-am uitat înapoi, dar nu l-am văzut nici pe vărul meu, nici pe paznic.

Ciudat cum scara aceea îmi amintea așa de mult de far... Urma... urma să mă întâlnesc cu iubitul meu, așa că ar fi trebuit să urc într-un suflet scările, pe când eu de-abia mă târam, treaptă de treaptă, ascultând cu atenție la fiecare pas.

Mă aflam în turnul cu ceas al bisericii. Clopotele băteau de două ori pe zi, la unsprezece dimineața și la cinci după-amiaza. Uneltele ceasornicarului erau ținute într-o cameră de la parter – cam de aceeași mărime cu odăița de la far. Mecanismul orologiului se afla într-o încăpere din vârful turnului, dar niciodată n-am avut curiozitatea să urc până acolo. Iubitul meu mă aștepta într-o sală de clasă de la jumătatea scărilor, unde se preda dactilografia.

După câteva minute de urcat, a răzbit până la mine țăcănitul ritmic al mașinilor de scris. Unii băteau șovăitor, alții cu o viteză amețitoare. Era un curs pentru toată lumea, începători și avansați deopotrivă. Nu mai era mult până se termina ora.

Oare el să fie acela care stătea lângă una dintre novice, uitându-se cu atenție cum degetele i se mișcă tremurător? Când greșea, i le punea cu blândețe pe clapa corectă – așa cum făcuse mai demult și cu mine.

*

După ce am terminat de scris fragmentul, am lăsat creionul jos. Noul roman îmi dădea de furcă. Băteam pasul pe loc, întorcându-mă de unde plecasem, sau împotmolindu-mă, fără să am idee ce urma. Nu de puține ori mă confruntasem cu acest blocaj al scriitorului, așa că nu-i mai acordam importanță.

— Cum merge? mă întreba R de fiecare dată când ne întâlneam.

— Bine, îi răspundeam, fără să știu dacă se referea la mine sau la carte. De cele mai multe ori era vorba de roman.

— Nu scrie cu capul, ci cu mâna, mi-a zis.

Rareori se întâmpla să-mi dea așa un sfat. M-am pomenit că încuviințez tăcută, arătându-i degetele perfect întinse.

— Așa. De acolo trebuie să vină povestea, mi-a spus, dar și-a mutat repede privirea într-altă parte, ca și cum ar fi dat cu ochii de cea mai vulnerabilă parte a mea.

În orice caz, îmi ajunsese pe ziua de azi și voiam să mă culc. Degetele îmi obosiseră și îmi înțepeniseră. Am pus în penar creionul și guma, am aranjat paginile manuscrisului și am așezat pe ele un prespapier de sticlă.

În pat, gândurile mi-au zburat la soții Inui. Trecusem de mai multe prin fața căminului universității, dar de afară nu mi se păruse nimic schimbat. Studenții stăteau tolăniți pe iarbă, paznicul puriu din cabina de lângă poarta principală își omora timpul citind o carte despre copacii bonsai.

La balcoanele căminului de la intrarea din spate a campusului atârnau câteva plăpumi scoase la aerisit. Descoperisem căminul E și numărasem ferestrele de la un capăt la altul ca să găsesc apartamentul 619, unde stătuse familia Inui. Balconul, complet gol, fusese curățat de curând.

Mă oprisem de câteva ori și în sala de așteptare a secției de dermatologie a spitalului universitar, dar pe tabla de la recepție, în dreptul zilei de miercuri – când avea consultații profesorul – era scris numele unui asistent universitar. Nu se schimbase decât plăcuța cu numele. Surorile medicale treceau dintr-un salon într-altul cu medicamente, bandaje sau fișe medicale. Pacienții își suflecau mânecile sau se descheiau la cămașă ca să le arate eczemele, iritațiile, arsurile sau umflăturile de pe piele. Nimeni nu se întreba unde se dusese profesorul și nimeni nu părea să-i simtă lipsa.

Întreaga familie Inui dispăruse ca prin farmec, de parcă s-ar fi evaporat.

Eu m-am tot gândit la ei... Oare era curat acolo unde stăteau? Igiena era importantă, altfel, s-ar fi îmbolnăvit. Oare mai dormeau în paturi moi, bucurându-se de un somn lin și plin de vise? Mai aveau oare toate farfuriile și tacâmurile pe masă? Atunci nu fusesem în stare să-i întreb ce făcuseră cu pisica. Ar fi trebuit să mă ofer s-o țin eu, împreună cu sculpturile. Totuși, dacă Mizore ar fi fost zărită la mine acasă, oamenii ar fi intrat la bănuieli. Cu siguranță că Poliția Memoriei știa de ea – rasă, trăsături distinctive, culoarea și petele de pe blană...

Oricât m-am străduit, nu reușeam să ațipesc și grijile mă asaltau ca niște bule care-mi rătăceau încontinuu prin minte, fără să se spargă niciodată. Oare soții Inui se puteau încrede în rețeaua secretă? Profesorul fusese zgârcit la vorbă în privința asta. Era important ca micuții să nu se îmbolnăvească. Oare cât îi crescuseră unghiile băiatului cu mănuși azurii?

*

A doua zi de dimineață, când am făcut ochi, mai dispăruse ceva.

Era frig și înghețul năpădise grădina. Papucii, robinetul, caloriferul, chiflele din coșul de pâine erau bocnă. Vântul care bătuse întreaga noaptea se potolise.

Am pus la încălzit pe aragaz oala cu resturile de tocană și în jurul ei am așezat niște chifle, împachetate în folie de aluminiu. Când apa din ibric a fiert, mi-am făcut niște ceai negru pe care l-am îndulcit cu miere. Dimineața voiam să am neapărat ceva cald în stomac.

Cum îmi era lene să spăl vasele, am mâncat tocana direct din cratița de pe aragaz. Nerezistând aromei îmbietoare a chiflelor, le-am scos din folie și am turnat miere peste ele.

În timp ce mestecam, am încercat să mă dumiresc ce dispăruse. Cel puțin, știam sigur că nu era vorba de tocană, chifle, ceai sau miere. Toate aveau aceeași savoare ca în ziua precedentă.

Era mare tristețe când dispărea ceva de mâncare. Mai demult, camioanele din piață gemeau de mărfuri, dar acum umblau mai mult goale.

Îmi aduc aminte că în copilărie mă dădeam în vânt după salata de fasole verde. Avea în ea cartofi, ouă fierte, roșii, maioneză din belșug și o mână de pătrunjel. Mama îl întreba întotdeauna pe vânzătorul din piață dacă avea fasole fragedă, din aceea care îți pocnea între degete când o rupeai.

Trecuse multă vreme de când nu mai pusesem gura pe salata de fasole verde... Aproape că nici nu mai știam ce formă, culoare sau gust are fasolea.

După ce am terminat tocana, am pus cratița în chiuvetă și am dat focul mic. Am mai băut o ceașcă de ceai, de data asta neîndulcit. Degetele îmi erau lipicioase de la miere.

În ciuda frigului de dimineață, râul nu înghețase, sau cel puțin mi s-a părut că încă îi aud susurul, împreună cu pașii oamenilor sau ai copiilor alergând pe aleile din spate sau cu lătratul câinelui vecinilor – agitația obișnuită a unei zile în care dispăruse iar ceva.

După ce am dat gata chiflele calde, m-am luat după zarva de afară și am deschis fereastra din partea de nord a casei. Acolo se strânseseră în păr fostul pălărier, cuplul antipatic din casa de alături, câinele cu pete maro și o ceată de copii cu ghiozdanele în spate. Cu toții se holbau în tăcere la râu.

Până mai ieri fusese o simplă curgere banală de apă, în care mai zăreai când și când spinarea unui caras, însă acum era o splendoare!

M-am aplecat pe fereastră, clipind de mai multe ori. Suprafața apei era împânzită de mici pete dense, de diverse nuanțe – roșu, roz sau alb. Privite de sus, păreau moi și se contopeau unele cu altele, plutind într-un ritm mai lent decât unduirea obișnuită a râului.

Am dat fuga în pivniță și am ieșit pe la spălătoria unde mă întâlnisem cu familia Inui. Din punctul acela puteam să privesc în voie râul.

Cărămizile de pe pardoseala spălătoriei erau reci și zgrunțuroase, cu pâlcuri de trifoi ițindu-li-se din crăpături. Chiar la picioarele mele curgea un torent fabulos. Am îngenuncheat și mi-am băgat mâinile în râu. Am vrut să iau niște apă, însă palmele mi s-au umplut de petale de trandafir.

— Nemaipomenit, nu? mi s-a adresat fostul pălărier de pe malul celălalt.

— Într-adevăr, am răspuns și toți cei din jurul nostru au încuviințat.

Cu ghiozdanele săltându-le în spinare, copiii alergau pe mal, urmând firul apei.

— Ia duceți-vă la școală și nu mai pierdeți vremea aici, s-a răstit la ei fostul pălărier.

Nici una dintre petale nu se veștejise. Dimpotrivă, poate de la apa rece, păreau mai proaspete și mai strălucitoare ca oricând. Mireasma lor, topindu-se în pâcla ce învăluia râul, era atât de îmbătătoare, că te lua amețeala.

Cât vedeai cu ochii erau numai petale plutind pe suprafața râului. O clipă mâinile mele au decupat un ochi de apă limpede, acoperit pe dată de alte petale, lunecând valuri-valuri într-o curgere hipnotică ce le împingea spre ocean.

Am scuturat în râu petalele care mi se lipiseră de palme – unele cu margini dantelate, pale, altele în culori aprinse sau cu sepalele care nu se desprinseseră încă de caliciu. Preț de o clipă au rămas agățate de cărămizile de pe pardoseala spălătoriei, apoi au fost pe dată luate de vâltoare, topindu-se în marea de petale.

*

M-am spălat pe față și m-am dat cu cremă, dar nu voiam să-mi pierd vremea să mă fardez. Mi-am tras iute pe mine haina și am ieșit afară. Aveam de gând să merg în susul râului, la grădina de trandafiri de pe panta sudică a dealului.

O sumedenie de gură-cască se adunaseră în jurul râului, admirând priveliștea minunată. Bineînțeles că agenții de la Poliția Memoriei erau și ei acolo, mai mulți ca de obicei. Stăteau cu armele la brâu, cu chipurile împietrite.

Copii neastâmpărați aruncau pietre în râu sau băgau în apă bețe lungi, pe care numai ei știau de unde le pescuiseră. Curentul își vedea de drum, netulburat de năzbâtiile lor, întâlnind ba o dună de nisip, ba un buștean – nimic care să pună stavilă curgerii impetuoase a petalelor, care te-ar fi învăluit într-o pătură catifelată dacă ai fi intrat în râu.

— Cine și-ar fi închipuit... a șoptit cineva.

— E cea mai frumoasă dispariție de când mă știu.

— Să facem câteva poze.

— Mai bine nu. Ce rost ar avea niște fotografii cu un obiect dispărut?

— Ai dreptate.

Trecătorii șușoteau între ei, temători să nu atragă atenția Poliției Memoriei.

În afara brutăriei, nici unul dintre magazine nu se deschisese. Mi-a venit ideea să dau o fugă să văd ce se întâmplase cu trandafirii de la florărie, dar prăvălia avea încă obloanele trase. Autobuzele și tramvaiele circulau aproape goale. Razele soarelui străpungeau ici-colo norii și ceața începuse să se împrăștie, dar mireasma florilor încă mai stăruia în aer.

*

Bineînțeles, în grădină nu mai rămăsese nici un fir de trandafir. Tulpinile golașe – doar frunze și spini – se ițeau pieziș din pământ ca niște oase descărnate. Uneori, mai venea câte o pală de vânt din vârful dealului, unde era observatorul, și ducea cu ea, la râu, petalele rămase. La fiecare adiere, frunzele și rămurelele fremătau.

Grădina era pustie. Nu mai erau acolo nici tânăra strident machiată, care stătea de obicei la intrare, nici îngrijitorii, și nici vizitatorii. M-am întrebat dacă mai era nevoie să plătesc biletul de intrare, dar până la urmă m-am strecurat pe poartă și am pornit-o pe poteca șerpuitoare, urmând ruta marcată de indicatoare.

Cu excepția trandafirilor, celelalte flori din grădină supraviețuiseră: câteva campanule, niște cactuși țepoși și un pâlc de gențiene. Toate înfloreau discret, parcă jenate că fuseseră crușate de dispariție. Curios, dar adierea de vânt de adineauri spulberase doar petalele trandafirilor...

O grădină de trandafiri fără trandafiri este un loc friguros, lipsit de sens. Ți se rupea inima să vezi lăsate de izbeliște lucrurile care până nu demult fuseseră îngrijite cu atâta dragoste. Susurul apei nu mai răzbea până aici. Singurul sunet era cel al pașilor mei, călcând în picioare solul mănos și moale. Cu mâinile îndesate în buzunare, am rătăcit pe deal de parcă mă preumblam printr-un cimitir al celor care-și găsiseră sfârșitul fără nume, fără o piatră la căpătâi.

Pe când priveam țepii, frunzele, crengile, pe când citeam conștiincios plăcuțele cu numele plantelor, mi-am dat seama că nu-mi mai aminteam cum arată un „trandafir“.

Capitolul 7

În trei zile, debitul și culoarea râului au revenit la normal, și carașii și-au făcut iar apariția.

În ziua următoare, toți cei care aveau trandafiri în grădină au venit să-i arunce în apă. Smulgeau cu atenție petală cu petală și le dădeau drumul în râu.

La baza podului de lângă spălătorie am zărit o femeie elegantă, probabil de condiție bună.

— Ce trandafiri superbi! i-am spus, deși nu mai nutream nici un de sentiment pentru aceste flori.

Doamna smulgea petalele cu așa o delicatețe, că simțisem nevoia să-i adresez câteva cuvinte.

— Mulțumesc. Au fost premiați la târgul de anul trecut.

Pesemne că vorbele mele îi făcuseră plăcere.

— Sunt cea din urmă și cea mai frumoasă amintire de la tatăl meu.

În voce nu i se citea nici un regret. Rupea petalele fără ezitare și le arunca rând pe rând în apă, cu mișcări unduitoare. Oja de pe unghii avea aproape aceeași nuanță cu cea a florilor.

Îndată ce a terminat, s-a întors și, fără să mai arunce nici o privire spre râu, a schițat o plecăciune grațioasă, așa cum făceau cei de familie bună, și a plecat.

*

După ce împânziseră o vreme râul, ultimele petale au fost purtate de curent în mare, unde s-au topit, înghițite de valuri. De pe puntea vasului, eu și bătrânul le priveam cum ni se perindă pe dinainte.

— Cum o ști vântul care sunt petalele de trandafiri? am spus, mângâind balustrada și desprinzând cu degetul mare o bucată de rugină.

— Hm... Sunt multe lucruri care ne scapă... Cert este că s-au dus și trandafirii.

Era îmbrăcat cu puloverul de la mine și cu pantalonii de mecanic pe feribot.

— Ce se va alege de grădina de trandafiri? m-am întrebat cu voce tare.

— Nu-ți mai face griji și pentru asta. Probabil o să pună alte flori, sau chiar niște pomi fructiferi, sau o s-o transforme în cimitir... Cine știe? Timpul le vindecă pe toate. Curge înainte fără preget și nu se supune nici unei reguli sau nici unui ordin.

— Fără trandafiri, dealul o să fie golaș. N-a mai rămas decât vechea bibliotecă după ce observatorul s-a desființat.

— Într-adevăr. Răposatul dumitale tată mă invita adesea pe-acolo. Îmi dădea să mă uit prin binoclu cum apărea o pasăre rară. Ca să mă revanșez, îi meșteream una-alta la instalația sanitară sau la tabloul electric. Mă împrietenisem și cu grădinarul din grădina de trandafiri. Cum înflorea un soi nou, cum mă chema să-l văd. Pe vremuri, mergeam des în vârful dealului, mai puțin la bibliotecă... Însă, dacă îți apărea vreo carte, mă duceam până acolo să mă asigur că fusese pusă pe raft.

— Doar pentru asta băteai atâta drum?

— Bineînțeles, și aș fi făcut bucuros plângere dacă lipsea vreuna. Din fericire, erau toate.

— Mă bucur. Deși nu prea văd pe nimeni interesat de romanele mele.

— Dimpotrivă. Am verificat pe fișa de împrumut și aveai doi cititori – o școlăriță și un bărbat de la o firmă.

Bătrânul se aprinsese puțintel de la discuția despre cărți. Avea vârful nasului roșu de la briza rece.

În jurul elicei vasului se formase un vârtej de petale. Purtați îndelung de apele râului, trandafirii își găsiseră sfârșitul în apele sărate. Arătau jalnic, fără culoare, fără strălucire, cotropiți de încrengătura de alge, pești morți și gunoaie. Până și mireasma îmbătătoare le dispăruse!

La fiecare val mai mare, vasul se zgâlțâia, și din străfunduri i se ridica un geamăt surd. Farul de la capătul promontoriului era scăldat în razele soarelui.

— Ce s-a întâmplat cu prietenul tău, grădinarul? am întrebat.

— S-a pensionat. La vârsta lui, nu mai avea de ce să-și facă griji din pricina Poliției Memoriei. Chiar dacă n-ar mai fi fost lăsat să crească trandafiri, și-ar fi găsit el ceva cu care să-și omoare timpul – să vadă de nepoți sau de pisica puricoasă.

A bătut cu vârful pantofului în scândurile vasului. Puntea veche, dar trainică ai fi zis că-i o extensie a corpului său.

— Uneori îmi fac griji... i-am zis cu privirea în jos. Ce se va întâmpla cu insula noastră dacă lucrurile vor continua să dispară în asemenea ritm?

Și-a dus mâna la barbă de parcă n-ar fi priceput întrebarea.

— Ce vrei să spui? a murmurat el.

— Nu ți se pare că lucrurile vechi dispar mai repede decât apar altele noi?

A încuviințat și s-a încruntat de parcă era chinuit de o migrenă înfiorătoare.

— Și ce mai pot crea oamenii de pe insulă? am continuat. Două-trei soiuri de legume, mașini de duzină, piese de teatru puerile, aragaze mari și grele, orătănii costelive, cosmetice unsuroase, bebeluși și cărți pe care nu le citește nimeni... Mărunțișuri care se strică repede și care nu compensează pierderile de zi de zi. Cu fiecare dispariție, se degajă o energie teribilă, înspăimântătoare. Dacă o ținem tot așa, teamă mi-e că insula va deveni încet-încet o rețea de absențe și goluri, până ce se va șterge cu desăvârșire de pe fața pământului. Nu te-ai gândit niciodată la asta?

— Ba da, a murmurat el, vădit tulburat, jucându-se cu manșetele puloverului. Poate fiindcă ești scriitoare, îți trec prin cap asemenea idei prăpăstioase. Îmi pare rău, n-ar fi trebuit să spun asta. Însă nu-i oare asta treaba unui scriitor, să născocească povești bizare sau să-i vină idei care mai de care mai extravagante?

— Tot ce se poate, am murmurat. Dar nu mă refer la povești, ci la adevărul gol-goluț.

— O să fie bine! a spus el încrezător. Am trăit de trei ori mai mult ca dumneata, cu alte cuvinte am pierdut de trei ori mai multe lucruri. Însă niciodată nu m-am simțit neputincios sau nu mi s-a părut că aș fi în primejdie. Nici măcar atunci când a dispărut feribotul. Firește, nu mă mai puteam urca pe vas să merg la cumpărături sau la film pe malul celălalt, nu-mi mai murdăream mâinile de ulei ca să-l repar și îmi pierdusem salariul de mecanic. Cu toate astea, nu mi-a păsat. M-am descurcat și fără el. M-am obișnuit cu viața de paznic la depozit, ba chiar a ajuns să-mi placă. Vasul a devenit noua mea casă – un loc unde mă simt pe deplin în largul meu. N-am de ce să mă plâng.

— Însă ți s-au șters din minte toate amintirile legate de el, am zis ridicându-mi privirea. Acum e doar o grămadă de fier vechi. Nu te întristează? Nu ți-e greu să stai într-o cutie ruginită, plutind pe ape?

Buzele i s-au mișcat în gol, în căutarea unui răspuns.

— Ai dreptate. Pe insulă sunt mai multe goluri ca înainte. În copilărie mi se părea că atmosfera era... cum să zic? Mai plină, mai compactă, mai reală. Însă cu timpul s-a rarefiat, s-a înțesat de găuri... Și odată cu aceste goluri, inimile ni s-au împuținat – sunt mai subțiri, mai diluate. O fi și acesta un soi de echilibru. Dar ceva îmi spune că totul va fi bine!

A încuviințat de mai multe ori. La fel își încrețea ridurile de pe chip și când eram mică și-l asaltam cu întrebări: de ce se fac degetele portocalii după ce mănânci mandarine sau unde dispar stomacul și mațele unei mămici care așteaptă un copil?

— Sper să ai dreptate, i-am zis. Sper să fie bine.

— O să fie, o să vezi. Nu-i chiar așa de îngrozitor că lucrurile dispar, sau că le uităm. Fii pe pace. Poliția Memoriei îi caută doar pe cei care nu pot să uite.

Amurgul învăluia marea, și oricât de atentă aș fi scrutat valurile, n-am mai zărit nici o petală de trandafir.

Capitolul 8

Se împlineau trei luni de când îmi pierdusem vocea. Nu mă mai puteam descurca fără mașina de scris. Chiar și când făceam dragoste, mă aștepta răbdătoare lângă pat. Dacă voiam să-i spun ceva iubitului meu, întindeam mâna și începeam să bat. Acum sunt mult mai rapidă la dactilografiat decât la scrisul de mână.

În primele zile după ce am rămas fără voce m-am tot străduit să vorbesc. Am încercat să-mi rulez limba în cerul gurii, să-mi țin respirația de mai-mai să-mi explodeze plămânii sau să-mi contorsionez buzele în fel și chip. Totul a fost zadar, așa că am recurs la mașina de scris.

— Ce vrei de ziua ta? mă întrebase iubitul.

Eu m-am uitat în jos, în poală, unde aveam de obicei mașina de scris.

Țac-țac-țac.

AȘ VREA O PANGLICĂ DE TUȘ.

M-a privit nedumerit, cu mâna stângă pe umărul meu în timp ce citea ce scrisesem pe coală.

— O panglică de tuș? Nu-i deloc romantic, mi-a zis amuzat.

Țac-țac-țac.

MI-E FRICĂ SĂ NU SE TERMINE ȘI SĂ NU MAI AVEM CUM COMUNICA.

Îmi făcea plăcere să-i simt căldura pe umăr de fiecare dată când eram împreună. Apropierea mă făcea să mai uit de suferința de a-mi fi pierdut vocea.

— Înțeleg. Atunci o să merg la papetărie să cumpăr tot ce au în stoc.

Țac-țac-țac.

MULȚUMESC.

Cuvintele așternute pe hârtie, în alfabet[1]*, arătau diferit de cele vorbite. Mica adâncitură rămasă pe hârtie după ce se imprima litera. Petele de cerneală. Litera „J" cu curbura sa caraghioasă, gata să se rostogolească pe spate dintr-o clipă într-alta. Zigzag-ul literei „M", căreia i se decupase un unghi ascuțit chiar din centru. Mici amănunte care îmi făceau inima să tresalte de bucurie...*

Țin și acum minte cursul la care ne arătase cum se schimbă panglica de tuș de la mașina de scris. Eram în stadiul în care exersam doar cuvinte simple: „acesta, acesta" sau „acela, acela". Și tot așa.

— Înainte să vă întoarceți acasă, ne zisese, să învățăm să schimbăm panglica de tuș. La început o să vi se pară greu, dar îndată ce o să vă deprindeți, o să vă fie mult mai ușor. Priviți-mă cu atenție.

Cursanții se adunaseră în jurul unei bănci din mijlocul clasei. El își strecurase degetele prin crăpătura din lateralul mașinii de scris și-i deschisese cu un mic păcănit capacul.

Interiorul mașinii era mai interesant decât crezusem. Piesele erau adunate într-un întreg armonios – pârghiile care susțineau literele, roțile care acționau ca niște scripeți, tijele metalice bine unse, de fel și fel de forme...

---

1. Cei doi își scriau la mașina de scris folosind alfabetul, în transliterație latină (*rōmaji*), nu ideogramele japoneze. (N. tr.)

— Bun, o să aruncăm panglica veche, zisese el, glisând-o pe carul mașinii de scris.

Panglica plină de tuș se desfășurase printre manete, rotițe și tije de metal.

— Așa, acum o să luăm una nouă. Țineți-o cu fața, adică partea cu cerneală în sus, și petreceți-o prin cilindrul din stânga. Prindeți-o de celălalt capăt cu mâna dreaptă. Să nu cumva să-i dați drumul. Mare atenție la unghiul de intrare și ordinea în care băgați panglica. E ca și cum ați pune ață la mașina de cusut. Mai întâi băgați-o prin sârma aceasta în formă de cârlig, apoi prin rotița de aici, și după aceea prin spatele acestei pârghii. Și apoi vă întoarceți puțin în acest punct.

Foarte complicat! Nu era ceva să ții minte de la prima încercare. Cursanții începuseră să se foiască, nerăbdători. Degetele i se mișcau precis, fără poticneli.

— Gata!

Văzând panglica șerpuind prin interiorul mașinii de scris, clasa scosese un suspin de ușurare.

— Ați priceput? ne întrebase, uitându-se în jur, cu mâinile în șold.

Palmele îi erau curate, fără nici o pată de cerneală sau de ulei, iar degetele, mai frumoase ca oricând.

Mult timp nu fusesem în stare să schimb singură panglica de tuș. Fie o încurcam într-un hal fără de hal, fie nu reușeam să imprim nimic pe coala de hârtie, oricât aș fi apăsat pe clape... Mi-era teamă ca panglica să nu mi se rupă în timpul orei.

Acum însă mi se pare floare la ureche. Pot s-o schimb mai repede și mai bine ca el. De când folosesc mașina de scris ca să mă fac înțeleasă, panglica de tuș mi se termină în trei zile, dar îmi place s-o păstrez. Am senzația că, dacă mă uit intens la literele întipărite pe ea sau dacă le ating, s-ar putea să-mi revină vocea.

*

I-am arătat lui R ce scrisesem. Cum se strânseseră mai multe pagini, a trecut pe la mine, ca să nu fiu nevoită să car manuscrisul voluminos.

Am parcurs împreună textul, discutând de-a fir a păr fiecare rânduleț. Am schimbat pe ici, pe colo, unele cuvinte, am adăugat propoziții dacă simțeam că lipsește ceva, ba chiar într-un loc ne-am încumetat să ștergem un pasaj întreg.

Așezat pe canapea, R întorcea tăcut pagină de pagină cu mare băgare de seamă, de parcă le-ar fi mângâiat, prinzându-le cu pricepere între degetele, fără să le strângă prea tare. Privindu-l, mă încercau o sumedenie de emoții și mă tot întrebam dacă ceea ce scrisesem merita într-adevăr atâta atenție.

— Gata pe ziua de azi!

După ce a terminat de citit, și-a scos din buzunar țigările și bricheta, pe când eu adunam paginile însemnate, prinzându-le cu o agrafă de birou.

— Mai vrei ceai? l-am întrebat după ce isprăvisem de aranjat colile.

— Da, te rog. Dar mi-ar plăcea unul mai tare.

— Sigur că da.

În bucătărie am tăiat câteva felii de chec, am făcut ceaiul și l-am dus în sufragerie.

— Mama ta? m-a întrebat, arătând spre fotografia de pe șemineu.

— Da.

— Era foarte frumoasă! Îi semeni, să știi.

— Da' de unde! Tata spunea că singurul lucru moștenit de la mama sunt dinții – sănătoși și fără nici o carie.

— Dinții sunt și ei importanți.

— Mama ținea câteva sardele uscate înfășurate în ziar pe masa din atelier și obișnuia să ciugulească din ele în timp ce lucra. Dacă vedea că mă agitam prea mult în țarc, îmi strecura un pește în gură, ca să mă facă să tac – și asta înainte să-mi dea dinții. Și acum îi mai simt gustul și mirosul, amestecat cu rumeguș și ipsos. Era tare grețos!

R se uita în jos, zâmbind, și își potrivise ochelarii pe nas.

Ne-am mâncat în tăcere felia de chec. Uneori, după ce întorceam pe toate fețele manuscrisul, ni se întâmpla să rămânem fără subiecte de conversație. Nu era o tăcere apăsătoare – mă simțeam în largul meu învăluită în cadența egală a răsuflării sale liniștite. Pentru mine, singurul R pe care îl cunoșteam era cel care îmi citea manuscrisele. Nu știam nimic despre copilăria sau familia sa, n-aveam habar cum își petrece duminicile, ce gen de femei îi plac sau cu ce echipă de baseball ține. Când eram împreună, nu făceam decât să citim ce scrisesem.

— Mai ai vreuna din sculpturile mamei tale? a rupt R tăcerea.

— Doar cele pe care ni le-a făcut cadou mie sau tatei, am răspuns, aruncând o privire spre poza mamei.

Purta o rochie vaporoasă, de vară, și surâdea sfioasă, cu mine în poală. Mâinile, surprinzător de vânjoase de la mânuirea dălții, a ciocanului, a pietrei și a altor ustensile grele, îmi mângâiau piciorușele de bebeluș.

— Nu prea-i plăcea să-și țină lucrările aici. Am senzația că odinioară erau mai multe sculpturi în atelier. Cred că a încercat să le ascundă în grabă când a primit citația de la Poliția Memoriei. Parcă presimțea ceva... Numai că eu eram foarte mică și nu-mi amintesc.

— Unde-i atelierul?

— În pivniță, dar cred că mai lucra și într-o căbănuță din susul râului. Însă, după ce m-am născut eu, a sculptat mai mult aici.

Am bătut în podea cu vârful papucului.

— N-am băgat de seamă că aveți și o pivniță.

— Pivniță e un fel de-a spune... Intrarea principală, din aripa de sud a casei, dă spre stradă, pe când spatele, adică partea din nord, se află pe acest mal. Fundația de piatră a fost așezată pe albia râului, și casa a fost construită pe ea. Cu alte cuvinte, pivnița se află sub nivelul apei.

— Ciudat...

— Mamei îi plăcea susurul apei mai mult decât vuietul valurilor izbindu-se de țărm. De aceea cred că a și cumpărat căbănuța din susul râului. În atelier n-avea nevoie decât de trei lucruri ca să poată sculpta în voie: clipocitul apei, țarcul meu și sardelele uscate.

— Ce ciudat! a repetat, scoțându-și bricheta și aprinzându-și o țigară. Dacă nu te superi, a zis el cu o mică ezitare, n-ai vrea să-mi arăți și mie atelierul din pivniță?

— Cu mare plăcere, i-am răspuns imediat.

A dat încet afară fumul din plămâni, de parcă reușise în sfârșit să spună ceva la care se gândise de multă vreme.

*

— Îți cam îngheață picioarele aici, jos.

— O să dau drumul la sobă. Scuze. E veche și durează până se face cald. Eu m-am obișnuit...

— Stai liniștită. E plăcut să simți răcoarea care vine de la râu.

A coborât scările întunecoase, ținându-se ușor stânjenit de brațul meu drept.

— E mai mare decât credeam, a zis el, uitându-se în jur.

— După ce a murit mama, tatei îi era urât să coboare aici, așa că s-a cam ales praful de atelier.

Nu mai fusesem acolo de la vizita soților Inui.

— Poți să arunci o privire dacă vrei, l-am îmbiat.

S-a plimbat prin odaie, trecând în revistă, rând pe rând, toate obiectele – ușa cu geam care dădea înspre spălătorie, scaunele de lemn... Pe primul raft al dulapului tronau sculpturile de la familia Inui. Deși nu era nimic care să merite atâta atenție, a stat mult în cameră, scrutând fiecare cotlon de parcă voia să tragă în piept tot izul acela rece de vechituri de care era îmbibat subsolul.

— Poți să te uiți și în sertare, pe caiete sau pe schițe, i-am spus.

Așa a făcut. A spicuit pagină de pagină cu aceeași grijă cu care îmi citea manuscrisul.

La fiecare mișcare se ridicau norișori de praf și așchii de lemn. Printr-un ochi de fereastră se zărea cerul senin. Când și când, se auzeau carașii zbenguindu-se în râu.

— Ce-i asta? m-a întrebat ajungând în dreptul comodei cu multe sertare de sub scară.

— Aici își ținea mama lucrurile secrete.

— Lucrurile secrete?

— Da... Cum să-ți zic? O sumedenie de mărunțișuri care mie îmi erau străine...

Îmi găseam greu cuvintele. El începuse deja să deschidă sertarele. Erau toate goale.

— N-a mai rămas nimic.

— Când eram mică, fiecare sertar avea câte un obiect în el. Când făcea o pauză de lucru, mama mi-l arăta și-mi spunea despre el povești bizare, foarte diferite de cele din cărțile mele cu poze.

— Dar acum de ce-s goale?

— Nu știu. La un moment dat au dispărut. Cred că s-a întâmplat când Poliția Memoriei a venit s-o aresteze.

— Crezi că ei le-au luat?

— Nu, n-au intrat niciodată în pivniță. Mama și cu mine eram singurele care știam de existența comodei. Nici măcar tatei nu-i spusese de ea. Cred că a găsit o cale să se debaraseze de lucruri după ce a primit citația. Eram mică, cred că nici nu împlinisem zece ani, așa că habar n-aveam ce erau acele obiecte, dar cred că ea știa prea bine, așa cum știa și ce avea să se întâmple cu ea. Bănuiesc că a reușit să le ascundă, să le arunce sau să le dea în păstrare unor prieteni.

— Înțeleg, a murmurat R.

Stătea sub scară, aplecat să nu se dea cu capul de ea. Mi-era teamă că se va umple de rugină când a tras de unul dintre mânerele sertarelor.

— Îți mai amintești ce era aici?

S-a uitat insistent la mine, și lumina soarelui i s-a reflectat în lentilele ochelarilor.

— Sunt momente în care mă străduiesc din răsputeri să-mi aduc aminte, fiindcă erau clipe dragi, petrecute cu mama. Îi țin minte perfect vocea, expresia de pe chip, până și mirosul aerului din pivniță, însă lucrurile din sertar mi le amintesc ca prin ceață, ca și cum conturul memoriei mi s-ar fi topit și amintirile și-au luat rând pe rând zborul.

— Spune-mi ce-ți amintești, chiar și frânturi...

— Păi... am murmurat, uitându-mă lung la comodă.

La vremea ei, fusese o piesă de mobilier frumușică, dar acum ajunsese într-o stare deplorabilă, acoperită de praf, cu vopseaua scorojită și mânerele ruginite. Ici-colo se vedeau urmele abțibildurilor pe care le lipisem pe ea în copilărie.

— Obiectul la care mama ținea cel mai mult... am spus după o lungă pauză de gândire, era undeva pe raftul al doilea. Amintire de la bunica. O piatră verde, tare și mică, asemenea dințișorilor unui copil. Cred că-mi amintesc de ea pentru că era pe vremea când îmi căzuseră dinții de lapte.

— Era frumoasă? m-a întrebat.

— Da, cred că da. Mama o scotea deseori și o ținea în lumina lunii. Era limpede că pentru ea era un obiect de suflet, dar eu nu mi-l amintesc – nici dacă era frumos sau valoros, sau dacă îmi doream să-l ating. Nu țin minte nimic, absolut nimic. Poate doar senzația rece pe care mi-a lăsat-o când mama mi l-a așezat în palmă. Când stau aici, în fața dulapului, mi-e inima ca un vierme de mătase dormind în crisalidă.

— Toată lumea simte asta când e vorba de lucrurile dispărute... Oare nu cumva piatra verde se numea smarald? m-a întrebat, ducându-și iar mâna la ochelari.

N-am prea prins sensul cuvântului.

— Sma-rald? am murmurat eu.

Silabele au stârnit câteva tresăriri în străfundurile minții.

— Da, sma-rald. Da, da, chiar așa! am încuviințat. De unde știi?

A rămas o clipă tăcut. În loc să-mi răspundă, a început să deschidă iar sertarele, unul câte unul. Mânerele au scârțâit. Când a ajuns la ultimul din stânga, s-a oprit și s-a întors spre mine.

— În acesta a fost un parfum, nu?

Eram pe cale să-l întreb iar de unde știa, dar mi-am înghițit cuvintele.

— Încă mai miroase puțin, a adăugat el, împingându-mă cu blândețe de la spate ca să mă apropii. Simți?

M-am uitat în sertar și am tras adânc aer în piept, amintindu-mi brusc că și mama mă pusese cândva să fac asta. Plămânii mi s-au umplut de aer stătut și rece. Senzația mâinii lui R pe spatele meu era mult mai vie decât amintirea parfumului.

— Îmi pare rău, am oftat, scuturând din cap.

— N-ai de ce să te scuzi. E foarte greu să-ți amintești obiectele dispărute.

A închis sertarul cu „parfumul“, apoi a adăugat, cu privirea în pământ:

— Eu încă mai țin mine frumusețea smaraldului și mirosul parfumului. N-am uitat nimic...

Capitolul 9

Iarna era în toi și insula a fost învăluită într-un aer greu, stătut. Soarele de-abia mai strălucea și vântul sufla în fiecare după-amiază. Oamenii umblau grăbiți, gheboșați, cu mâinile adânc vârâte în buzunarele paltoanelor.

Camioanele verde închis își făceau apariția pe străzi din ce în ce mai des. Uneori goneau cu mare viteză, cu sirenele urlând, iar alteori se mișcau greoi, încărcate până la refuz, cu prelata trasă. Câteodată mai întrezăreai de sub ea un pantof, o valiză sau poalele unui palton.

Metodele folosite de Poliția Memoriei erau tot mai brutale. Oamenii nu mai primeau citație, ca pe vremea când trăia mama, ci se trezeau direct cu agenții pe cap. Totul se petrecea fulgerător. Polițiștii aveau acum în dotare berbeci grei, cu care puteau sparge orice ușă. Dădeau buzna pe nepusă masă, răscolind totul, în căutare de ascunzători – în magazii, sub pat, pe după dulapuri. Scotoceau în orice cotlon ar fi putut încăpea un om și târau cu ei orice suspect, odată cu cei care îl adăpostiseră, îmbrâncindu-i în camioanele lor verde închis.

De la trandafiri nu au mai avut loc alte dispariții, dar ajunsese cumva la ordinea zilei să auzi de persoane care își pierduseră brusc urma – un prieten din orașul vecin, un coleg, un pescar care ți-era rudă îndepărtată. Se prea poate să fi fost luați cu forța sau, dacă le-ar fi surâs puțin norocul, să fi găsit o locuință secretă.

Însă nimeni nu-și bătea capul cu asta. Lumea o cataloga ca pe o întâmplare nefericită și se ferea să deschidă discuția despre ea. Dacă într-o bună dimineață o familie se făcea nevăzută și își lăsa casa goală, vecinii se uitau pe furiș de la ferestre, cu speranța că proprietarii erau undeva, în siguranță. Oamenii se obișnuiseră deja cu astfel de pierderi...

*

— Spune-mi dacă ai prefera să nu auzi ce urmează să-ți spun.

Mâna bătrânului a înțepenit deasupra tartei cu mere pe care o tăia.

— Vorbești în doi peri! a bombănit. Nu pot să promit nimic până n-ascult ce-ai să-mi spui.

— Din păcate, o să fie prea târziu după ce ți-am zis. În orice caz, trebuie să rămână între noi. Dacă nu dorești să afli ce am de spus, nu-i nici o supărare. O să țin totul în mine. Dar vreau să-mi zici clar, fără înconjur, fără să te simți constrâns în nici un fel. Deci mă asculți, sau nu?

A lăsat jos cuțitul și și-a pus mâinile pe genunchi. Apa din ibricul de pe aragaz dăduse în clocot. O rază de soare strălucind prin hubloul cabinei de clasa I a căzut chiar pe tarta cu mere, și glazura cu unt a lucit o secundă.

— Sunt ochi și urechi, a zis, uitându-se în ochii mei.

— Îți dai seama c-ar putea fi periculos?

— Da.

— Ai putea plăti cu viața pentru asta.

— Oricum nu mi-a mai rămas mult de trăit.

— Sigur?

— Sigur. Haide, spune-mi!

S-a uitat în pământ, împreunându-și din nou mâinile pe genunchi.

— Știu pe cineva la ananghie pe care aș vrea să-l ajut. Să-l ascund, dacă-i nevoie.

I-am scrutat chipul, dar n-am citit nimic pe el. Părea că așteaptă să-mi duc la capăt ideea.

— Sunt conștientă de ce-ar putea să mi se întâmple dacă aș fi descoperită, dar, dacă stau cu mâinile în sân, știu că voi pierde pe cineva drag. Așa cum s-a petrecut cu mama. Numai că nu mă pot înhăma singură la asta. Am nevoie de cineva în care să am încredere deplină.

O pală de vânt a făcut feribotul să geamă din rărunchi. Farfuriile au zornăit pe masă, izbindu-se una de alta.

— Pot să te întreb ceva?

— Sigur.

— Ce legătură este între dumneata și persoana pe care vrei s-o ajuți?

— Este editorul meu – primul care îmi citește manuscrisul. Este prietenul care îmi știe străfundurile inimii, care îmi cunoaște părticica de suflet pe care o pun în fiecare dintre cărțile mele.

— Înțeleg. Atunci o să te ajut.

— Mulțumesc.

I-am atins palmele care i se odihneau în poală. Avea mâinile mari, brăzdate de riduri.

*

Tot întorcând chestiunea pe toate fețele, am hotărât că varianta cea mai sigură de ascunzătoare era cămăruța în care tata își ținuse cărțile și documentele. Pe când încă mai trăia, angajase un dulgher să facă un spațiu de depozitare între podeaua de la primul etaj și tavanul de la parter. Singura cale de acces era printr-o trapă din podeaua camerei de lucru.

Încăperea era lungă și îngustă, de vreo trei *tatami*, nu mai înaltă de un metru și optzeci de centimetri. R, care era destul de înalt, n-ar fi putut sta drept în ea. Odăița era prevăzută cu electricitate, dar nu și cu apă curentă sau cu lumină naturală.

Firește, camera din pivniță era mult mai mare și mai confortabilă, dar toți vecinii știau de ea și, dacă ar fi avut curajul să se aventureze pe podețul putred din apropiere, ar fi putut intra la subsol. Dacă, prin absurd, Poliția Memoriei ar fi percheziționat casa, acela ar fi fost primul loc unde ar fi căutat. Dar micul spațiu de depozitare le scăpase când veniseră să confiște materialele tatei. Dacă aveam de gând să facem pasul acesta, era necesar să găsim un loc cât mai ferit de privirile lumii.

Bătrânul a scris pe o pagină din jurnalul de bord fiecare punct important.

Mai întâi, lista pentru mine. Așadar, trebuia:

1. *Să scot din cămăruță toată cărțile și documentele rămase. Fiindcă materialele se refereau la păsări, urma să mă debarasez de ele cu cea mai mare prudență.*
2. *Să curăț și să dezinfectez locul; igiena nu trebuia trecută cu vederea, de vreme ce nici un doctor nu l-ar fi putut consulta pe R dacă s-ar fi îmbolnăvit.*
3. *Să găsesc un covor care să mascheze ușița: un preș banal, simplu, fără vreun desen complicat, care să bată la ochi.*
4. *Să pregătesc cele necesare pentru viața de zi de zi: un prelungitor, o veioză, așternuturi, un fierbător,*

un serviciu de ceai etc.; să evit pe cât posibil să fac noi achiziții – o listă lungă de cumpărături ar bate la ochi.

5. *Să găsesc o modalitate să-l aduc acasă pe R, fără ca nimeni să observe – partea cea mai importantă și mai greu de realizat!*

Apoi, lista pentru bătrân, care trebuia:

1. *Să monteze un ventilator ca aerul din cameră să nu devină sufocant.*
2. *Să improvizeze o instalație sanitară minimală, care să-i asigure lui R necesarul de apă curentă.*
3. *Să tapeteze camera cu carton ca s-o izoleze termic și fonic.*
4. *Să facă o toaletă – un proiect complicat, care trebuia abordat cu maximă discreție.*
5. *Să se împrietenească cu R; de-acum înainte, singurele persoane cu care va avea contact vom fi doar noi doi.*

Am discutat totul în cele mai mici detalii, revizuindu-ne planul de nenumărate ori. Voiam să fim siguri că nu trecem nimic cu vederea și că pregătim cum se cuvine camera secretă. Am încercat să ne gândim la toate chichițele, la toate posibilele obstacole și ne-am stors creierii să găsim rezolvare la fiecare în parte: cum să procedăm dacă ne prindeau transportând materialele de construcții; ce să facem în cazul în care câinele vecinilor prindea miros străin; cum să acționăm dacă Poliția Memoriei îl ridica pe R înainte ca proiectul nostru să fie gata. Erau multe de pus la punct...

— Hai să facem o pauză, a zis bătrânul.

A luat ibricul de pe aragaz și a turnat apă fierbinte în ceainic. Pe când ceaiul se infuza, a tăiat tarta cu mere.

— Nu-ți mai face atâtea griji.

— Zău?

— Lasă-le în seama mea. O să fie bine, o să vezi.

— Așa-i, am repetat eu. O să fie bine.

Mi-a pus în față o felie zdravănă de prăjitură. Încă mă mai credea o fetiță în creștere și, inevitabil, îmi dădea porția cea mai mare. Farfuria era așezată pe un șervet de un alb imaculat. Fața de masă netedă, bine apretată, avea în mijlocul ei o vază cu o crenguță cu boabe roșii, ruptă din copacii care creșteau din belșug în vârful dealului.

Ne-am recitit notițele din jurnalul de bord, ca să ni le întipărim mai bine în minte. Apoi ne-am debarasat de orice probe incriminatorii. Bătrânul a rupt paginile și le-a aruncat sobă. Mistuite de flăcări, colile s-au făcut din ce în ce mai mici, până s-au transformat în cenușă. Am rămas o vreme tăcuți, cu ochii la foc. Ne așteptau momente grele, dar, spre surprinderea noastră, nu ne pierduserăm stăpânirea de sine. Aerul din cabină era cald și mirosea a prăjitură.

*

Ne-am apucat de treabă chiar de a doua zi. Am făcut mici grămăjoare din materialele cu cercetările tatălui meu și le-am ars în incineratorul din grădină ca și cum aș fi vrut să scăpăm de niște reviste vechi de modă. M-am hotărât să folosesc covorul din sufragerie și am reușit să găsesc prin casă lucrurile de strictă necesitate.

Redecorarea cămăruței s-a dovedit o sarcină foarte anevoioasă. Se zvonea că toți dulgherii de pe insulă fuseseră recrutați de Poliția Memoriei, care le dăduse indicații să raporteze orice proiect dubios de construcții. Pe de altă parte, ar fi fost bătător la ochi dacă am fi făcut reparațiile pe furiș.

Eram deja cu nervii la pământ când am început să strângem uneltele și materialele. Bătrânul a dat dovadă de o mare ingeniozitate. Și-a strecurat sub pulover bucăți de țeavă și șipci de lemn, și-a atârnat de curea săculeți cu cuie, balamale și șuruburi și și-a burdușit buzunarele cu fel și fel de ustensile. Când, în sfârșit, a ajuns cu ele aici, se vedea că i se luase o piatră de pe inimă. Râdea și se tot întindea să-și destindă mușchii. Îmi spusese că piesele zornăiseră îngrozitor în timp ce mergea pe bicicletă. De frică, simțise că i se topește oscior cu oscior.

Era mai mare dragul să-l vezi lucrând – grijuliu, precis, meticulos, și, pe deasupra, rapid. Uneori studia cu atenție schița făcută pe jurnalul de bord, apoi, după ce se lămurea ce avea de făcut, se punea numaidecât pe treabă. A dat o gaură în perete, prin care a trecut o țeavă pe care a racordat-o la o alta, de sub tavan. A întins un cablu electric pe care l-a conectat la priză, a tăiat o bucată de placaj pe care a prins-o bine în cuie. L-am ajutat cum m-am priceput, încercând să nu-i stau în cale.

Ca să acoperim zgomotul făcut, am lăsat să meargă niște discuri cu muzică simfonică. Bătrânul s-a specializat în manevrarea ciocanului, așteptând să înceapă un pasaj muzical mai furtunos, în care se auzeau toate instrumentele. Știa când și cât de tare să bată și, mai ales, când să se oprească. De cele mai multe ori lucram toată ziua, fără să avem răgazul să ne luăm masa de prânz.

Am încheiat proiectul într-a patra zi, pe seară. Ne-am așezat în mijlocul camerei și am privit de jur împrejur. Arăta nesperat de bine. Era curată și primitoare. Făcusem o alegere inspirată cu tapetul bej. De înghesuită, era înghesuită, dar măcar reușiserăm s-o dotăm cu lucrurile de strictă necesitate. Un pat, o masă, un scaun și, într-un colț, WC-ul, ascuns în spatele unui placaj. Se putea trage apa prin țevile conectate la rezervorul de plastic de deasupra toaletei, iar sarcina mea era să-l umplu în fiecare zi.

Bătrânului i-a venit ideea să instaleze un sistem simplu prin care să comunicăm cu camera secretă. A montat din birou până în camera secretă un furtun de cauciuc prevăzut la ambele capete cu două pâlnii găsite în bucătărie. Dacă apropiai de gură pâlnia, puteai vorbi ca la un telefon rudimentar, fără să te mai duci în camera secretă.

Așternuturile proaspăt spălate și păturile erau curate și moi. Masa și scaunele miroseau a lemn nou. Becul, de un portocaliu pal, era suficient cât să lumineze camera. L-am stins, ne-am urcat pe scară până la etajul întâi și am tras trapa. Nu era deloc ușor să intri pe ușița îngustă și pătrată. Trebuia să-ți aduci umerii în față și să te răsucești pe o parte, trăgându-te în sus cu ambele mâini. Bătrânul mi-a dat o mână de ajutor, văzând cum mă chinui să intru prin trapă.

Mă gândeam cu groază că un om voinic, ca R, ar putea rămâne blocat, apoi am realizat că, odată intrat, nu va mai avea de ce să părăsească încăperea.

Am închis trapa și am acoperit-o cu preșul. Am făcut câțiva pași pe covoraș. Nimic nu dădea de bănuit ce se ascundea dedesubt.

Capitolul 10

— Ți-am găsit o locuință secretă. Știi prea bine că ar trebui să te ascunzi, i-am declarat lui R, după ce terminaserăm de discutat pe marginea manuscrisului.

Am fost foarte atentă să nu-mi schimb tonul sau mimica, vorbind ca și cum l-aș fi invitat la masă.

Holul editurii era aglomerat. Se auzeau râsete, zăngănitul ceștilor de cafea sau țârâitul telefonului. Trebuia să nu mă pierd în explicații și să mă folosesc de zgomotele din jur ca să ne mascăm discuția.

— O să fii în siguranță acolo, te asigur. Te rog să fii gata repede.

R și-a pus țigara în scrumieră și s-a uitat la mine fără să clipească.

— Ai găsit o ascunzătoare pentru mine?

— Pentru tine, firește.

— Dar cum ai găsit-o? Trebuie să fi fost complicat.

— N-are a face. În orice caz, trebuie să ne grăbim până nu-ți decodează genele.

— Deja am luat o hotărâre, m-a întrerupt el.

— Ce hotărâre?

— O să las lucrurile așa cum sunt. Soția mea nu bănuiește nimic... E însărcinată și copilul o să se nască peste o lună. N-o pot lăsa de izbelişte. Şi de ascuns, nici nu se pune problema să ne ascundem amândoi. Nimeni n-o să vrea să adăpostească o femeie însărcinată.

— Trebuie să te ascunzi singur. E unica ta cale de salvare, şi nu doar a ta, ci şi a soţiei şi a copilului tău.

— Ce importanţă are dacă mă ascund sau nu? S-ar putea să nu mă mai pot întoarce vreodată...

Fumul care se înălţa din scrumieră plutea între mine şi el. R a bătut cu bricheta în masă de trei ori, ca şi cum ar fi vrut să se calmeze.

— Nimeni nu ştie ce-i rezervă viitorul. Într-o zi, poate chiar Poliţia Memoriei va dispărea. Cert este că mai devreme sau mai târziu vor pieri toate lucrurile de pe insulă.

— Nu credeam să ajung vreodată să vorbesc asta cu tine. M-ai luat cam repede, a spus R încurcat.

— E normal să fii derutat. Mai bine gândeşte-te cum să scapi. Ştiu că îţi faci griji pentru soţie, dar vom găsi noi o cale s-o ajutăm. Eu cu siguranţă voi încerca... E de datoria ta să supravieţuieşti, pentru ca într-o bună zi să fii iar alături de ea şi de copilul tău. În plus, cum rămâne cu romanul meu dacă te arestează?

Mi-am dat seama că vorbeam din ce în ce mai tare, aşa că am tras adânc aer în piept şi am sorbit ultima înghiţitură de cafea.

Fântâna din curtea interioară fusese oprită şi frunze moarte pluteau în bazin. O pisică neagră moţăia pe zidul de cărămidă care o împrejmuia. Florile din straturi se ofiliseră şi vântul spulberase câteva bucăţi de afiş.

— Unde este ascunzătoarea? a întrebat R, cu ochii ţintă la bricheta din palma sa.

— E prea devreme să-ţi spun, am răspuns, urmând scenariul convenit cu bătrânul. Ar fi riscant dacă ai şti prea multe. Dacă afli, s-ar putea să te dai, fără să vrei, de gol. Cel mai sigur e să te faci nevăzut, fără nici o altă pregătire, fără nici un avertisment. Pricepi?

R a încuviințat.

— Lasă lucrurile în seama mea. Mă ocup eu de tot.

— Se pare că te-am băgat într-un mare bucluc.

Foile manuscrisului zăceau împrăștiate pe masă, alături de stiloul lui și de creionul meu, care stăteau unul lângă altul. R și-a stins țigara în scrumieră și și-a ridicat încet privirea spre mine. Nu mai părea încurcat; de fapt, arăta foarte calm, foarte lucid. Lumina pală din curte îi proiecta umbre în jurul ochilor, dându-i o expresie tristă și însingurată.

— Vreau să continui să scriu romane pentru tine multă vreme de acum înainte.

Am dat să schițez un zâmbet, dar îmi simțeam gura amorțită.

— Uite, poimâine, miercuri, vino la casa de bilete din Gara Centrală la opt dimineața. Știu că e cam din scurt, dar trebuie neapărat să fie miercurea asta. Să nu faci prea multe pregătiri. Vino singur, îmbrăcat ca de serviciu și asigură-te că ai în servietă cele trebuincioase. Dacă mai dorești ceva pe parcurs, putem lua oricând de la soția ta. Când ajungi la gară, vreau să cumperi ziarul financiar de la o gheretă și să-l citești în fața chioșcului cu clătite, care se află pe partea dreaptă, cum ieși de la casa de bilete. Chioșcul va fi închis la ora aceea, dar nu-ți bate capul cu asta. În scurt timp, un bătrân se va apropia de tine. O să fie îmbrăcat cu niște pantaloni reiați și o canadiană, iar în mână va ține o pungă de hârtie de la brutărie. Acesta va fi semnul distinctiv. Nu trebuie să-i spui nimic, dar îndată ce l-ai reperat, ține-te după el. Cam ăsta ar fi planul.

Vorbisem pe nerăsuflate.

*

Miercuri dimineață ploua – o ploaie torențială ce amenința să înghită toată insula într-un vârtej imens. Când am tras draperiile, n-am văzut nimic altceva decât picături izbindu-se de fereastră.

Nu-mi dădeam prea bine seama dacă ploaia avea să ne ajute sau să ne pună bețe în roate. Pe de o parte, R și bătrânul puteau scăpa de ochii iscoditori ai Poliției Memoriei, pe de altă parte, nu s-ar fi mișcat la fel de ușor ca pe vreme frumoasă. În orice caz, nu-mi rămânea decât să aștept.

Am ințețit focul în sobă, am făcut cald în toată casa și am pus apa la fiert într-un ibric. De la fereastra de la intrare mă duceam din două în două minute să pândesc strada, ca să văd când să descui ușa. În mod normal, ar fi trebuit să le ia vreo douăzeci și cinci de minute de mers de la gară, dar era greu de spus cât aveau să facă pe ploaia asta păcătoasă.

Pe la ora 8:25 a început să mi se pară că acele ceasornicului încetinesc. Am rămas pe hol, uitându-mă ba la fereastră, ba la orologiul de pe peretele sufrageriei. Geamurile se aburiseră, și din când în când eram nevoită să le șterg cu mâneca puloverului, care mi s-a umezit numaidecât.

Singurul lucrul pe care îl vedeam era ploaia ascunzând totul în spatele unei perdele de apă – copacii din curte, gardul, stâlpii de telegraf, cerul. Șiroaie dese, sufocante. M-am rugat ca R și bătrânul să reușească să se strecoare prin acest potop. Nu mă mai rugasem de o bună bucată de vreme.

Pe la 8:45 și-au făcut, în sfârșit, apariția. Am descuiat ușa, iar ei au pătruns în hol, uzi până la piele, ținându-se pe după umeri. Părul le era lipit de cap și hainele își schimbaseră culoarea. Pantofii scoteau un fel de plescăit. I-am condus în sufragerie, punându-i să se așeze în fața sobei.

R încă mai ținea cu disperare în mână ziarul financiar de dimineață și punga de la brutărie, care le serviseră drept semne de recunoaștere – deși acum arătau jalnic din pricina ploii. Chiflele din pungă, care se udaseră și se înmuiaseră îngrozitor, nu s-ar mai fi putut mânca.

R și-a scos haina, s-a cufundat într-un fotoliu, și-a închis ochii și a rămas așa, respirând liniștit. Bătrânul, ca să-l încălzească, a luat o pătură și i-a pus-o pe umeri. La fiecare mișcare, picăturile se scurgeau pe podea, și în scurt timp a început să le iasă aburi din corp.

Am rămas o vreme tăcuți, cu privirea la sobă, ascultând răpăitul ploii. Voiam să ne spunem o mie de lucruri, dar o greutate ne apăsa piepturile și nu puteam lega nici un cuvânt. Flacăra roșu-aprins de dincolo de ferestruica rotundă a sobei pâlpâia neobosit.

— Totul a decurs bine, a spus într-un final bătrânul, vorbind ca pentru sine. Ploaia ne-a ascuns.

R și cu mine ne-am ridicat în același timp privirea.

— Mă bucur că sunteți teferi amândoi.

— Mi-a fost teamă să nu fim urmăriți, a mai adăugat bătrânul, așa că am făcut un ocol.

— Deci, ascunzătoarea este, de fapt, casa ta? Sunt surprins. N-aș fi ghicit nici în ruptul capului!

Vorbeam în șoaptă, de parcă s-ar întâmpla o nenorocire dacă tulburam tăcerea din odaie.

— Nu cunosc nici o rețea subterană, așa că m-am hotărât să acționez pe cont propriu. A, dar să vă fac cunoștință. Complicele meu și un vechi prieten de familie, încă de pe vremea când nu eram născută.

R și bătrânul au dat mâna pe sub pătură.

— Îți sunt foarte îndatorat, a zis R, iar bătrânul a scuturat emoționat din cap.

— Să vă aduc ceva cald, le-am zis, îndreptându-mă spre bucătărie.

În câteva minute ne sorbeam încet ceaiul tare, cu tăcerea așternându-se iar între noi.

În cele din urmă, hainele li s-au uscat. Părul lui R a redevenit mătăsos, și bătrânul s-a îmbujorat. Afară turna cu găleata.

— Să te conduc în cameră, am zis, după ce am văzut că-și terminaseră ceaiul.

*

Lui R i-a scăpat o exclamație de surpriză când am dat deoparte covorul și am deschis trapa.

— Parcă-i o peșteră suspendată în aer, a murmurat el.

— E cam înghesuită, știu, dar măcar aici vei fi în siguranță. N-o să te poată vedea nimeni de afară, cu atât mai puțin să te audă.

Bătrânul și cu mine am coborât scara, urmați de R. Cu trei persoane înăuntru, odaia părea și mai neîncăpătoare. R și-a așezat servieta voluminoasă pe mijlocul patului. În mod normal, ar fi fost plină de manuscrise sau șpalturi, dar acum bănuiam că era burdușită de alt fel de hârtii, mai importante.

Bătrânul i-a explicat cum să folosească radiatorul, toaleta, interfonul improvizat și alte câteva lucruri din cameră. R încuviința de fiecare dată.

— Îmi pare rău că nu-ți pot oferi mai mult confort. În orice caz, sper să te simți bine, mai ales că avem un ajutor de nădejde, care poate să meșterească orice ai nevoie, am zis, bătându-l ușor pe umăr pe bătrân.

Acesta s-a înroșit, s-a fâstâcit și și-a scărpinat țeasta cănuntă. R zâmbea imperceptibil.

După ce am isprăvit cu explicațiile, l-am lăsat singur în cameră. Stătuse ca pe ghimpi și avea mare nevoie de odihnă și de intimitate, ca să se deprindă cu vestea despărțirii de cei dragi.

— La ora douăsprezece o să-ți aduc prânzul, i-am zis din capul scărilor. Dacă între timp mai ai nevoie de ceva, vorbim la interfon.

— Mulțumesc.

Am închis trapa și am pus la loc covorul, dar am rămas nemișcată, cu ochii la picioarele mele. În urechi îmi răsunau mulțumirile lui – o voce clară, înălțându-se puțin câte puțin din adâncurile unei mlaștini.

Capitolul 11

Trecuseră zece zile de când R se adăpostise la mine, dar avea să mai dureze până să ne acomodăm cu noul stil de viață. A trebuit să cădem de acord asupra fiecărui amănunt – când să aduc apă fierbinte pentru termos, la ce oră să servesc masa, cât de des să schimb așternutul.

Când mă așezam la masa de lucru, mă pomeneam că gândul îmi zboară la camera secretă, așa că ajunsesem să bat pasul pe loc cu romanul. Mi se părea că R s-ar simți singur și că ar vrea să stea puțin de vorbă, dar mai apoi mă răzgândeam și rămâneam nehotărâtă cu pâlnia de la interfon în mână. Oricât ciuleam urechile, nu reușeam să prind nici un zgomot care să-mi dea de bănuit că sub mine ar locui cineva și, cu toate acestea, liniștea aceea mă făcea și mai conștientă de prezența lui în casă.

Zilele se scurgeau invariabil. La ora nouă, îi aduceam tava cu micul dejun și termosul cu apă caldă și ciocăneam la ușița dintre etaje. Între timp luam rezervorul gol de apă și îl reumpleam. Prânzul era la ora unu. Dacă R avea nevoie de ceva, îmi lăsa o listă și bani, iar eu mă duceam la cumpărături odată cu plimbarea de seară. De cele mai multe ori îmi cerea cărți, dar mai erau și alte doleanțe, ca, de pildă, lame de ras, gumă cu nicotină – era imposibil să fumezi în cămăruța aceea înghesuită –, caiete, apă tonică. Masa de seară era la ora șapte. Își făcea baie din două în două zile cu apa fierbinte dintr-un lighean. După care aștepta să treacă încă o noapte lungă.

Singurul moment în care zăboveam în camera lui era când mă duceam după tava cu cina. Dacă reușeam să fac rost de câteva prăjituri gustoase, le mâncam împreună. Stăteam pe pat și ne așterneam la vorbă, întinzând când și când mâna după dulciurile de pe masă.

— Te-ai mai obișnuit? l-am întrebat.

— Oarecum, mulțumită ție.

Purta un pulover simplu, de culoare neagră. Pe raftul ancorat în perete se aflau o oglindă, un pieptăn, un tub cu cremă, o clepsidră și un talisman. La capătul patului era un morman mare de cărți – memoriile unui compozitor care se sinucisese cu mult înainte, un tratat de astronomie, un roman istoric despre perioada în care vulcanii încă mai erupeau în munții din miazănoapte.

— Dacă ai vreo problemă, te rog să-mi spui.

— Nu, totu-i în ordine.

Și totuși nu părea să se simtă chiar ca acasă. Stătea adus de spate, crispat, cu mâinile pe genunchi. La orice mișcare se putea da cu capul de lampă sau izbi de raftul de cărți ori de zidul toaletei. Era limpede că patul era prea mic și că încăperea nu avea nici o pată de culoare – nici flori, nici muzică... Nimic. Părea că aerul din jurul său nu apucase să rezoneze cu atmosfera din încăpere.

— Ar trebui să mai mănânci puțin, i-am spus, arătând spre fursecurile de pe masă.

Mâncarea, în special dulciurile, erau greu de găsit pe timp de iarnă. Bătrânul făcuse fursecurile cu ovăz din făina împărțită frățește cu o cunoștință de la o fermă.

— Sunt foarte bune! a zis R, îndesându-și unul în gură.

— Bătrânul și-a ratat cariera. Ar fi putut să fie bucătar.

R a mâncat două fursecuri, iar eu, restul. Nu l-a mai vrut și pe al treilea, pe motiv că n-are poftă de mâncare, de vreme ce nu prea face mișcare.

Radiatorul electric era dat pe minimum, dar nu mi se părea frig. Când conversația a început să lâncezească, i-am simțit răsuflarea la o șchioapă de mine. Stăteam unul lângă altul, cu trupurile atingându-ni-se. Din când în când, îi mai aruncam o privire. Lumina lămpii îi decupa profilul și-l colora în portocaliu.

— Pot să te întreb ceva? am zis, cu ochii încă la el.

— Bineînțeles.

— Cum e când te bântuie amintirile, când păstrezi în suflet tot ceea ce noi, restul, am pierdut?

— Grea întrebare... a zis el, potrivindu-și ochelarii pe nas și ducându-și mâna la barbă.

— Nu te simți copleșit de atâtea lucruri uitate?

— Nu, nu asta-i problema. Inima nu are o formă anume. Nu are limite. Și tocmai pentru că e nemărginită poți pune în ea, încontinuu, lucruri de orice formă. La fel e și cu memoria.

— Deci ai în interiorul tău tot ceea ce a dispărut de pe insulă?

— Nu chiar tot... Amintirile, pe lângă faptul că sunt din ce în ce mai multe, se schimbă odată cu trecerea timpului și câteodată pălesc, devin mai încețoșate, deși acest proces este, pentru mine, foarte diferit de ceea ce vi se întâmplă pe insulă când un obiect dispare.

— În ce sens e diferit? am întrebat, mângâindu-mi degetele.

— Amintirile mele nu sunt dezrădăcinate. Chiar dacă se estompează cu timpul, ceva-ceva tot mai rămâne. Sunt ca niște semințe minuscule care ar putea încolți după prima ploaie. Chiar dacă o amintire dispare, inima tot mai păstrează un crâmpei din ea. O tresărire imperceptibilă, o durere, un strop de bucurie, o lacrimă...

Își alegea cuvintele cu mare grijă, cântărindu-le pe limbă înainte să le rostească.

— Uneori mă întreb cum ar fi dacă ți-aș lua inima în mâini. Ar încăpea perfect în căușul palmei – moale, alunecoasă ca gelatina care nu s-a coagulat pe deplin. Ar trebui s-o țin cu mare băgare de seamă, să nu se sfărâme sau să nu mi se scurgă printre degete. Îmi închipui căldura pe care o degajă – o dogoare bine ascunsă, o fierbințeală mult mai mistuitoare ca în restul corpului. Închid ochii și mă cufund încet în căldura ei. Astfel, senzația lucrurilor dispărute reînvie timid în mine. Simt ce-ți amintești, aici, în palmele mele. Nu-i așa că am o imaginație bogată?

— Chiar ți-ar plăcea să-ți amintești lucrurile pe care le-ai pierdut? a vrut să știe R.

N-am vrut să-l mint.

— Nu-mi dau seama... Nu prea știu ce ar trebui să-mi amintesc. Pentru noi, disparițiile sunt totale. Eu nu simt în mine acele semințe de care-mi vorbeai. Trăiesc în bătăile unei inimi pustii, pline de goluri. Într-un fel, te invidiez că ai o inimă care încă se mai opune, o inimă dureros de străvezie și totuși consistentă, care se schimbă odată cu lumina din jur.

— Nu cred că ai o inimă plină de goluri. Ți-am citit doar cărțile!

— Trebuie să recunoști că nu-i ușor să fii romancier pe insula aceasta. Cuvintele se îndepărtează cu fiecare dispariție. Poate că singurul motiv pentru care mai pot scrie este că tu, că inima ta, din care nimic n-a dispărut, mi-ați fost mereu alături.

— M-aș bucura să fie așa.

Mi-am întors mâinile cu palmele în sus. Ne-am uitat amândoi la ele, fără să clipim, ca și cum ar fi fost cu adevărat ceva în ele. Numai că, oricât ne-am fi silit să descoperim ceva, palmele mi-au rămas dureros de goale.

*

A doua zi am primit un telefon. Era noul editor care primise sarcina să se ocupe de cărțile mele.

Era mărunțel și slăbuț, ceva mai în vârstă ca R. Nu-i citeai nimic pe chipul banal. Vorbea aproape în șoaptă, molfăindu-și cuvintele. Mi-era destul de greu să pricep ce-mi spunea.

— Când crezi c-o să termini cartea?

— N-am nici ceva mai vagă idee, i-am răspuns, dându-mi brusc seama că R nu-mi pusese niciodată o asemenea întrebare.

— Povestea a luat o întorsătură neașteptată. Sper să ai inspirație s-o continui. Anunță-mă când mai ai câteva pagini. De-abia aștept să le citesc.

M-am aplecat în față, cu coatele pe masă.

— Apropo, am întrebat într-o doară, ce s-a întâmplat cu R?

— Păi... a îngăimat și a luat repede o înghițitură de apă din pahar, ... a dispărut.

De data asta îl auzisem cât se poate de clar!

— A dispărut? am repetat eu prudent, să nu cumva să mă ia gura pe dinainte.

— Întocmai. Ai vreo veste de la el?

— Nu, nimic, am zis, scuturând din cap.

— Ne-a luat pe toți prin surprindere. Într-o dimineață pur și simplu n-a mai venit la muncă. Nimeni nu știe de el. I-a mai rămas pe birou doar manuscrisul tău.

— Zău?

— Da, asta a fost tot. Se mai întâmplă ca în zilele noastre să dispară persoane.

— Și totuși n-am observat nimic nelalocul lui. Doar nu crezi...

— Nu, nu prea...

— Am niște discuri împrumutate de la el. N-am apucat să i le returnez.

— Dacă vrei, pot să i le dau eu, firește, dacă se ivește ocazia.

— Ți-aș fi foarte recunoscătoare. Dacă afli ceva, dă-mi și mie de știre.

— Sigur, te țin la curent, a promis el.

*

Am conchis că bătrânul va fi cel care va ține legătura cu soția lui R. Cu trusa de scule din spatele bicicletei, bătrânul trecea ușor drept un meseriaș care mergea din casă în casă să dreagă câte ceva. Se putea întâlni cu soția lui R fără să stârnească bănuieli.

La scurt timp după ce acesta dispăruse, soția se întorsese la ai ei să nască. Își făcuse deja planuri încă dinainte ca R să se facă nevăzut. Părinții aveau o farmacie în oraș, la nord de dealuri, unde fusese odinioară o topitorie. După ce fabrica se închisese, zona rămăsese pustie.

Am stabilit ca punct de întâlnire școala părăsită din oraș. În zilele cu zero în coadă – zece, douăzeci sau treizeci ale lunii – soția venea în curtea școlii să lase cele trebuincioase pentru R într-o trusă de lemn în care se țineau instrumentele meteorologice. Bătrânul își făcea apariția pe bicicletă. După ce lua ce avea de luat, lăsa în cutie obiectele pe care R voia să i le trimită soției.

— Orașul e foarte liniștit pe timp de iarnă, dar acela e cel mai pustiu loc din câte-am văzut vreodată, mi-a spus bătrânul după primul drum. Îndată ce am trecut dealurile din nord, m-a izbit vântoasa. Pesemne că de acolo începe să bată vântul din miazănoapte. Străzile erau aproape goale – mai multe pisici decât oameni –, iar casele de lemn erau vechi și, în mare parte, nelocuite. Bănuiesc că localnicii s-au mutat după ce s-a închis topitoria. Fabrica abandonată arătă sinistru, cu coșurile imense stând să cadă dintr-o clipă într-alta. Aduceau cu niște tiribombe descărnate dintr-un parc de distracții. Ici-colo mai vedeai o topitorie mai mică și apoi încă una și tot așa. Trist. Parc-au murit, captive sub straturile de rugină.

— Nu știam că arată chiar atât de rău, i-am zis în timp ce-i turnam niște ciocolată caldă. Când eram mică, cerul din zona aceea era mereu luminat de o strălucire portocalie.

— Da, îmi amintesc. Odinioară inginerii și tehnicienii de acolo erau respectați în toată insula. Ehei, ce vremuri! Spre norocul nostru, Poliția Memoriei nu face raiduri pe la topitorie.

A tras adânc aer în piept și a apucat cana cu ambele mâini.

— Cum arată nevasta lui R?

— Obosită, sau cel puțin așa mi s-a părut. Mi-a spus că-i vine greu să priceapă ce i se întâmplă. Sărăcuța! A trebuit să se despartă de soț tocmai când mai avea puțin să nască. E greu cu primul copil! Dar e isteață și se ține tare. Nu și-a băgat nasul unde nu-i fierbe oala și n-a încercat să afle unde se ascunde soțul ei. Mi-a spus doar că-mi e recunoscătoare.

— Deci s-a dus acasă la ai ei să nască?

— Da. Numai că farmacia părinților nu merge prea grozav. Cât am stat acolo, n-au avut decât un client – o bătrână care de-abia se ținea pe picioare, venită după un antiseptic de două sute de yeni. E o prăvălie mică și toate de acolo sunt vechi – ușa glisantă, scândurile podelei, recipientele de sticlă. Mai aveam puțin și-mi scoteam trusa de scule să mă apuc de reparații! Soția lui era la casa de marcat. I-am văzut o clipă pântecele umflat.

O vreme și-a sorbit ciocolata, apoi, străfulgerat de un gând, și-a scos iute fularul de lână de la gât și l-a îndesat în buzunarul pantalonilor. Am umplut din nou ibricul cu apă și l-am pus la fiert. Câțiva stropi au căzut sfârâind pe ochiul de la aragaz.

— Cum a mers cu cutia?

— Bine, stai liniștită. Școala nu-i mare și nu era nici țipenie. Totul era pustiu și înghețat. Dispăruseră mirosul și căldura copiilor. Nu le mai rămăseseră nici măcar urmele picioarelor. Clădirea era rece ca un laborator. Nu-ți venea să zăbovești prea mult acolo.

Bătrânul a scos un pachet învelit în plastic și un plic alb, pe care-l ținuse în săculețul de pânză ascuns sub pulover.

— Le-am găsit în cutie.

I-am luat pachețelul. Erau niște haine împachetate cu grijă și câteva reviste. Plicul voluminos era sigilat.

— Cutia n-a mai fost folosită de ceva vreme. Era lovită și zgâriată, vopseaua i se scorojise, iar lacătul îi fusese făcut praf. De-abia am deschis-o. Instrumentele dinăuntru erau stricate – mercurul cursese din termometre și higrometrul avea acul strâmb. Se pare că nimeni n-a mai avut curiozitatea să se uite acolo. Soția lui R a lăsat pachetul într-un loc ferit, așa cum convenisem.

— Mulțumesc. Îmi pare rău că te-am pus în pericol.

— Nu-i nimic, a zis, scuturând din cap cu ceașca lipită de buze.

Ciocolata caldă mai avea puțin și se vărsa.

— Hai să-i ducem lucrurile.

Am strâns la piept pachetul învelit în plastic și plicul și am urcat scările, simțind încă impregnată în obiecte căldura corpului bătrânului.

Capitolul 12

Am fost puțin surprinsă când își făcuse apariția la primul curs de dactilografie. Nu arăta ca un profesor. Îmi intrase pur și simplu în cap că profesorii de dactilografie ar trebui să fie femei – cucoane între două vârste, exagerat de politicoase, cu un strat gros de pudră pe față și cu degete subțiri.

Dar în locul lor descoperisem un tânăr îmbrăcat în haine bine croite, în culori sobre. Nu era o frumusețe în sensul clasic al cuvântului, dar îi rețineai fiecare trăsătură – pleoapele, sprâncenele, buzele, bărbia. Îți inspira calm și discreție, deși nu puteai să nu-i observi aureola de umbră, mai ales când te uitai la sprâncenele sale.

Arăta ca un profesor de Drept ori ca un predicator – ceea ce se potrivea de minune cu atmosfera de la biserica din apropiere – sau ca un inginer proiectant. Și totuși era profesor, un tip care știa cam tot ce se putea ști despre dactilografie.

Ciudat, dar nu-l văzusem niciodată bătând la mașină… Se plimba printre noi, făcându-ne observații despre poziția degetelor, modul de funcționare a mașinii sau marcându-ne cu roșu greșelile de pe foile de exerciții.

Uneori ne dădea test. Trebuia să scriem cât mai multe cuvinte corecte într-un anumit interval de timp. El se așeza în fața clasei și își scotea cronometrul din buzunarul inte-

rior, pe când noi așteptam semnalul de începere, cu degetele pe clape, cu foaia pregătită în mașina de scris. Puteam să jur că ne alesese anume frazele acelea complicate din engleză, pe care trebuia să le copiem – unele luate din scrisori, altele din eseuri.

Testele nu erau punctul meu forte. Degetele refuzau să mi se miște, chiar și pentru cuvinte simple, pe care le scriam cu ușurință în timpul exercițiilor. Inversam „G" cu „H", confundam „B" cu „V", sau îmi poziționam greșit degetele pe clape, producând o înșiruire de litere neinteligibile.

Mă călca pe nervi liniștea de dinainte de test, acele secunde când toată lumea își ținea respirația, când rugăciunile și acordurile de orgă din biserică se stingeau și toate simțurile se concentrau pe buricele degetelor.

Uneori îmi închipuiam că tăcerea din încăpere se prefăcuse într-un gaz ce se scurgea încet din cronometrul lui vechi, cu zale subțiri, argintii, care începuseră să se înnegrească. Își ținea degetul mare de la mâna dreaptă pe buton, gata să-l apese în orice clipă. Lanțul i se legăna pe piept.

Calmul emanat de mâna lui dreaptă se prelingea pe podeaua clasei, strângându-se pe la colțuri și agățându-ni-se de mâini, rece și sufocant. Aveam senzația că, la cea mai mică mișcare, vârfurile degetelor vor sfâșia membrana tăcerii și lucrurile dinăuntrul ei se vor împrăștia în toate părțile. Și astfel mă pomeneam cu inima bătându-mi nebunește, mai-mai să-mi spargă pieptul.

Când tensiunea și agonia atingeau cote maxime și fiecare secundă îmi punea răbdarea la încercare, dădea, în sfârșit, semnalul. Momentul era impecabil ales, ca și cum mi-ar fi măsurat cu cronometrul bătăile inimii.

— Puteți începe!

Cuvintele răsunaseră în toată clasa și mașinile de scris începuseră să țăcăne la unison, mai puțin a mea, care rămăsese paralizată de frică.

Multă vreme îmi dorisem să-l văd bătând la mașină. Parcă și vedeam scena! Mașina spilcuită, strălucitoare, hârtia de un alb imaculat, spatele său perfect drept, degetele plasate fără cusur pe clape. Gândul mă făcea să oftez. Cu toate acestea, nu-l văzusem niciodată într-o asemenea ipostază. Nu bătea niciodată la mașină când erau și alții de față, nici măcar acum, după ce devenisem amanți.

Se întâmplase cam la trei luni după ce începusem cursurile de dactilografie. În ziua aceea ningea cu fulgi mari – cea mai deasă ninsoare din câte văzusem. Trenurile și autobuzele nu circulau și întregul oraș fusese îngropat sub pătura de omăt.

Cu gândul să ajung la timp la cursul de la ora trei, plecasem de acasă devreme și o pornisem pe jos spre biserică. Pe drum căzusem de câteva ori și sacoșa din pânză în care îmi țineam cărțile mi se făcuse fleașcă. Până și turla bisericii era plină de zăpadă.

Din câte se părea, fusesem singura care sosise la curs.

— Bine că ai reușit să ajungi pe așa o vreme! îmi zisese.

Ca de obicei, avea hainele perfect călcate, fără nici o urmă de zăpadă topită.

— Am crezut că n-o să vină nimeni.

— Dacă nu exersez o zi, îmi înțepenesc degetele, îi spusesem, scoțându-mi manualul din sacoșa udă.

Era parcă mai liniște ca de obicei, pesemne din cauza ninsorii. Locul meu era într-a patra bancă de la fereastră. Primul venit avea privilegiul să-și aleagă mașina de scris, mai ales că fiecare din ele avea câte un cusur – clape înțepe-

nite, litere care nu se imprimau... De obicei stătea pe scaunul său de la tablă, dar în ziua aceea se așezase lângă mine.

Mai întâi bătusem la mașină o solicitare de expediere a unui exemplar din manualul de instrucțiuni al unor mașini de făcut gem, pe semne recent importate. Se tot uita la mâinile mele pe când băteam scrisoarea de afaceri. Dacă îmi ridicam puțin privirea din manual, o porțiune din el – pantofii, pantalonii, cureaua sau manșetele – îmi intrau imediat în câmpul vizual.

Cererea îmi dădea bătăi de cap. Trebuia să fac totul ca la carte, inclusiv spațierea și așezarea în pagină. Chiar și în condiții normale, m-aș fi pierdut un pic știind că profesorul era cu ochii pe mine. Eram din ce în ce mai încordată și greșelile se țineau lanț.

Bineînțeles, lui nu-i scăpa nimic. Se aplecase, apropiindu-și fața de mașina de scris și îmi arătase cu degetul toate erorile. Nu o făcea cu răutate, dar mă încerca un sentiment de claustrofobie, de parcă aș fi fost pusă la zid de o forță invizibilă.

— Trebuie să apeși mai tare cu degetul mijlociu de la mâna stângă. De aceea nu i se vede vârful lui „E".

După ce îmi arătase cum se imprimase litera pe coală, mă apucase de deget.

— Ai degetul puțin strâmb.

— Da, mi l-am scrântit la baschet, când eram mică.

Vocea mi-era răgușită.

— Uite, apasă clapa mai de sus, zisese, ținându-mă de deget și încercând să-mi arate cum să bat cu el.

EEEEEE...

Deși nu era decât un deget, mi se părea că mă atingea pe tot corpul. Avea palmele reci și tari. Nu mă strângea, dar aveam o senzație apăsătoare, de parcă pielea de pe mâna lui mi s-ar fi lipit de degetul de pe clapă.

Umărul, cotul și șoldul său erau la câțiva centimetri de mine. Nu avea de gând să-mi dea drumul la degetul care bătea disperat aceeași literă.

EEEEEE....

În clasă nu se auzea decât țăcănitul însingurat al clapei. Începuse iar să ningă, acoperindu-mi urmele care duceau de la poartă la intrarea în turnul cu ceas. Continuase să mă țină cu din ce în ce mai multă putere. Cronometrul îi alunecase din buzunarul de la piept, rostogolindu-se pe podea. Poate că i se și stricase... Era ciudat că mă gândeam la ceas, în loc să-mi pese de ceea ce încerca să-mi facă.

Clopotul din turn bătuse ora cinci. Ecourile lui îndepărtate, venind de undeva din tavan, făcuseră să vibreze fereastra, trecând prin trupurile noastre îmbrățișate, ca mai apoi să fie înghițite de zăpadă. Singura mișcare din jur era dansul fulgilor. Mi-am ținut răsuflarea, incapabilă să mă mișc, de parcă aș fi fost încuiată în măruntaiele mașinii de scris.

*

Ajunsă în acest punct, m-am gândit să-i dau să citească manuscrisul, înainte să încapă pe mâinile noului editor. Desigur, nu mai avea cum să-mi scrie comentarii pe margine, dar puteam discuta totul de-a fir a păr, așa cum făceam de obicei în cămăruța secretă. Nu aveam la dispoziție decât un singur scaun, așa că stăteam unul lângă altul pe pat, folosind coperta blocnotesului în chip de suport pentru manuscris.

Îmi venise ideea să-i mai dau din când în când ceva de făcut. Un stil de viață sănătos presupunea să te scoli dimineața cu gândul la lucrurile de peste zi, iar noaptea, înainte de culcare, să le treci în revistă. Sarcinile trebuiau să fie cât se poate de precise, eventual, însoțite de o recompensă modică. Una peste alta, era bine să găsești un echilibru între minte și corp.

— Dacă nu te superi, a început R, într-o manieră ușor defensivă, pe când îmi lua din brațe tava cu cina, n-ai vrea să-mi găsești o ocupație? Aș dori să te ajut puțin, și, în plus, să mai ies dintr-ale mele.

— Vrei să mai faci și altceva decât să-mi citești romanul? am zis, uitându-mă la el prin deschizătura pătrată.

— Da, o sarcină oricât de mică m-ar face să mă simt de folos. Poate că rugămintea mea nu ți-e tocmai la îndemână, dar ți-aș rămâne îndatorat dacă totuși te-ai gândi la ceva. Vreau să mă fac util.

Ținea tava cu ambele mâini, uitându-se în jos, la mâncarea de pe ea. La fiecare cuvânt suprafața supei de cartofi se încrețea puțin.

— N-o să-mi fie greu deloc. Doar nu mi-ai cerut luna de pe cer! O să găsesc eu ceva până mâine. Mănâncă, să nu se răcească. Îmi pare rău că îți dau zi de zi aceeași supă, dar a fost un an tare prost și nu se prea mai poți face rost decât de cartofi și ceapă, rămase, de fapt, de toamna trecută.

— Nu mă deranjează. Gătești foarte bine, oricum.

— Este prima dată când mă complimentează cineva pentru asta. Mulțumesc.

— Și eu își mulțumesc pentru că îmi vei găsi ceva de făcut.

— Cu plăcere. Noapte bună!

— Pe mâine!

Cum avea mâinile ocupate cu tava cu mâncare, R a dat din cap în semn de rămas-bun. După ce m-am asigurat că a ajuns cu bine jos, am închis ușița.

Și astfel, am căutat să-l pun la treabă în fiecare zi – să-mi sorteze chitanțele, să-mi ascută creioanele, să-mi copieze adresele în agendă, să-mi numeroteze paginile manuscrisului. S-a achitat bucuros de sarcini, iar dimineața următoare găseam totul gata.

O vreme am reușit să trăim în relativă siguranță. Ne mergea bine, și, dacă apăreau probleme, le rezolvam din mers. Bătrânul era, ca de obicei, foarte săritor, iar R s-a obișnuit încet-încet cu noua sa locuință.

Și totuși, în ciuda micilor satisfacții, lumea de afară se dezlănțuia. Disparițiile, care păruseră să se rărească după episodul cu trandafirii, reveniseră în forță: mai întâi fotografiile, apoi fructele.

M-am apucat să strâng albumele și pozele din casă – inclusiv portretul mamei de pe șemineu – ca să le ard în incineratorul din grădină. Bineînțeles, R a încercat cu disperare să se opună.

— Fotografiile sunt amintiri dragi. Dacă le arzi, n-o să le mai vezi niciodată. Nu se poate! Oprește-te!

— Ce altceva să fac? Trebuie să scap de ele, am răspuns.

— Dacă pozele vor dispărea, cum o să-ți mai amintești chipul părinților? m-a întrebat cu o mină serioasă.

— Nu dispar decât fotografiile, nu și ei, am zis. N-am cum să le uit fețele.

— Poate că acum nu ți se par decât niște simple bucăți de hârtie, dar în ele se ascunde ceva mult mai profund. Lumina, vântul, aerul, bucuria fotografului, sfiala sau zâmbetul celui care pozează – lucruri pe care trebuie să le păstrezi. Tocmai de aceea s-au inventat fotografiile!

— Da, știu, ori de câte ori le priveam îmi trezeau amintiri frumoase – unele de care mi-era dor, altele care mă întristau... Pozele au fost busola care m-a călăuzit prin pădurea mea firavă de amintiri subțiate. Dar acum a sosit moment să renunț la ele. E dureros să-ți pierzi busola, dar n-am putere să le țin piept disparițiilor.

— Chiar dacă nu le poți ține piept, nu trebuie neapărat să arzi fotografiile. Lucrurile cu adevărat importante vor rămâne, oricât de mult s-ar schimba lumea din jurul nostru, pentru că esența e mereu aceeași. Păstrează-le, și o să vezi că o să ai numai de câștigat. Nu vreau să ajungi cu și mai multe goluri în tine.

— Nu, am spus, scuturând din cap fără prea multă convingere. Mă uit la poze și deja nu mai înseamnă nimic pentru mine. Nu-mi inspiră nimic, nu-mi stârnesc nici o emoție. Da, pentru mine au ajuns doar niște bucăți de hârtie plăcute la pipăit. Încă un gol mi s-a mai căscat în inimă și nimic nu va mai fi ca înainte. Așa se întâmplă de fiecare dată când dispare ceva. Sigur, tu n-ai cum să-ți dai seama de asta.

R și-a plecat privirea în pământ, întristat.

— Noile goluri din inimă, aparent inofensive, de-abia așteaptă să mistuie obiecte dispărute. Îmi trezesc un chef nebun să ard lucruri, iar eu nu mă pot opri până ce nu le-am transformat pe toate în scrum. În scurt timp nici n-o să mai știu ce-i aia „o fotografie", ca să nu mai vorbesc de riscul la care mă expun dacă ar afla Poliția Memoriei. Fiecare dispariție îi face și mai vigilenți, și, dacă mă iau la ochi, o să te pun și pe tine în pericol.

N-a mai spus nimic. Și-a scos ochelarii și și-a apăsat tâmplele, oftând din rărunchi. Am luat sacoșa de hârtie plină cu fotografii și am dus-o la incineratorul din curtea din spate.

Cu fructele a fost și mai simplu. Dimineața, când ne-am trezit, fructele cădeau din toți copacii de pe insulă.

Bufnituri surde se auzeau pretutindeni, mai cu seamă pe dealurile din nord și în parcul împădurit, unde fructele picau ca grindina. Unele erau mari ca mingile de baseball, altele mici ca niște boabe de fasole, unele cu coaja tare, altele viu colorate. Deși vântul nu adia, fructele se desprindeau de pe ramuri rând pe rând.

Dacă te nimereai pe afară, puteau să-ți cadă în cap, și, dacă nu erai atent, le striveai sub picioare. În curând a început să ningă, și zăpada a troienit totul.

Capitolul 13

Era prima ninsoare după foarte multă vreme. Când a început, părea că o perdea de nisip alb dănțuia spulberată de vânt. Treptat, fulgii s-au făcut mai mari, și mai mari, și într-o clipă s-a așternut un strat gros de omăt, care a acoperit frunzele din copaci, felinarele de pe stradă, streșinile caselor, și nici că s-a mai topit!

Vânătoarea de amintiri era la ordinea zilei pe un asemenea viscol. Poliția Memoriei patrula prin oraș în paltoane groase și bocanci căptușiți. Îmbrăcămintea le era croită dintr-un material moale și călduros, iar gulerele și manșetele, tivite cu blană vopsită în verde închis. Un om de rând ar fi putut să bată toate magazinele de pe insulă în lung și în lat și n-ar fi găsit așa niște haine – de aceea îți și săreau în ochi!

Câteodată, Poliția Memoriei făcea descinderi în toiul nopții, înconjurând străzile de pe o anumită rază și percheziționând la sânge casă de casă. Uneori raziile aveau succes, alteori, nu. Nu se știa niciodată ce zonă va intra în colimatorul poliției. Ajunsesem să mă scol noaptea la cel mai mic zgomot și să mă holbez pe întuneric la modelul de pe covor. Gândurile îmi zburau imediat la R – pe care mi-l imaginam ținându-și respirația – și mă pomeneam rugându-mă ca noaptea să treacă fără nici un incident.

Locuitorii orașului se fereau să iasă mai mult decât era cazul, iar la sfârșit de săptămână își făceau de lucru pe acasă, curățând zăpada. La lăsarea serii își trăgeau grăbiți draperiile și căutau să treacă neobservați, cu inimile parcă înghețate de prea multă zăpadă.

Atmosfera apăsătoare de pe insulă se strecurase și în cămăruța secretă, și mica noastră oază de liniște era din ce în ce mai fragilă. Într-o zi, bătrânul a fost arestat.

*

Am deschis trapa, alarmată.

— Cred că au aflat! Ce ne facem?

Tremuram atât de tare, că mi-era greu să cobor scara îngustă. Când am ajuns jos, aproape că m-am prăbușit pe pat.

— Pot să apară dintr-o clipă într-alta. Trebuie să te ascunzi într-altă parte, unde să fii mai în siguranță. N-ai putea merge la familia soției? Nu, acolo ar fi primul loc unde-ar căuta! Ce zici de școala părăsită unde-i lăsam mesaje soției tale? Are o mulțime de încăperi nefolosite: cancelaria, laboratorul, cantina, biblioteca... Poate ar fi mai bine să te ascunzi acolo.

R își strecurase brațul pe după umerii mei. Căldura mâinii sale îmi pătrundea încet în piele, dar pe mine m-a apucat și mai tare tremuratul. Nu puteam să mă potolesc, deși știam că atingerea lui era menită să mă aline, nu să mă tulbure.

— Întâi și-ntâi, încearcă să te calmezi, a spus el rar, luându-și încet mâna de pe genunchi, deget cu deget.

— Mă îndoiesc că au aflat de camera secretă. Altfel nu s-ar mai fi complicat să-l aresteze pe bătrân, ci ar fi dat de la bun început buzna aici. Deocamdată suntem în siguranță. Nu bănuiesc nimic. Dar s-ar putea să-și dea seama dacă facem vreo mișcare pripită.

Am încuviințat.

— Bine, atunci de ce l-au ridicat?

— Poate că avea asupra sa vreun obiect compromițător? Sau au percheziționat vasul și...

— Nu, nu cred, am răspuns, uitându-mă la vârfurile degetelor.

Le simțeam încă amorțite, în ciuda atingerii sale blânde.

— Liniștește-te! N-au nici o dovadă. Probabil că ancheta n-are a face cu fuga mea. Caută pur și simplu informații. Știi cum procedează... Te arestează și te iau la întrebări dacă nu cumva vecinul a plantat pe ascuns trandafiri în seră, sau dacă nu știi pe cineva care cumpără mai multă pâine decât ar mânca el și familia, sau dacă n-ai zărit umbre dubioase pe la ferestre. Cam astea sunt lucrurile care-i interesează pe ei. În orice caz, ar fi mai înțelept dacă am mai aștepta puțin.

— Ai dreptate, am zis, trăgând aer în piept. Sper din tot sufletul să nu i se fi întâmplat ceva rău!

— Ce să i se întâmple?

— Habar n-am. De pildă, să-l tortureze. Știu și eu ce grozăvii le trec prin cap?! Iar el, fără să vrea, s-ar putea să se scape și să le spună despre ascunzătoare.

— Nu îți mai face atâtea griji! a spus R, strângându-mă și mai tare de umeri.

Filamentele incandescente ale radiatorului ne colorau picioarele într-o lucire roșiatică și ventilatorul se rotea încontinuu, chițăind ca un animăluț.

— Dacă vrei să plec, spune-mi, a zis el calm.

— Nici vorbă! am scuturat eu din cap, și părul meu i-a atins puloverul. Nu mi-e frică dacă mă arestează. Mai degrabă mă tem că n-o să te mai văd. Nu vezi în ce hal tremur?

M-a ținut în brațe minute în șir, deși nu aveam cum să-mi dau seama de cum trecea vremea în cămăruța aceea unde nu pătrundea nici o rază de soare. Nimeriserăm amândoi într-un vortex al timpului.

Și am stat, și am tot stat – cine știe cât. Pe măsură ce m-am încălzit de la căldura corpului său, am încetat să mai dârdâi. În cele din urmă, m-am eliberat din îmbrățișare și m-am ridicat în picioare.

— Îmi pare rău că m-am pierdut cu firea.

— N-ai de ce să te scuzi. Bătrânul ți-e doar prieten, e normal să-ți faci griji pentru el, a zis cu privirea în pământ.

— O să încerc să mă rog pentru el, am zis.

— O să zic și eu o rugăciune.

Am pus piciorul pe ultima treaptă a scării și am tras zăvorul. Am deschis ușița și m-am întors să-i mai arunc o privire. Stătea încă pe pat, cu ochii la filamentele incandescente ale radiatorului.

*

A doua zi, fără să mă mai sfătuiesc cu R, am pornit-o spre sediul Poliției Memoriei. Știam, desigur, că ar fi obiectat dacă ar fi aflat... Eram conștientă că era primejdios și că n-avea să iasă nimic bun dacă mă băgam de bunăvoie în gura lupului. Însă nu puteam sta cu mâinile-n sân. Chiar dacă n-aș fi reușit să-l văd pe bătrân, ceva-ceva tot aș mai fi aflat, sau, cu puțin noroc, aș fi reușit să-i strecor un pachețel în celulă. Voiam din tot sufletul să-l ajut.

Ninsoarea se oprise seara și a doua zi de dimineață s-a arătat soarele. Zăpada era așa de moale, că la fiecare pas mă afundam în ea până la glezne. Cu bocancii lor îmblăniți, agenții din Poliția Memoriei se deplasau cu ușurință prin troienele de pe străzi, pe când noi, ceilalți, de-abia ne târam – aduși de spate, strângându-ne la piept gențile, mergeam copăcel, cu pași poticniți ca niște ierbivore bătrâne, adâncite în gânduri.

Omătul îmi intrase în pantofi, și în scurt timp șosetele mi-erau ude leoarcă. În sacoșă aveam câteva haine de schimb, o pătură, un încălzitor de mâini, o cutie cu zece dropsuri și cinci chifle calde, de-abia scoase din cuptor. După renovare, vechiul teatru fusese transformat în sediul Poliției Memoriei. Clădirea se afla pe strada principală pe care circulau tramvaiele. Niște trepte de piatră, încadrate de o parte și de alta de un șir de stâlpi sculptați, duceau la intrarea principală. Cum vântul nu bătea, steagul Poliției Memoriei atârna inert în vârful clădirii.

La intrare erau postați doi paznici, cu picioarele depărtate, cu mâinile la spate și privirea drept înainte. Am șovăit, neștiind dacă trebuia să îi pun în temă cu scopul vizitei mele sau dacă era mai bine să-mi țin gura. Ușa masivă de lemn părea îngrozitor de grea. Aveam dubii că o să izbutesc s-o urnesc din loc. Paznicii m-au ignorat de parcă primiseră ordin să nu mi se adreseze.

— Nu vă supărați. Pot să vă întreb ceva? i-am spus gardianului din dreapta, făcându-mi curaj. Am câteva lucrușoare pentru cineva de aici, din sediu... Mă puteți îndruma, vă rog?

Paznicul privea înainte, fără să clipească. Era palid și mult mai tânăr ca mine. Aproape un băietan. Gulerul de blană i se udase de la zăpada topită.

— Pot să intru? am zis, de data aceasta întorcându-mă spre gardianul din stânga.

Nici o reacție. Neavând încotro, am pus mâna pe clanță și am încercat să deschid ușa. Bineînțeles, era foarte, foarte grea. Mi-am așezat sacoșa pe umăr și am tras cu ambele mâini până s-a mișcat puțin din loc. Nici unul dintre paznici n-a catadicsit să-mi dea o mână de ajutor.

Câțiva polițiști, îmbrăcați în bine-cunoscutele uniforme, se perindau de colo-colo pe coridorul înalt și slab luminat. Am zărit și câțiva civili, care mergeau grăbiți, cu privirile rătăcite. Altfel, nu se auzeau nici muzică în surdină, nici voci, nici râsete, doar ecoul pașilor mei pe podea.

În față mi-a apărut o scară cu curbă amplă care ducea la holul de la etajul întâi, iar în spatele ei un lift cu arabescuri complicate, rămas de pe vremea când clădirea servea drept teatru. În stânga am dat cu ochii de o masă masivă, în stil clasic, și un scaun. De tavan atârna un candelabru uriaș cu becuri așa de afumate, că de-abia luminau. Fiecare colțișor – în jurul butoanelor liftului, deasupra telefonului de pe perete, pe stâlpii de sub scară – era ticsit de însemnele Poliției Memoriei.

Un ofițer scria de zor la o masă. Mi-am zis că acolo trebuie să fie biroul de informații, așa că am tras aer în piept și m-am apropiat de el.

— Am adus un pachet pentru o cunoștință...

Vocea îmi era nesigură. Ecoul ei s-a izbit de tavan, apoi s-a pierdut în imensitatea coridorului.

— Un pachet?

S-a oprit, învârtindu-și stiloul între degete și repetând încetișor cuvântul „pachet“, ca și cum ar fi încercat să deslușească înțelesul unor vorbe de duh dintr-o carte de filozofie.

— Da, am zis, bucurându-mă că măcar polițistul acesta era diferit de cei doi paznici de la intrare. Câteva lucrușoare – haine și niște mâncare.

Bărbatul a pus capacul stiloului, și-a strâns hârtiile să-și facă mai mult loc și și-a așezat mâinile pe masă. Apoi s-a uitat de jos în sus la mine, cu o față împietrită.

— De fapt, aş vrea să-i fac o vizită, dacă se poate.

— Şi pe cine aţi vrea, mă rog, să vizitaţi?

Vorbea politicos, dar vocea îi era plată, impenetrabilă. Am rostit numele bătrânului de două ori, să fiu sigură că l-a înţeles.

— Mi-e teamă că nu-i aici.

— Dar cum puteţi fi sigur, dacă nici măcar n-aţi verificat?

— N-am ce să verific. Ştiu numele tuturor celor reţinuţi aici.

— Bine, dar în fiecare zi vin o mulţime de oameni. Vreţi să spuneţi că memoraţi fiecare nume în parte?

— Întocmai. Asta mi-e meseria.

— Bătrânul de care vă spuneam a fost ridicat alaltăieri. Puteţi, vă rog, să vedeţi dacă mai e aici? Trebuie să fie pe vreo listă de-a dumneavoastră.

— Nu prea cred.

— Atunci unde este?

— Domnişoară, acesta-i cartierul nostru general, dar, în afară de el, mai avem şi alte sedii. Vă asigur că persoana pe care o căutaţi nu se află la noi.

— Atunci poate că-i reţinut într-altă parte. Sunteţi amabil să-mi spuneţi unde anume?

— Instituţia noastră are o structură foarte, foarte complicată, cu multe departamente şi nenumărate birouri. Nu-i totul aşa de simplu precum pare.

— Nici nu mi-am închipuit altfel. Vreau doar să-i las acest pachet.

Bărbatul s-a încruntat, enervat. Lampa lustruită impecabil îi lumina mâinile. Avea degetele osoase, cu vene în relief. Documentele din faţa sa erau înţesate de cifre şi litere într-un alfabet necunoscut. Pe masă se mai aflau dosare, fişe, pastă corectoare, un cuţit de desfăcut scrisori şi un capsator – obiecte utile oricărui conţopist.

— Nu vreți să pricepeți cum stau lucrurile aici, a bombănit el ca pentru sine, uitându-se peste umărul meu.

Era un gest aproape imperceptibil, dar, dintr-odată, s-au materializat în cameră doi agenți care m-au flancat. Aveau insignele diferite de cele ale polițistului de la masă, așa că m-am gândit că erau de rang inferior.

Apoi totul a decurs în tăcere. Nu am auzit nici un ordin clar. Probabil că polițiștii urmau o procedură bine stabilită. Am fost condusă la lift, cu câte un ofițer de o parte și de alta, apoi am străbătut un labirint de coridoare ce duceau într-o încăpere din inima clădirii.

Spre surprinderea mea, în cameră domnea luxul. Am rămas cu gura căscată. Canapele elegante din piele. Tapiserii goblen pe pereți. Draperii groase la ferestre. O servitoare ne-a adus ceaiul. „Oare ce m-o aștepta?“, m-am întrebat în sinea mea. În minte mi-a venit limuzina elegantă care venise după mama, și am știut imediat că nu trebuia să las garda jos. M-am așezat pe canapea, cu sacoșa în brațe.

— Îmi pare rău că ați bătut atâta drum pe așa o vreme, dar sunt interzise vizitele și pachetele.

Bărbatul dinaintea mea era pirpiriu, însă insignele și mănunchiul de medalii de pe piept indicau o funcție importantă. Avea ochii mari, ceea ce mă făcea să-i citesc mai ușor expresia de pe chip.

Gardienii care mă conduseseră în cameră au rămas la ușă.

— Cum așa? am zis, deși mi-era limpede că de când venisem pusesem încontinuu întrebări.

— Acestea sunt dispozițiile, a răspuns bărbatul cu sprâncenele ridicate.

— Bine, dar nu-i decât un pachețel. Puteți să vă asigurați cu ochii dumneavoastră, am zis, întinzându-i sacoșa și vărsându-i conținutul în față.

Cutia cu dropsuri și încălzitorul de mâini au zornăit pe masă.

— Fiți pe pace. Amicul dumneavoastră nu duce lipsă de nimic. Are mâncare pe săturate și o cameră călduroasă, a spus bărbatul, ignorându-mi gestul.

— E bătrân. S-a pensionat mai demult și trăiește pe un feribot, fără să supere pe nimeni, iar de uitat, uită întotdeauna la timp obiectele declarate dispărute. De bună seamă că n-aveți nici un motiv să-l rețineți.

— Asta noi hotărâm.

— Atunci îmi puteți zice la ce hotărâre ați ajuns?

— Domnișoară, aveți un mare talent să cereți imposibilul.

Bărbatul și-a apăsat degetele pe tâmple.

— Știți, desigur, că o bună parte din munca noastră este secretă, a mai adăugat.

— Atunci îmi puteți spune măcar dacă este în siguranță?

— O, vă asigur că da! Nu mi-ați spus chiar dumneavoastră că nu credeți că trebuia reținut? Ce vă face să credeți că ar fi în primejdie?

Mi-am spus în gând că nu trebuia să mă las prinsă în asemenea schimburi copilărești de replici.

— Gata cu grijile! Amicul dumneavoastră cooperează cu noi într-o chestiune minoră. I se dau trei mese copioase pe zi. Mâncarea de aici e foarte gustoasă, pentru că-i pregătită de bucătari tot unul și unul, care au lucrat în cele mai bune restaurante de pe insulă. Cred că și dacă i-ați da pachetul, probabil nu s-ar atinge de el, a zis, uitându-se ușor disprețuitor la lucrurile din sacoșă, împrăștiate pe masă.

— Bănuiesc că nu-mi puteți spune nici când va veni acasă.

— Mă tem că nu, a zis bărbatul, zâmbind și punându-și iar picior peste picior.

Decorațiile de metal i s-au legănat încolo si-ncoace pe piept.

— Văd că aveți o minte ageră și pricepeți repede. În primul rând, sarcina noastră este să ne asigurăm că amintirile fără rost dispar iute și ușor. Sunt convins că sunteți de acord că nu avem de ce să ne cramponăm de amintiri nefolositoare. Dacă degetul mare ți se cangrenează, îl amputezi și gata. Altfel, dacă stai prea mult pe gânduri, rămâi fără întregul picior. La fel se întâmplă și în munca noastră. Numai că, vedeți dumneavoastră, noi lucrăm cu amintiri fără formă, tăinuite într-o inimă care nici ea n-are formă. Cu alte cuvinte, ne luptăm cu un dușman nevăzut și vă asigur că nu ne e deloc ușor. Ne trebuie mare pricepere să scoatem la suprafață secrete invizibile, să le analizăm, să le sortăm, să le procesăm. Și apoi, în funcție de ce găsim, știm cum să procedăm mai departe. Cred că înțelegeți, desigur…

Și-a întrerupt monologul rostit pe nerăsuflate și a început să bată în masă cu degetele de la mâna stângă.

De pe fereastră se vedeau tramvaiele cărora le aluneca zăpada de pe acoperiș la fiecare viraj. Soarele strălucea timid, și razele sale, reflectându-se în zăpadă, aruncau sclipiri orbitoare. La intrarea în banca de peste drum, oamenii stăteau la coadă să-și retragă economiile. Erau gheboșați din pricina frigului și își frecau mâinile să și le încălzească.

În schimb aici, înăuntru, era plăcut și domnea liniștea, dacă făceam abstracție de darabana bătută în masă de ofițer. Gărzile stăteau tăcute la ușă. Mi-am privit pantofii mânjiți cu noroi. Șosetele începuseră deja să mi se usuce.

Am conchis că nu mai avea rost să pun întrebări despre bătrân. De fapt, nu aflasem mare lucru, așa că m-am dat bătută și mi-am îndesat înapoi în sacoșă obiectele de pe masă. Chiflele, care fuseseră fierbinți când plecasem de acasă, se răciseră cu totul.

— Ei bine, a zis bărbatul, scoțând o foaie din sertarul biroului, acum e rândul meu să vă pun câteva întrebări.

Hârtia cenușie și lucioasă conținea o mulțime de tabele: nume, adresă, ocupație – întrebări, de altfel, de rutină –, dar și rubrici precum studii, boli grave, religie, loc de muncă, experiență de lucru, înălțime, greutate, numărul pantofilor, culoarea părului, grupă de sânge și multe altele.

— Vă rog să completați formularul, mi-a spus, scoțându-și stiloul din buzunar și punându-mi-l în față.

În clipa aceea am regretat că venisem. Cu cât dădeam mai multe detalii despre mine, cu atât se strângea mai mult lațul în jurul lui R. Trebuia să-mi fi dat seama de asta de la bun început. Totuși era și mai riscant să mă vadă că băteam în retragere. Ținând cont de antecedentele cu mama, era foarte probabil că știa deja toate informațiile pe care mi le solicitase. Nu-l interesau nici numele, nici adresa, dar mă punea la încercare. Trebuia să nu mă pierd cu firea și să mă port cât mai natural.

Așadar, l-am privit pe polițist drept în ochi și am luat stiloul în mână. Întrebările nu erau prea dificile, dar, ca să-mi stăpânesc tremuratul, am răspuns dinadins mai încet. Probabil că stiloul era scump, parcă zbura pe foaie.

— Vă rog! m-a îmbiat din priviri ofițerul. Ar fi păcat să se răcească.

— Mulțumesc, am îngăimat, dar de la prima înghițitură mi-am dat seama că în ceașcă nu era ceai.

Gustul și mirosul erau ușor diferite de orice altceva băusem până atunci – un melanj amărui-acrișor ce aducea cu o infuzie de frunze uscate culese din pădure. Nu avea gust rău, dar a trebuit să mă înarmez cu mult curaj să iau prima înghițitură, cu atât mai mult cu cât știam că mă droga. O fi fost o poțiune care să mă adoarmă în timp ce ei îmi extrăgeau secretele sau o soluție pe baza căreia să-mi analizeze mai ușor genele. Sau cine știe ce altceva...

Bărbatul mă țintuia cu privirea din partea cealaltă a mesei, la fel și polițiștii de lângă ușă. Am dat peste cap toată cana și i-am înapoiat formularul.

— Excelent! a zis, uitându-se pe foaie, cu un zâmbet imperceptibil pe chip pe când își punea stiloul la loc, în buzunar.

Medaliile și decorațiile de pe piept i s-au legănat iar încolo și-ncoace.

Noaptea aceea a nins din nou. Nu puteam pune geană pe geană din pricina încordării de după-amiază și a băuturii aceleia ciudate. Mi-am scos manuscrisul, cu gând să mai scriu câteva pagini, dar nu am fost în stare să leg un cuvințel. În cele din urmă, m-am dus la fereastră și am privit o vreme perdeaua de zăpada.

Apoi, am dat deoparte dicționarele de pe masă, unul de japoneză și celălalt de proverbe, și am scos din spatele lor pâlnia folosită ca receptor.

— Ai adormit? am întrebat șovăielnic.

— Nu încă, a venit răspunsul.

Arcurile saltelei au gemut. Pâlnia din camera lui era prinsă pe perete, la capul patului.

— S-a întâmplat ceva?

— Nu, nimic, am spus. Doar că nu pot dormi.

Pâlnia argintie, din aluminiu, deși o spălasem bine, încă mai avea iz de mirodenii și condimente de pe vremea când stătuse în bucătărie.

— Ninge din nou, i-am zis.

— Da? Nu mi-am dat seama. În ultima vreme ninge, nu glumă.

— Da. Un an cu totul neobișnuit.

— Nu-mi vine să cred că dincolo de perete ninge.

Îmi plăcea cum îi sună vocea la acest interfon improvizat. Ca un izvor țâșnind de sub picioarele mele. Glasul lin, străveziu, aproape lichid, traversa meandrele lungi de cauciuc.

În tubul care unea cele două pâlnii, toate zgomotele de fond se estompaseră și nu mai rămăsese decât vocea lui molatică, de o transparență lichidă. Mi-am apăsat pâlnia pe urechea stângă, căci nu voiam să pierd nici o picătură din dulceața acelor revărsări de sunete.

— Uneori ating peretele cu mâna și încerc să-mi închipui ce-i afară. Am senzația că nu mai disting nimic – nici direcția din care bate vântul, nici gerul, nici umezeala, nici locul unde te afli, nici susurul râului... Dar, până la urmă, e doar o iluzie, un zid ca oricare altul, fără nimic dincolo de el, fără nici o legătură cu exteriorul. Camera mea este complet izolată – o peșteră suspendată în aer.

— Lumea de afară s-a schimbat mult de când te-ai refugiat aici. Omătul a transformat totul din jur.

— Cum adică?

— Păi mi-e greu să-ți explic... Întreg peisajul e îngropat sub nămeții care sunt atât de mari, că soarele, atunci când se mai arată, nu apucă să-i topească. Sub povara zăpezii, contururile s-au curbat, s-au rotunjit, iar totul dimprejur a intrat parcă la apă – cerul, marea, dealurile, pădurea, râul. Până și noi am ajuns să mergem tot mai aduși de spate, tot mai gheboșați.

— Chiar așa? a zis el.

Arcurile au scârțâit din nou. Pesemne că se întinsese în pat în timp ce stăteam de vorbă.

— Și ninge, ninge încontinuu. Fulgii mari dănțuiesc în beznă, sclipesc, se ciocnesc între ei ca și cum stelele ar pica din cer și s-ar cerne pe pământ. Poți să ți-i imaginezi?

— Nu prea, dar trebuie să fie foarte frumos.

— Da, este. Însă, chiar și într-o asemenea noapte, Poliția Memoriei nu doarme, ci îi vânează pe cei care nu uită. Poate că unele amintiri nu pier nici măcar pe gerul ăsta năprasnic.

— Tot ce se poate. Numai că frigul n-are a face cu memoria. Amintirile sunt mai trainice decât ai crede. La fel și inimile care le adăpostesc.

— Da?

— Parcă ți-ar părea rău…

— Mă gândeam că, dacă ți-ai lăsa contururile inimii să se subțieze, amintirile ți-ar dispărea rând pe rând și, astfel, n-ai mai fi nevoit să te ascunzi…

— Înțeleg, a spus el.

Cuvintele-i erau pe jumătate șoapte, pe jumătate oftaturi.

Când vorbeam la interfonul improvizat, trebuia să ne plimbăm pâlnia de la ureche la gură și invers, făcând scurte pauze după fiecare propoziție. Grație acestor momente de tăcere, conversația noastră banală părea dintr-odată foarte importantă.

— Dacă ninsoarea continuă, o să trebuiască să curăț aleea, am zis, dând ușor la o parte draperiile și uitându-mă afară. Camioanele de la primărie vin în fiecare luni și joi să colecteze zăpada. O aruncă în mare, chiar în portul unde este ancorat feribotul bătrânului, însă, până ajunge acolo, se murdărește îngrozitor și arată jalnic. Apoi dispare în valuri, de parcă marea ar înghiți-o prin gâtlejul său enorm.

— O aruncă în mare? Nu știam...

— Mereu m-am întrebat ce se se întâmplă cu ea după ce-i devorată de valuri.

— Cred că se topește, a spus R plat. Se topește și se contopește cu oceanul până ce ea însăși devine apa în care înoată peștii și în care plutesc algele.

— Sau pe care o beau balenele și o suflă înapoi odată cu fluxul.

Am mutat pâlnia în mâna dreaptă și mi-am pus coatele pe masă.

— În orice caz, piere fără urmă, am adăugat.

— Mda, a oftat el.

Ferestrele vecinilor nu erau luminate și nici un zgomot nu răzbătea până la noi – nici sirene, nici roțile mașinilor, nici chiar vântul. Întregul oraș ațipise. Singurul sunet era vocea lui, croindu-și drum spre urechile mele.

— Când văd zăpada, mă gândesc, fără să vreau, la somn.

— La somn? a repetat el după o pauză.

— Ți se pare ciudat?

— Nu, deloc.

— Nu te aștepta să auzi vreo cugetare profundă. E mai degrabă o aiureală, care mă duce cu gândul la o prăjitură cu căpșune, pe jumătate mâncată, uitată în bucătărie.

Îmi țineam pâlnia la ureche, dar, cum nu se auzea nimic, mi-am pus-o din nou la gură.

— Eu rămân cu ochii ațintiți la ea, întrebându-mă dacă s-o mănânc, s-o arunc la gunoi sau s-o dau câinelui.

De fiecare dată asociez zăpada cu imaginea mea din bucătărie, gândindu-mă ce să fac. Apoi totul se întâmplă de la sine, fără vreo logică anume. Crema ei este de un alb imaculat, la fel ca zăpada, și, cum stau așa, nemișcată, mă pomenesc că prăjitura se transformă pe nesimțite în somn... Cum ziceam, e ciudat...

— Ba nu. O inimă, chiar și una plină de goluri, poate da naștere unor astfel de plăsmuiri.

— Firimituri, câteva fire de zahăr și o furculiță mânjită de frișcă zac pe masă împrăștiate în frânturi de somn. Acolo, îmi zic, iau ființă contururile somnului. Și mă las iar în voia gândurilor. Să iau somnul în mână, să-l mănânc, să-l arunc la gunoi, să-l dau câinelui?

— Și până la urmă ce faci?

— Nu știu. Sunt încă nedumerită. Pe de o parte, aș vrea să devorez prăjitura și să mă cufund într-un somn greu, pe de altă parte mi-e teamă să nu fie un drum fără întoarcere.

Deși bătrânul se întrecuse pe sine cu construcția interfonului, sistemul de emisie-recepție era destul de rudimentar și, la cea mai mică înclinare sau răsucire a tubului sau a pâlniei, vocile noastre se auzeau tot mai slab, de la mare depărtare, oricât de tare aș fi vorbit. Am pus pâlnia la gură și mi-am lăsat vorbele să se rostogolească prin tub.

— Când eram mică, eram fascinată de lumea somnului. Mi-l închipuiam ca pe un tărâm fără teme, cu mese copioase, fără lecții de orgă, fără suferință, disciplină sau lacrimi. Când aveam opt ani, mă gândeam să fug de acasă. Nici nu-mi mai amintesc de ce. Pesemne că nu aveam vreun motiv întemeiat – încasasem o notă proastă la test sau nu reușeam să fac acrobații la bară. Cert este că mi-am pus în cap să fug și să caut lumea somnului.

— Un plan ambițios pentru o ștrengăriță de opt ani!

— S-a întâmplat într-o duminică, pe când părinții erau la o nuntă. Bătrâna care avea grijă de mine se operase de bilă și era la spital. Am găsit un tub cu somnifere în sertarul de la biroul tatei. Îl văzusem cum lua câte o pastilă noapte de noapte, înainte de culcare. Nu-mi amintesc câte hapuri am luat, probabil vreo patru sau cinci, pentru că mai multe n-aș fi putut înghiți – oricum mă durea gâtul, și burta îmi bâltâcâia de apă. Într-o clipă am simțit că mă cuprinde toropeala și m-am lăsat în voia ei, mulțumită că am luat suficiente pastilele cât să mă poarte pe tărâmul fără de întoarcere al somnului.

— Ce s-a întâmplat până la urmă? a întrebat R, cu o undă de îngrijorare în glas.

— Nimic. Am căzut ca răpusă, dar n-am nimerit în lumea somnului, ci m-am pomenit înconjurată de pretutindeni de beznă. De fapt, nu cred că era beznă, ci pur și simplu Nimic, absolut Nimic, nici aer, nici gravitație, nici sunet. Nici măcar eu nu mai existam. Când m-am trezit, se lăsase seara. Cât să fi dormit? Cinci zile? O lună? Un an? M-am uitat în jurul meu. Ferestrele erau scăldate în culorile amurgului. Atunci am priceput că trecuseră doar câteva ore. Părinții se întorseseră de la nuntă, dar nici unul nu părea să realizeze că dormisem toată ziua. Erau în vervă și voiau să gust din tortul primit în dar.

— Nu ți-a fost rău de la atâtea pastile?

— Dimpotrivă. M-am simțit revigorată după somnul profund. Pesemne că nu erau somnifere, doar câteva vitamine care nu m-au purtat spre nici un tărâm misterios – niște pastile asemenea zăpezii aruncate în valuri.

Era târziu, noaptea, iar mâna mi se răcise pe pâlnie. Flăcările din sobă de-abia mai pâlpâiau și combustibilul era pe sfârșite.

— Vrei să duc pâlnia la fereastră, s-auzi cum ninge?

M-am ridicat să deschid geamul. Nu era atât de ger pe cât aș fi crezut, dar simțeam cum frigul îmi înțeapă obrajii. Tubul nu era destul de lung, dar am tras de el să-i aduc lui R din aerul și omătul de afară. Când deschisesem fereastra, zăpada s-a învârtejit o clipă înăuntru, apoi s-a așternut liniștit pe podea.

— Ei, cum e? am întrebat.

Fulgii de nea care pătrunseseră în cameră mi se prinseseră în păr.

— Ah, chiar aud cum cade zăpada!

Cuvintele lui de-abia șoptite au fost înghițite de noapte.

Capitolul 14

Bătrânul a fost eliberat după trei zile. Dădusem o raită pe la feribot în timpul plimbării de seară și l-am găsit întins pe canapeaua din cabina de clasa I, pe care o folosea pe post de dormitor.

— Când te-ai întors? l-am întrebat, îngenunchind iute lângă el și apucând pătura de un capăt.

— Azi-dimineață, mi-a răspuns cu o voce pierită.

Era palid la față, avea țepii din barbă crescuți, și buzele crăpate.

— Mă bucur că ești bine, i-am zis, mângâindu-i părul și obrajii.

— Nu voiam să-ți faci griji pentru mine.

— Lasă, spune-mi cum te simți? Pari slăbit. Ești rănit? Să te duc la spital?

— Nu, sunt bine. Doar obosit, așa că m-am întins puțin.

— Sigur? Poate ți-o fi foame. Mă duc să-ți pregătesc ceva de mâncare care să te pună pe picioare, i-am spus, bătându-l pe piept prin pătură.

În lipsa lui, alimentele din frigider se învechiseră, dar nu era momentul să-mi bat capul cu asta, așa că am încropit o supă de legume și un ceai. Apoi l-am ridicat în capul oaselor, i-am pus un șervet la gât și i-am dat să mănânce în gură ca unui copil. După câteva înghițituri de supă, văzând că s-a mai întremat, l-am luat la întrebări.

— Ce ți-au făcut?

— Fii pe pace! Nu știu de camera secretă. Ți-o spun cu mâna pe inimă. Voiau doar să afle dacă știam ceva de piesele de contrabandă.

— Contrabandă?

— La sfârșitul lunii trecute, un grup de oameni au luat o ambarcațiune și au evadat de pe insulă pe la promontoriul unde-i farul. Fugeau de Poliția Memoriei.

— Dar cum? Credeam că vasele nu mai merg. Au dispărut acum mulți ani. Feribotul tău nu mai circulă, nu? Oricum, nimeni nu mai știe să navigheze.

— Oamenii pe care-i căutau erau dintre cei care nu uitaseră nimic – nici zumzetul motorului, nici mirosul benzinei, nici cum vasul taie valurile și ce formă iau acestea în urma sa.

S-a șters la gură cu șervetul și a tușit înainte să vorbească iar.

— Probabil că unul dintre fugari fusese constructor de nave sau navigator, în orice caz, cineva care avea cunoștințe despre vapoare, de asta au și izbutit să evadeze de pe insulă. Până acum, oamenii au încercat mai mult să se ascundă. Nimănui nu i-a dat prin cap că ar putea scăpa pe mare. I-au luat prin surprindere chiar și pe agenții din Poliția Memoriei.

— Au crezut că i-ai ajutat?

— Da, i-au anchetat pe toți cei care au avut vreodată de-a face cu navele. M-au tot descusut, mi-au arătat poze cu necunoscuți, mi-au luat amprentele, mi-au cerut să le spun amănunțit ce am făcut în ultimele luni, mi-au făcut analize medicale. A fost un interogatoriu ca la carte. Dar nu m-am dat de gol cu camera secretă. Oricum, nu m-au întrebat decât despre nave.

Am amestecat în supă, pescuind niște pătrunjel și o bucată de morcov pe care i le-am dat în gură. Bătrânul își pleca fruntea la fiecare îmbucătură de parcă s-ar scuza.

— Bine, dar e îngrozitor să-i caute nod în papură cuiva care nu a avut de-a face cu fuga lor.

— N-a fost chiar atât de rău. Doar c-am obosit puțin. Nu știam nimic despre evadare, așa că întrebările nu m-au deranjat. Sigur, n-ar fi trebuit să mă las tulburat de insistența și cruzimea lor.

— Dar cum au reușit să facă rost de o ambarcațiune fără ca Poliția Memoriei să prindă de veste?

— Nu cunosc prea multe amănunte, dar bănuiesc că au reparat pe ascuns o navă din șantier. Când vasele au dispărut, Poliția Memoriei a scos motoarele din ele, le-a demontat piesă cu piesă și le-a aruncat în mare. Probabil că fugarii au trebuit să se descurce cu puținul pe care l-au avut la îndemână. Polițiștii mă tot chestionau despre o sumedenie de detalii tehnice, dar, bineînțeles, nu i-am putut ajuta de vreme ce nu-mi aminteam nimic.

— Firește, am spus, turnând ceai și întinzându-i ceașca bătrânului.

Oceanul se întindea dincolo de fereastră. Vântul nu bătea prea tare, dar marea era învolburată, purtând de colo-colo peticele de alge. Înserarea se târa spre noi de dincolo de orizont. Bătrânul a luat cana cu ambele mâini, s-a uitat în ea o clipă și apoi a dat-o peste cap dintr-o singură înghițitură.

— Trebuie să fie îngrozitor să vâslești în puterea nopții!

— Cu siguranță. Mai cu seamă că ambarcațiunea a fost peticită din te miri ce, a spus bătrânul.

— Câți să fi fost?

— Nu știu. Dar cred că mai mulți decât ar fi încăput în mod normal într-o barcă. Și toți își doreau cu orice preț să scape de pe insulă.

Mi-am aruncat privirea pe fereastră, încercând să mi-i închipui. O bărcuță pescărească de lemn, cu acoperiș șubred, plutind în voia valurilor. Vopseaua i se scorojise, fundul îi era plin de alge și crustacee, motorul îi torcea stins. Și în ea, oameni claie peste grămadă.

Farul nu mai funcționa de multă vreme, așa că singura lumină călăuzitoare venea de la razele lunii. Din cauza sclipirilor pale, era greu să distingi chipurile celor din barcă. Sau poate că ninsese și nici măcar luna nu se arătase, iar oamenii se lipiseră de fundul bărcii, băgați unul într-altul. Erau atât de înghesuiți, că n-ai fi avut unde să arunci un ac. La fiecare mișcare, barca era cât pe ce să se răstoarne, amenințând să-i împrăștie pe fugari ca pe niște boabe de porumb într-o tigaie.

Ambarcațiunea, încărcată până la refuz, de-abia se târa. Nici nu puteau accelera prea mult, întrucât zgomotul motorului i-ar fi alertat pe cei din Poliția Memoriei. Erau îngroziți să nu încapă pe mâna agenților, de aceea înaintau spre linia orizontului cu viteza melcului. Fiecare suflet de la bord se ținea cu strășnicie de ce apuca, iar unii, cu mâinile împreunate, se rugau fierbinte ca barca să treacă de promontoriu și să-și croiască drum spre mare.

Am clipit o dată. În fața ochilor îmi plutea acum o încrengătură de alge. Trecuseră mulți ani de când nu mai văzusem o barcă dusă de valuri. În ziua în care au dispărut, amintirile legate de ele au încremenit și mi s-au scufundat în mlaștina fără fund a sufletului – iată de ce mi-era atât de greu să-mi închipui cum fugiseră oamenii aceia!

— Mă întreb dacă au ajuns cu bine, am zis.

— Cred că au reușit să scape de pe insulă. Însă iarna marea-i foarte agitată. S-ar putea să fi pierit, înghițiți de valuri.

Și-a pus ceașca pe masa de lângă pat și s-a șters la gură cu șervetul.

— Dar unde să se fi dus? Nu se vede nimic dincolo de orizont, am spus, arătând în zare.

— Habar n-am. Poate o fi un loc sub soare unde oamenii trăiesc liniștiți, fără să-și piardă sufletul și amintirile. Dar nimeni n-a ajuns vreodată acolo.

A împăturit șervetul și l-a pus pe pătură.

*

Pe lângă întoarcerea bătrânului, am mai avut parte de un eveniment fericit: nașterea copilului lui R, un băiețel de aproape trei kilograme.

Cum bătrânul nu se pusese complet pe picioare, am făcut o incursiune la școala părăsită. Zăpada era prea mare să merg cu bicicleta și nu-mi permiteam să angajez un șofer, așa că am mers pe jos până la dealurile din nordul insulei.

La capătul îndepărtat al promontoriului, imediat ce dădeai colțul, se vedea topitoria. Turnul de fier domina împrejurimile în care se mai aflau o cantină părăsită, cu obloanele trase, căminele întreprinderii, o benzinărie și o miriște. Topitoria arăta exact ca mumia unui trup răpus de oboseală.

Era greu să străbați străzile aproape pustii, de pe care zăpada nu fusese curățată. M-am împiedicat și am căzut de mai multe ori. Când și când, mai întâlneam un trecător răzleț – o bătrână înfofolită într-o broboadă, o motocicletă care scotea fum gros sau o pisică maidaneză murdară.

Când am ajuns la școală era trecut de ora prânzului. Curtea era acoperită de un strat de zăpadă proaspătă, nepângărită de trecerea oamenilor. La dreapta se găseau o bară, o cumpănă și un coș de baschet, iar la stânga câteva cuști, probabil de iepuri, acum, bineînțeles, goale. În față îmi apăruse școala, o clădire cu două etaje și ferestre de aceeași dimensiune, dispuse la distanță egală unele de altele.

Totul era încremenit în acest mic tablou – nici o pală de vânt, nici țipenie de om – mai puțin răsuflarea mea șuierătoare. Locul părea o adunătură de hârburi nefolositoare.

Am suflat în degete, prin mănuși, apoi am tăiat curtea școlii, îndreptându-mă spre zona unde se afla trusa cu ustensile meteorologice. Zăpada era neatinsă și aproape că mă durea sufletul s-o calc în picioare. O clipă, m-am întors să-mi privesc urmele pașilor pe omăt.

Zăpada formase pe cutie un fel de glugă rotundă. Așa cum mă învățase bătrânul, am tras de ușă în timp ce o ridicam ușor. S-a deschis cu un scârțâit. O pânză de păianjen trona în interiorul slab luminat. În spatele termometrului și al higrometrului am dat cu ochii de un pachețel legat cu sfoară, mic cât să-l țin în căușul palmelor, cu câteva perechi de chiloți, cărți, o cutie cu bomboane, iar deasupra, un desen cu un bebeluș.

Cine să-l fi desenat? L-am ridicat să-l studiez mai de aproape. Era imaginea unui nou-născut cu ochii închiși, desenat cu creioane colorate pe un carton de mărimea unei cărți poștale. Avea părul șaten și moale, urechile perfecte, ochii bine conturați și era înfășurat într-o pelerină azurie. Portretul nu era cine știe ce, dar era limpede că fiecare fir de păr, fiecare pliu din pelerina tricotată fuseseră trasate cu cea mai mare grijă. Pe spatele desenului erau scrise câteva rânduri de la soția lui R:

„Copilul s-a născut pe 12 ale lunii, la ora 4:46 dimineața. Moașa a spus că a fost cea mai ușoară naștere la care a asistat. Băiețelul e sănătos. Mi-a făcut pipi pe burtă imediat ce l-am adus pe lume. Cumpărasem și nasturi albaștri, și roz, dar azi i-am cusut pe hăinuțe pe cei albaștri. Nu-ți face griji pentru noi. De-abia așteptăm ziua în care ne vei putea strânge iar în brațe. Ai grijă de tine!"

Am citit biletul de trei ori, apoi am prins la loc desenul sub sfoara de la pachet și am închis capacul cutiei cu scule. Zăpada care se strânsese deasupra ei mi-a căzut la picioare.

*

Am ridicat trapa care ducea la ascunzătoare fără să mă mai obosesc să ciocăn. La masa lui, R lustruia de zor argintăria – sarcină pe care i-o încredințasem cu o zi în urmă. Nu părea să mă fi observat.

Câteva secunde l-am privit de la spate, fără să spun nimic. Oare mi se părea, sau trupul îi intrase la apă de când se refugiase în cămăruță? Era, fără doar și poate, mai slab și mai palid, pentru că nu mai stătuse de mult la soare. Nici poftă de mâncare nu prea mai avea... De fiecare dată când dădeam cu ochii de el, simțeam cum i se șterg tot mai mult contururile corpului, cum sângele i se subțiază, cum mușchii i se atrofiază.

Și totuși, poate că schimbările acestea însemnau că trupul i se adapta treptat camerei secrete. R, care trăia mereu cu grija de a nu fi arestat, fusese nevoit să scape de tot ceea ce însemna balast, pentru a se contopi pe de-a-ntregul cu odaia aceasta înghesuită, cu iz de stătut, până la care nici zgomotele nu mai răzbăteau. Corpul său fizic își pierdea încet energia, ca să compenseze pentru povara unei inimi burdușite de amintiri.

Mi-am adus aminte de un spectacol de circ de la televizor. Într-o ladă de lemn se afla o fetiță care fusese cândva vândută circului. Capul îi ieșea printr-o gaură, iar brațele și picioarele îi erau contorsionate în interiorul lăzii. Fusese silită să stea acolo ani de zile, fără să i se dea drumul, nici ca să mănânce, nici ca să doarmă. Cu timpul, membrele i-au înțepenit într-o singură poziție, iar spectatorilor le era prezentată ca un soi diform de om-insectă.

Nu știu de ce, dar, când mă uitam la spinarea lui R, mi-a venit în minte fetița cu membrele scofâlcite, cu încheieturile ca niște protuberanțe osoase, cu coastele ițindu-i-se pe sub piele, cu părul încălat și ochii în pământ.

R nu-mi simțise prezența și continua să lustruiască argintăria. Cu spatele arcuit parcă într-o poziție de rugăciune, freca pe toate fețele o furculiță, urmărindu-i cu cârpa fiecare model gravat de pe ea. Vesela care nu încăpuse pe masă era înșirată pe podea pe foi de ziar – zaharnița, tava de prăjituri, niște castronașe de spălat pe mâini, lingurile de supă...

Argintăria făcea parte din zestrea mamei și o scotea la zile mari, când aveam musafiri, numai că de ani buni zăcuse în fundul unui dulap din sufragerie. Oricât s-ar fi străduit R să-i redea strălucirea, mă îndoiam că o să mai apuc s-o mai folosesc vreodată, pentru că nu mai aveam ce oaspeți să primesc și nici bătrâna care mă crescuse nu mai era să facă petrecerile acelea de pomină.

Nu-mi venea ușor să-i găsesc lui R sarcini care să nu-l obosească și pe care să le poată face în cămăruța înghesuită. Nu mai conta că unele erau fără nici un rost... Cu toate acestea, lustruitul argintăriei fusese, de departe, o idee foarte inspirată.

— Vrei să lustruiești furculița și când Poliția Memoriei va da buzna aici?

R a tresărit la glasul meu și s-a întors. A scos un strigăt înăbușit, rămânând cu furculița din mâna stângă suspendată în aer.

— Scuze, am adăugat în grabă, n-am vrut să te sperii.

— Nu-i nimic. Nu te-am observat intrând, a zis, întrerupându-se din lucru.

— Erai așa de absorbit de ce făceai, că n-am vrut să te întrerup.

— Da, eram...

Și-a scos ochelarii cu un gest timid și i-a așezat pe cârpa de șters.

— Pot să-ți răpesc câteva minute?

— Sigur că da. Vino și stai lângă mine.

Am mers în vârful picioarelor, strecurându-mă pe lângă vesela împrăștiată pe podea, și am luat loc pe pat.

— Se vede că sunt tacâmuri scumpe, care nu se găsesc pe toate drumurile, a spus, rotindu-și scaunul pe jumătate, ca să stea cu fața la mine.

— Da? Mama ținea mult la ele.

— Chiar merită să fie îngrijite. Dacă le lustruiești bine, patina vremii dispare și își recapătă strălucirea de odinioară. Dar nu vor prinde o sclipire orbitoare, ci un luciu molatic, melancolic, aproape solitar. Când le ții în mână, parcă ai avea o bucată de lumină. Aproape că-ți vine să le mângâi... Sunt sigur că, dacă aș asculta atent, mi-ar șopti la ureche povestea lor.

— Nu mi-am dat niciodată seama că argintul ar avea un asemenea efect, am zis cu ochii la cârpa bleumarin, mototolită pe masă.

R și-a strâns pumnul de câteva ori, ca să-și dezmorțească degetele obosite.

— Am auzit că familiile înstărite de odinioară angajau servitori să le lustruiască argintăria, am continuat. Mi-i închipui cum trudeau zi și noapte într-o dependință de piatră, fără să facă nimic altceva decât să lustruiască furculițe, cuțite și linguri. În mijlocul camerei se afla o masă lungă și îngustă, iar servitorii stăteau de-o parte și de alta a ei, cu mormanul de tacâmuri din norma zilnică în față. Li se interzisese cu desăvârșire să vorbească între ei, ca nu cumva răsuflarea sau stropii de salivă să murdărească argintăria. Lucrau într-o tăcere mormântală. Odaia era friguroasă, și, chiar și ziua-n amiaza mare, razele soarelui nu pătrundea înăuntru. Singura strălucire venea de o la o lampă chioară de pe masă. Se spune că, dacă priveai argintăria la lumina aceea slabă, îți dădeai imediat seama de cât de bine fusese lustruită. Un servitor mai mare în rang – un fel de responsabil peste argintărie – venea să inspecteze tacâm de tacâm, întorcându-l pe toate părțile la lumina lămpii și ținându-l în zare. Cea mai mică pată însemna că lucrul trebuia reluat și că norma de lustruit se dubla în ziua următoare, adică trebuia să faci noapte albă ca să-ți duci la bun sfârșit sarcina. Cât dura inspecția, servitorii stăteau cu capul în pământ, tresărind din când în când... Îmi cer scuze, am vorbit prea mult...

Mi-am dat seama că băteam câmpii.

— Nici vorbă.

— Cred că te-am plictisit.

— Deloc, a zis el, scuturând din cap.

De aproape era și mai evident cât de mult slăbise și cât de fragilă-i era aura. În lumea din exterior fusese un bărbat voinic, bine făcut, cu fiecare parte de corp funcționându-i armonios. Numai că acum aveam senzația că, dacă l-aș fi împuns cu un deget, s-ar fi prăbușit ca o marionetă cu firele tăiate.

— Lucrul cel mai surprinzător, am zis, reluându-mi povestirea, a fost că, odată cu trecerea timpului, servitorii și-au pierdut vocea. Ani de zile, de la șapte dimineața la șapte seara, supuși aceluiași program, servitorii au amuțit de-a binelea pe când lustruiau tacâmuri în camera rece. Nu le mai era teamă că ar putea lăsa pete pe argintărie. După ce ieșeau din încăperea de piatră, nici nu-și mai aminteau cum le suna glasul. Erau oameni săraci, fără prea multă carte, care cu greu și-ar fi găsit de lucru în altă parte, așa că au continuat să lustruiască tacâmurile, dornici să-și sacrifice vocea pentru o bucată de pâine. Și camera devenea din ce în ce mai tăcută, pe măsură ce-și pierdeau graiul rând pe rând. Înăuntru nu se mai auzea decât foșnetul cârpei. Mă întreb dacă strălucirea argintăriei are puterea de a înghiți vocile?

Am luat o farfurie de desert de pe podea și mi-am așezat-o în poală. Era una din cele în care mama servea la petreceri ciocolată, o delicatesă de care eu nu aveam voie să mă ating. Bătrâna mea doică mă speriase că fel și fel de goange le ieșeau copiilor din piept dacă mâncau prea multă ciocolată. Pe marginea farfuriei era desenată o viță de vie. R nu apucase încă s-o lustruiască, și ciorchinii erau plini de praf, așteptând atingerea lui blândă, care să le redea strălucirea.

— Tot ce se poate, a spus R după un moment de tăcere.

Pâlnia care servea drept receptor se rostogolise pe pernă. Cuvertura tocmai fusese spălată și apretată. Pe calendar erau marcate cu X zilele care trecuseră. Aveam senzația că biblioteca de lângă pat, goală până la sosirea lui R, era acum din ce în ce mai ticsită.

— Nu-i grabă, să știi, am spus uitându-mă în jur o clipă. Poți să lucrezi în ritmul tău.

— Mulțumesc.

— Ar fi groaznic dacă din cauza acestei îndeletniciri ți-ar dispărea vocea.

— Fii pe pace, a răspuns. Știi prea bine că sunt dintre cei cărora nu le dispare nimic.

— Înțeleg unde bați.

Privirile ni s-au întâlnit și am râs scurt.

Când a sosit momentul să plec, i-am dat lucrurile pe care soția i le lăsase în cutia de la școală. S-a uitat la desenul cu bebelușul fără să scoată o vorbă. Mă gândeam că ar fi trebuit să-i adresez câteva cuvinte, dar, decât să spun ceva deplasat, am preferat să tac.

Mă așteptam să fie mai emoționat. A stat cuminte cu ochii în pământ, cum făcea când îmi citea manuscrisul sau lustruia argintăria.

— Felicitări, i-am spus într-un final, fiindcă nu mai puteam suporta tăcerea apăsătoare.

— Mda... cum fotografiile au dispărut... a murmurat.

— Fotografiile? am întrebat fără să pricep.

Apoi, după ce am rostit cuvântul în gând de câteva ori, mi-am dat seama că „fotografia“ era bucata aceea de hârtie lucioasă pe care rămâneau întipărite contururile oamenilor. Și vag, ca prin ceață, mi-am amintit că odinioară existaseră „fotografii".

— Da, ai dreptate, au dispărut...

A întors cartea poștală pe partea cealaltă și a citi ce era scris de pe ea.

— E tare drăgălaș, am zis când am văzut că isprăvise. Fotografiile nu mai sunt, dar cred că mai am pe undeva niște rame. Mă duc să le caut.

Am pus piciorul pe scara de lemn.

— Mulțumesc, a zis el, fără să-și ridice privirea.

Capitolul 15

Mi s-a întâmplat un mare necaz. Într-o dimineață, mi s-a stricat mașina de scris. Oricât de tare aș fi bătut, pârghiile pe care se afla corpul de literă zvâcneau imperceptibil, ca tresărirea piciorușelor unui greiere, dar nu se imprima nimic pe hârtie. Am apăsat clapele de la A la Z, de la 1 la 0, dar nici una nu mai funcționa, nici măcar virgula, punctul sau semnul întrebării.

Cu o seară în urmă, când îi scrisesem „NOAPTE BUNĂ!", mașina mergea perfect. Știu că nu am scăpat-o pe jos, nici nu am lovit-o. Cum se face că dimineața, după ce m-am trezit, nu mai scria nici o literă? Bineînțeles că până acum o mai reparasem pe ici, pe colo, adică unsesem rulmenții și îndreptasem clapele strâmbe. Era o mașină de scris bună și rezistentă, care nu se strica așa, cu una, cu două.

Mi-am așezat-o în poală și am început să bat iar cu toată puterea. El a îngenuncheat lângă mine, uitându-se cum apăs clapele. A, S, D, F, G, H, J, K. Când am ajuns la „L", m-a cuprins pe după umeri.

— O să fie mai rău dacă bați cu atâta disperare, a zis, trăgându-mi mașina din față. Lasă-mă să arunc o privire.

A ridicat-o cu ambele mâini, i-a deschis capacul, împingând și trăgând diverse piese din ea.

„E stricată?" aș fi vrut să-l întreb, dar bineînțeles că nu puteam vorbi. Doar degetele mi se mișcau în aer, ca și cum aș fi bătut la mașină.

— Hm, o să fie nevoie de reparații majore.

„Ce mă fac?" l-am întrebat din priviri.

— Trebuie s-o ducem în camera din turnul cu ceas. Cei de la biserică mă lasă s-o folosesc ca atelier de reparații. Acolo am toate ustensilele și, dacă nici așa nu pot s-o dreg, o s-o înlocuim cu altă mașină de scris. Fii pe pace, sunt o mulțime acolo.

*

Habar n-aveam că încăperea de deasupra sălii de curs era folosită pe post de atelier de reparații. Camera mai găzduia și mecanismul ceasului, care bătea de două ori pe zi, la unsprezece dimineața și la cinci după-amiaza. Nu fusesem niciodată acolo.

Să fiu sinceră, clopotul mă speria de moarte încă de când eram mică. Dangătul puternic, apăsat, ecoul care cu greu se stingea, răsunând în toate colțurile orașului, mă ducea cu gândul la gemetele unui muribund. Oriunde m-aș fi aflat, orice aș fi făcut, când clopotul începea să bată, mă crispam pe dată, și inima îmi bubuia mai să-mi sară din piept, fie că eram în clasă, exersând, fie la piață, târguind zarzavaturi, sau în pat cu iubitul. Tocmai de aceea niciodată nu-mi trecuse prin cap să urc până acolo.

Îmi închipuiam că în vârful turnului se aflau o sumedenie de roți zimțate uriașe, lanțuri groase, blocuri grele de plumb, care se îmbinau într-un mecanism complicat la fiecare mișcare a limbii ceasului. Zi de zi, la orele stabilite, energia acumulată în orologiu se dezlănțuia în acel dangăt infernal. Dacă prin absurd aș fi atins mecanismul, mă și vedeam prinsă între roți, sugrumată de lanțurile răsucite în jurul gâtului sau zdrobită de contragreutățile de plumb.

Ușa clasei era încuiată. El a scos din buzunarul de la piept o cheie de pe inel și a băgat-o în broască. Fără să vreau, privirea mi s-a oprit pe cronometrul pe care îl ținea în același buzunar.

Camera nu arăta cum mi-o închipuisem. Bineînțeles că în spatele ceasului se găseau roți, scripeți și arcuri care se mișcau la unison, dar mecanismul propriu-zis ocupa doar o mică parte din încăpere. Restul spațiului era plin de stive de mașini de scris.

Am rămas o clipă în prag și mi-am plimbat privirea prin cameră, uimită că odaia adăpostea atâtea mașini de scris.

— Hai, intră, mi-a spus, apucându-mă de mână și conducându-mă cu blândețe înăuntru.

Ușa s-a închis în urma noastră cu o bufnitură.

Tavanul era jos și nu erau ferestre, cu excepția ochiurilor de geam din vârful turlei. Așa-zisul atelier era o încăpere friguroasă și prăfuită. La fiecare pas, scândurile podelei scârțâiau și uneori tocul mi se agăța într-un cui răzleț din dușumea. Becul din tavan, prea chior să lumineze întreaga încăpere, se legăna ușor, deși nu bătea vântul.

Mai întâi m-am dus să mă uit la ceas. Părea mult mai mare decât văzut de jos. Între cadran și mecanismul propriu-zis era o mică fantă prin care, dacă mi-aș fi strecurat mâinile, aș fi putut atinge limbile enorme ale ceasului, deși nu cred că le-aș fi urnit nici dacă mi-aș fi înfășurat picioarele în jurul lor și m-aș fi lăsat cu toată greutatea. Prin crăpătură am zărit cadranul ceasului, cu orele scrise artistic în cifre romane, de cinci ori mai mari decât capul meu.

Văzută de sus, curtea bisericii părea minusculă și m-a luat cu amețeală gândindu-mă la distanța care mă despărțea de pământ. Mecanismul ceasului ticăia neobosit, iar mirosul uleiului umplea încăperea.

Chiar deasupra capului meu atârna clopotul. Nu știu exact cum funcționa, dar sigur era conectat la un ceas, ca să bată la oră fixă. Cândva fusese strălucitor și argintiu, dar acum căpătase o nuanță cenușie. Era masiv, maiestuos și greu – nu-i de mirare că scotea așa un dangăt. Mă întrebam cu îngrijorare cum de nu se surpa tavanul sub greutatea lui.

— Ia loc, a spus el, arătându-mi o masă și un scaun din mijlocul camerei.

Erau vechi și demodate, de altfel, singurele piese de mobilier din odaie. Cineva ștersese de curând praful de pe ele.

— Îți place? m-a întrebat, trântindu-mi mașina stricată într-un morman.

Stiva s-a răsturnat cu o mică bufnitură.

Venisem aici să reparăm mașina stricată, nu să-mi dau cu părerea despre încăpere, așa că nu prea înțelegeam întrebarea. În cele din urmă, m-am așezat.

Era foarte binedispus, tot numai zâmbet, mai fericit decât îl văzusem vreodată.

— Ei, ce zici?

Părea hotărât să afle ce credeam despre cameră. Am schițat un surâs și am dat din cap, cu ochii la el.

— Eram sigur că-ți va fi pe plac, a zis mulțumit.

Nu mă puteam liniști fără mașina de scris. În ultima vreme trecusem prin multe, mai întâi pierderea vocii, acum problemele cu mașina.

„De ce nu mi-o repara-o mai repede?" mi-am spus, deși nu aveam cum să-i transmit aceste gânduri. M-am uitat în jur după un blocnotes, o foaie sau un pix, dar n-am găsit nimic. Îmi părea rău că nu-mi luasem carnețelul de acasă. Mi-l scosese din buzunar când tocmai ieșeam pe ușă.

L-am bătut pe umăr și i-am arătat mașina mea de scris din vârful grămezii. N-a catadicsit să se întoarcă, în schimb și-a scos cronometrul și a început să-l șteargă cu o bucată de catifea. Nu sunt singură dacă într-adevăr nu pricepuse ce-i cerusem sau dacă îmi dădea de înțeles că nu-i nici o grabă – oricum reparațiile n-ar fi durat prea mult.

De dedesubtul nostru se auzeau voci și râsete de copii. Oamenii începuseră să se adune poate la repetiții cu corul, poate la bazarul caritabil. Chiar dacă biserica era la o aruncătură de băț, sunetele păreau să vină de la mare depărtare.

Am așteptat și am tot așteptat, dar el își lustruia mai departe cronometrul. Întotdeauna eram uimită de cât timp îi dedica unui obiect atât de mic. Nimic nu-i scăpa, nici cel mai mic detaliu. Degetele i se plimbau pe butonul cronometrului, pe fiecare za din lanț, pe liniile gravate pe spate.

— Astăzi o să dau test la cursul de intermediari, așa că trebuie să-l lustruiesc bine. Apropo, la ore nu erai prea rapidă la probele de viteză. Țin minte că primul tău test era absolut îngrozitor, a zis fără să-și ridice privirea.

De vreme ce nu se uita la mine, n-avea nici un rost să scutur din cap, să arăt cu degetul, să-mi mușc buzele sau chiar să zâmbesc, așa că am rămas nemișcată, fără nici un fel de expresie pe chip, rotindu-mi privirea prin cameră. În afară de mecanism, aproape tot spațiul era ocupat de mașini de scris stivuite într-o grămadă cât mine de mare. Câte să fi fost? Habar n-aveam. Dar nu mai văzusem niciodată atâtea, de toate dimensiunile și formele – unele masive și grele, altele fragile ca niște jucării; unele cu clape pătrate, altele cu ele rotunde; unele fixate de o placă de lemn… Erau și modele scumpe, dar și din cele cumpărate pe bani puțini. Toate erau puse claie peste grămadă, fără să ai loc să arunci un ac, iar cele de la baza mormanului erau pe jumătate strivite, cu carcasele și manetele îndoite, diforme, sau mâncate de rugină și năpădite de praf. Mașina mea de scris zăcea tot acolo unde o aruncase.

Oare toate așteptau să fie reparate? Erau atât de multe, că ar fi fost mai înțelept să te descotorosești din capul locului de cele care nu se mai puteau folosi. Pe când mă apropiam de grămadă, mi-am dat seama că nu observasem un lucru evident – eram liberă s-o iau pe oricare din ele și să încep să comunic cu el.

Am ales una mai nouă și mai puțin zgâriată, dar, oricât de tare aș fi bătut, clapele nu s-au mișcat. Cea de alături avea banda de tuș răsucită, la următoarea, jumătate din pârghiile cu corpurile de literă erau strivite, o alta avea carul căzut. Oricâte aș fi încercat, toate aveau un defect și nici una nu funcționa. Fără să mă dau bătută, am încercat să scot din grămadă una mai de soi, dar, tot scotocind, am fost la un pas să răstorn întreg mormanul.

— Degeaba, n-o să dai peste una mai bună, a spus cu ochii la cronometru. N-o să poți scrie o literă cu nici una.

Atunci m-a străfulgerat un alt lucru simplu și evident. În încăpere nu era nici o coală de hârtie, nici o pagină răzlețită de agendă, nimic. N-avea rost să găsesc o mașină de scris atâta vreme cât nu aveam pe ce să scriu.

Tocmai pentru că nu puteam vorbi, cuvintele s-a învălmășit nebunește înlăuntrul meu, inundându-mi pieptul, sufocându-mă.

„Repar-o imediat!“, aș fi vrut să strig.

Fără voie, degetele au prins să se miște ca și cum aș fi scris la o mașină invizibilă. Dar, cum nu atingeau nici o clapă, rătăceau pur și simplu prin aer, fără bază, fără un punct de sprijin. Nu mai puteam răbda, așa că m-am dus la morman, mi-am recuperat mașina stricată și i-am așezat-o în față.

„De ce nu vrei s-o repari? Ce are? Nu suport să nu putem vorbi!"

L-am prins strâns de umăr, încercând din răsputeri să-l fac să-mi citească gândurile.

Mâinile i s-au oprit din lustruit și a oftat prelung. A înfășurat cronometrul în bucata de catifea și l-a pus pe masă.

— N-o să-ți mai revină niciodată vocea.

Oare de ce îmi spusese asta? Nu asta era problema, ci mașina de scris.

„N-o poți repara?"

Am bătut la întâmplare în clape, fără nici un rezultat.

— Vocea ți-a rămas blocată în mașina de scris, care, apropo, nu-i stricată, ci pur și simplu și-a dus la capăt menirea, iar acum e pecetluită.

„Pecetluită... pecetluită... pecetluită..." Vorbele lui mi s-au învârtejit în minte.

— Ce priveliște! a spus. Fiecare mașină adăpostește o voce. Un munte de glasuri încremenite, chircite, firave, slabe, așteptând la nesfârșit, fără să mai poată face vreodată aerul să vibreze. Astăzi li s-a alăturat și vocea ta.

A luat mașina de scris cu o mână și a aruncat-o înapoi, în grămada de vechituri. S-a auzit o bufnitură, ca și cum două obiecte tari s-ar fi ciocnit între ele. Mi-a sunat de parcă o ușă grea se închidea peste vocea mea.

„De ce? De ce faci asta?"

Buzele mi se mișcau, fără să scoată nici un sunet.

— Ce proastă ești! Nu pricepi că n-are nici un rost să încerci să vorbești?

Mi-a astupat gura cu mâna stângă. Avea palma rece și mirosea vag a metal, probabil de la cronometru.

— Uită că ai avut cândva glas, a continuat el. La început s-ar putea să te enerveze, dar o să te obișnuiești. O să-ți miști în gol buzele, ca adineauri, o să vrei o altă mașină de scris sau un carnețel. Dar în scurt timp o să realizezi că totu-i în zadar. N-ai de ce să te mai străduiești să-ți răcești gura de pomană. E mai bine așa. O să fii în sfârșit a mea!

Mâna de pe gură i-a alunecat pe obraji, și, de acolo, a coborât pe gât, unde a dezmierdat fiecare adâncitură de parcă voia să se asigure că vocea care fusese cândva acolo dispăruse cu desăvârșire.

Îmi venea să urlu, să-l împing și s-o iau la fugă din cameră, dar am rămas nemișcată, încremenită. Senzația degetelor sale era aceea a unui colac de sârmă înfășurându-se în jurul meu.

— Știi de ce m-am făcut profesor de dactilografie? m-a întrebat, cu mâinile încă pe gâtul meu.

„Nu știu, de unde vrei să știu?!“

Am scuturat din cap de câteva ori. El nu și-a slăbit strânsoarea.

— În clasă degetele vi se mișcă întocmai cum vă spun eu. Pentru „T“ apăsați ușor clapa spre dreapta cu degetul arătător de la mâna stângă. La „I“ trebuie să folosiți degetul mijlociu al mâinii drepte și să apăsați clapa chiar pe mijloc. Pentru „Q“ trebuie să plasați oblic degetul mic de la mâna stângă. Punctul se pune apăsând cu inelarul de la mâna dreaptă. Degetele nu se mișcă așa, la întâmplare. Fiecare literă se apasă după reguli stricte, care nu se mai pot schimba peste noapte. Așadar, învățăceii trebuie să-și miște degetele în ordinea și în direcția pe care le indic. Dacă o dată se abat de la instrucțiuni, îi pedepsesc, fie punându-i să bată litera greșită de o mie de ori, fie făcându-i de rușine în fața tuturor.

În clasă, degetele voastre se află în puterea mea! Eu și numai eu le dirijez.

„Ce nebunie!“, mi-am zis.

— La ce-ți trebuie vocea ca să bați la mașină? a continuat, încleștându-mi și mai tare grumazul.

Vârfurile degetelor lui mi s-au înfipt în carne. Parcă voia să stoarcă și ultima fărâmă de voce din mine.

— La cursuri nu prea aveai timp să-ți dai drumul la gură. Cine ar fi putut să vorbească și să bată la mașină în același timp? Trebuia să te concentrezi pe ce aveai de scris. Cum ziceam, există reguli clare pentru felul în care se mișcă degetele, dar nu și pentru cum și când trebuie folosită vocea – și asta mă scotea din minți! Era nemaipomenit când degetele îți zburau pe litere și în clasă nu se auzea decât țăcănitul clapelor. Din păcate, cursul se termina mult prea repede. Degetele ți se ridicau de pe mașina de scris și începeai să te pregătești de plecare, turuind ca o moară stricată – „Parc-aș mânca o prăjitură în drum spre casă. A, am descoperit de curând o brutărie grozavă! Apropo, ești liber sâmbătă? Ce zici de un film? N-am mai fost de-o veșnicie…“. Mă plictiseai îngrozitor! Degetele, care până nu demult fuseseră atât de ascultătoare, se răzvrăteau, ocupate să prindă o agrafă în păr, să tragă fermoarul genții sau să se agațe de brațul meu.

„Asta-i culmea! Vorbesc când am chef, îmi mișc degetele când vreau!“

— Mă bucur că am reușit să-ți șterg vocea! Știai că insectele nu mai scot nici un sunet dacă le tai antenele? Rămân nemișcate, chircite, refuzând până și să se mai hrănească. La fel s-a întâmplat și cu tine. Ți-ai pierdut glasul, ți-ai pierdut forma. O să trăiești veșnic printre vocile muribunde, prizoniere în mașinile de scris, iar eu o fiu mereu aici, gata

să-ți dau instrucțiuni. E simplu, ca și cum ai învăța să bați la mașină!

În sfârșit, mi-a dat drumul. Stăteam în continuare pe scaun, cu capul pe masă. Am tras adânc aer în piept, iar gâtul mi-a pulsat.

— Nu mai e mult și începe ora de intermediari. O să cobor la cursanții mei.

Și-a strecurat cronometrul în buzunarul de la piept.

— La testul de azi o să le dau să scrie un articol medical. O să mă amuz copios pe seama lor. Tu așteaptă-mă aici cuminte, bine?

A ieșit și a închis ușa în urma sa. Am auzit cheia răsucindu-se în broască și pașii lui care se îndepărtau. Rămăsesem singură.

*

Așadar, eroina mea sfârșise și ea sechestrată! Am strâns paginile pe care le scrisesem, și, după ce am pus pe ele un prespapier, am stins veioza. La început mă gândisem la o poveste emoționantă despre doi îndrăgostiți, legați de sentimente tandre, care rătăcesc împreună în căutarea vocii, ba la o fabrică de mașini de scris, ba la farul de la capătul promontoriului, ba la morgă sau la depozitul unui magazin de papetărie. Numai că mă pomenisem dintr-odată că scriu acest deznodământ. Deseori mi se întâmpla ca textul să o apuce într-o direcție la care nici cu gândul nu m-aș fi gândit. M-am dus la culcare, lăsând lucrurile în voia lor.

A doua zi, când m-am trezit, calendarele dispăruseră.

*

Oricum nu aveam în casă decât trei sau patru, unele numai cu reclame, altele primite cadou de la diverse firme.

Nu pot spune că mă atașasem prea tare de ele. R a fost mai puțin supărat de dispariția calendarelor decât de cea a pozelor. Până la urmă, nu erau decât un șir de cifre. Bineînțeles, pierderea lor crea destule probleme, dar poate că mai erau și alte mijloace de a număra zilele.

Am mers la micul incinerator din grădină și le-am dat foc. Au ars imediat, lăsând în urmă doar spiralele metalice în care le fuseseră prinse filele și o mână de cenușă moale care, odată împunsă cu vătraiul, s-a prefăcut într-un fuior gri. Pe când priveam scrumul rămas, m-am gândit că, de fapt, disparițiile nu erau atât de importante pe cât lăsa să se creadă Poliția Memoriei. În fond, totul se rezolva simplu. Aprindeai un foc, aruncai în el obiectul dispărut, iar acesta își pierdea pe dată forma, se transforma în cenușă și apoi era luat de vânt.

Fumul ce se înălța din grădinile vecinilor a fost numaidecât înghițit de norii joși. Nu mai ningea, dar dimineața era, ca de obicei, geroasă. Copiii îmbrăcați în paltoane groase cărau în spate ghiozdane grele și mari. Câinele din vecini scosese capul din cușcă, urmărind întreaga agitație cu botul de-abia ițindu-i-se din zăpadă. Oamenii ieșiseră pe stradă și pălăvrăgeau între ei.

— Nu ți-am mai văzut de multicel amicul. Nu se simte bine? mi-a zis pălărierul de peste gard.

— E bolnav de ceva vreme, dar s-a mai întremat puțin.

Aveam inima cât un purice, să nu cumva să-i fi ajuns pe la urechi că bătrânul fusese arestat.

— Cum să nu se îmbolnăvească pe frigul ăsta?!

— Nu numai că îndurăm un ger cumplit, dar la piață am ajuns să stăm la cozi interminabile pentru te miri ce. Și frigul ăsta afurisit te pătrunde până-n măduva oaselor! a intrat în vorbă femeia de peste drum de mine.

— O jumătate de oră la cumpărături și ești deja bocnă!

— Zilele trecute, nepotă-miu a vrut niște cremă de vanilie. Am bătut magazin de magazin să-i fac pofta, dar zău dacă a fost chip să găsesc!

De data aceasta fusese bărbatul de la primărie, care locuia în casa situată la vest de mine.

— Ei, pe vremurile astea, crema de vanilie a ajuns un lux! Unde mai pui că-ți trebuie și alte ingrediente pentru ea, iar găinile nu se prea mai ouă pe frigul ăsta. Ieri am stat la coadă o oră pentru patru ouă amărâte.

— Eu mi-am rupt picioarele colindând piața pentru o conopidă fleșcăită și veche.

— Suflă vântul și prin galantarele măcelăriilor. Pe vremuri, abia dacă vedeai tavanul de șirurile groase de cârnați care atârnau de el, iar acum, dacă treci pe-acolo după ora zece și jumătate, te alegi cu răbdări prăjite.

Și așa, fiecare a început să-și verse oful pentru greutățile de zi de zi.

— Dac-ar fi numai mâncarea, dar nici combustibil de sobă nu se prea mai găsește! Noaptea trecută mi s-a terminat și mai-mai să-nțepenesc de frig. Cum am genunchii sensibili și imediat au început să mă înjunghie, am ciocănit la ușa vecinului și l-am rugat să-mi dea o picătură de motorină, cât s-o scot la capăt în noaptea aceea, dar m-a repezit de nu m-am văzut, s-a plâns bătrâna de la două case de mine.

— Nu poți pune nici o bază în ei. Pe stradă se poartă de parcă nici nu te-ar cunoaște. Au fost mojici și cu cei de la asociația comunitară!

Vorbeau despre tinerii de treizeci de ani care stăteau la est de mine – casa unde era câinele. Nu știam despre ei decât că nu aveau copii și amândoi erau în câmpul muncii.

Numaidecât, toată lumea s-a apucat să-i bârfească. Tare aș fi vrut să mă întorc în casă, dar, cum nu găseam nici o scuză, mi-am făcut de lucru cu vătraiul, aruncând zăpada de pe zid și dând din cap mecanic. Câinele a început să latre, de parcă ar fi priceput că-i vorbim de rău stăpânii.

— Și totuși, făcu fostul pălărier, parcă nu se mai face niciodată primăvară!

Toată lumea a încuviințat.

— Poate că nici n-o să se mai facă, a murmurat femeia pe care o dureau genunchii.

Pălărierul și-a tras până la gât fermoarul. Eu continuam să mă joc cu vătraiul.

— În mod normal, vântul ar fi trebuit să-și schimbe direcția până acum, copacii să înflorească și marea să capete o nuanță mai deschisă. În schimb, ninge în neștire!

— De treizeci de ani n-am mai pomenit așa o vreme câinoasă!

— Ia gândiți-vă. Dacă au dispărut calendarele, putem să așteptăm primăvara până ni s-or lungi urechile. N-o să mai vină niciodată! a zis bătrâna, frecându-și genunchii prin genunchiera de lână.

— Ce ne-o mai aștepta?

— Și, fără primăvară, adio vară! Nu tu recolte, nu tu vreme bună! Doar câmpuri acoperite de zăpadă.

— Zău dacă nu mi s-a urât de frigul ăsta! Măcar de-am avea un strop de combustibil...

Și discuția s-a întors de unde pornise. Unul câte unul, am dat glas propriilor temeri. Din partea cealaltă a străzii s-a pornit o vântoasă rece, și o mașină plină de noroi a trecut pe lângă noi.

— Ia să nu mai despicăm atât firul în patru! La urma urmei, calendarele-s doar niște bucăți de hârtie. Cu puțină răbdare, lucrurile se vor rezolva de la sine.

Pălărierul părea că se încurajează mai mult pe sine, dar noi i-am ținut isonul.

*

În cele din urmă, bătrâna pe care o dureau genunchii a avut gura aurită. Primăvara nici c-a mai sosit, iar noi am rămas cu zăpada și cu cenușa calendarelor arse.

Capitolul 16

Am stabilit să-i serbăm ziua de naștere în camera secretă.

— Calendarele au dispărut... Oricum, nu-mi mai amintesc în ce zi m-am născut. Zău, nu trebuia să te deranjezi pentru atâta lucru, a spus bătrânul, vădit jenat.

Aniversările fuseseră o tradiție de familie cu mult înainte să mă nasc. Chiar dacă nu-mi mai aduceam aminte data, știam că ziua lui era cam în perioada în care înfloreau cireșii, și intuiția îmi spunea că nu mai era mult până atunci. Mă gândeam că nici lui R nu i-ar strica puțină distracție după atâtea zile lungi și plicticoase petrecute în camera secretă.

O săptămână am fost la piață zi de zi ca să strâng cele necesare pentru petrecere. Așa cum spuseseră vecinii, rafturile din magazine erau aproape goale și lumea stătea la cozi interminabile. Era tot mai greu să faci rost de mâncare bună. Totuși, am cutreierat cu răbdare fiecare colțișor din piață.

În fața aprozarului, ochii mi-au căzut pe o pancartă: „Mâine dimineață, în jur de ora 9, așteptăm marfă: 20 de kg de roșii și 15 kg de sparanghel". De luni bune nu mai văzusem nici roșii, nici sparanghel, și, dacă norocul mi-ar fi surâs, aș fi făcut o salată de crudități. Dimineața m-am înființat la magazin cu două ore mai devreme, dar se formase deja o ditamai coada. Am așteptat, numărând cu sufletul la gură persoanele dinaintea mea și, când să-mi vină rândul, am observat că nu mai rămăsese mai nimic în cutia de carton, cu excepția unor roșii verzi și pipernicite și a câtorva fire anemice de sparanghel. Cu toate acestea, am fost mai băftoasă decât cei din spatele meu, care probabil că se întorseseră acasă cu mâna goală.

Am dat apoi o raită și pe la aprozarele din piață și m-am ales cu o legătură de pătrunjel, pentru ornarea salatei, o mână de ciuperci al căror nume nu-l știam, câteva boabe găunoase de fasole, trei ardei roșii și trei verzi, plus o țelină ofilită.

În cele din urmă, țelina a ajuns la o bătrână cerșetoare.

— Scuzați-mă, domnișoară. Frunzele care se văd din sacoșă sunt cumva de țelină? Dacă nu vă e cu supărare, nu-mi dați și mie câteva? mi s-a adresat ea pe un ton politicos. Am alunecat pe zăpadă și mi-am pierdut portofelul. Vremea asta e tare păcătoasă pentru cei de vârsta mea. Uitați, convingeți-vă, n-am nimic în el, a adăugat, băgându-mi sub nas un coș de rafie.

Puteam să fi trecut mai departe fără să-i acord atenție, dar, fără să vreau, coșul gol-goluț mi-a sărit în ochi, așa că, înduioșată, i-am dat țelina.

A doua și a treia zi, am văzut-o iarăși pe bătrână arătându-le tuturor coșul. M-am tot uitat după o țelină, dar, de data asta, fără succes.

Piața, plină de oameni la orice oră a zilei, vuia de râsete și certuri. Zăpada se așternuse pe aleile dintre prăvălioare, acoperind mormanele de coji de legume, solzi de pește, capace de sticlă și pungi de plastic. Cumpărătorii mergeau din tarabă în tarabă, ținându-și strâns la piept „prada“ de peste zi sau uitându-se cu jind după mărfuri mai acătării.

Am găsit unt pentru prăjituri, vin, mirodenii, fructe pentru punci, flori, fețe de masă croșetate și șervețele noi. Știam că nu voi putea lua nici jumătate din ele, pentru că trebuia să țin cu dinții de bani, mai ales că nu cumpărasem încă nici un cadou.

De carne și de pește am făcut rost nesperat de ușor, fiindcă bătrânul era bun prieten cu proprietarii magazinelor.

— Am pus deoparte cel mai bun pui, calitatea-ntâi, a zis măcelarul, aducând din spatele magazinului un pachet legat cu fundă, ca un cadou adevărat.

La pescărie, proprietarul m-a lăsat să scotocesc într-o găleată cu pești vii. După câteva minute de căutări, am ales unul de vreo patruzeci de centimetri, cu pete pe spate.

— Ai ochi buni, domnișoară, a zis vânzătorul. Are carnea fragedă și gustoasă. Nu prinzi toată ziua asemenea pește!

Apoi l-a înșfăcat și l-a lovit în cap cu un mai, după care l-a curățat de solzi și i-a scos intestinele. Cu pachetul la piept, am pornit-o înapoi spre casă.

*

Bătrânul și-a făcut apariția cu o punctualitate desăvârșită, îmbrăcat în singurul său costum, la gât cu o cravată în dungi. Părul îi era pieptănat cu grijă și dat cu briantină.

— Intră. Ce mă bucur că ai venit!

La intrare a făcut o plecăciune, pipăindu-și nodul de la cravată, să se asigure că era bine făcut.

— Ce frumos! a exclamat el surprins, după ce a ajuns în ascunzătoare.

— Camera e cam înghesuită, dar o schimbă complet câteva decorații, nu? R a fost un ajutor de nădejde! am spus cu mândrie.

Am luat lucrurile de prisos, punându-le pe ultimul raft, apoi am desfăcut o masă extensibilă, lungă și îngustă, căreia i-am făcut loc între bibliotecă și pat, și care, bineînțeles, a ocupat tot spațiul liber.

Din mâncarea de pe masă se ridicau aburi. Culesesem de pe marginea drumului niște flori care acum serveau drept decor. Cum fața de masă era veche și uzată, am așezat pe ea farfurii și platouri, ca să-i acopăr petele, și am aranjat frumos cuțitele, furculițele, paharele și șervetele.

— Poftim, i-am spus, aici e locul tău.

Era complicat să stăm la masă tustrei. Trebuia să mergem aproape pe vârfuri, strecurându-ne cu băgare de seamă, să nu răsturnăm farfuriile sau florile. R ne-a luat pe amândoi de mână, ajutându-ne să ajungem la pat înainte ca el să se instaleze pe unicul scaun.

Tot el a desfăcut băutura, care arăta groaznic în sticla veche și ciobită. O luasem de la feronerie, unde se producea ilegal vin în curtea din spate. Din păcate, nu mai găsisem decât sticla aceea de calitate îndoielnică. Spre surprinderea și ușurarea mea, am văzut că băutura, odată turnată în pahare, căpătase o scânteiere roze în lumina lămpii.

— Noroc! am spus.

Ne-am înălțat ușor paharele și le-am ciocnit.

— La mulți ani! am zis și eu, și R.

— Sănătate! a adăugat bătrânul.

Paharele au scos un clinchet ușor.

Trecuse multă vreme de când nu mai fusesem atât de veseli. R era în mare vervă, și bătrânul a avut tot timpul un zâmbet de încântare pe buze. Eu, după o gură de vin, mă înroșisem deja la față. Mă simțeam minunat și aproape că uitasem că mă aflam în camera secretă. Uneori, ne pomeneam râzând în hohote, apoi ne acopeream gura și ne uitam spășiți unul la altul.

Peștele, înăbușit în sake și așezat pe un pat de frunze de salată verde, a fost un adevărat festin.

— Nu știu dacă o să reușesc să-l tai, le-am spus. Îmi dă careva o mână de ajutor?

— E de datoria gazdei să servească felul principal, a zis R.

— Peștele arată minunat! a comentat bătrânul.

— Într-adevăr, am recunoscut eu, deși nu mai are petele de pe spinare după ce l-am gătit.

— Ce-i cu gaura asta din capul lui? a vrut să știe R.

— Acolo l-a lovit pescarul, să-i vină de petrecanie. Era încă viu când l-am cumpărat, așa că-i într-adevăr foarte proaspăt. Mi-ar fi plăcut să-l asezonez cu câteva frunze de țelină, dar...

— Te rog, dă-i sărbătoritului carnea cea mai moale.

— Desigur, dar mare grijă la oase!

Vocile noastre se contopeau cu clinchetul tacâmurilor, cu gâlgâitul vinului în pahare și cu scârțâitul arcurilor patului. Am mai servit și puțină supă de fasole, salată, sote de ciuperci și pilaf cu carne de pui. R și cu mine ne-am asigurat ca farfuria bătrânului să nu rămână niciodată goală și i-am ales mereu porțiile cele mai apetisante. El mânca tacticos, îmbucătură cu îmbucătură, de parcă s-ar fi rugat.

Când am terminat, am luat farfuriile goale, ca să facem loc desertului.

— Mi-aș fi dorit să-ți pot face un tort mai mare! am spus împingând spre el prăjitura pricăjită, nu mai mare ca palma mea, fără pic de ciocolată, căpșuni sau frișcă.

— Ce vorbești! a spus bătrânul, întorcând-o pe toate fețele. Este cea mai reușită prăjitură din lume, pentru care îți sunt, foarte, foarte recunoscător.

— Lumânările! a intervenit R, scoțând din buzunar un pachet cu lumânări subțiri, pe care le-a înfipt cu delicatețe în prăjitură.

Dacă nu era atent, tortul s-ar fi împrăștiat, pentru că nu izbutisem să mă țin de rețetă și nu pusesem în el suficiente ouă, făină și lapte.

— Lumina! a zis R, întinzându-se să stingă lampa, după ce toate lumânările au fost aprinse.

Ne-am înghesuit unul într-altul în întunericul ce ne împresura. Simțeam că ne ard obrajii, atât de aproape eram de flacăra lumânărilor.

Bezna se întindea în spatele nostru ca un văl moale de umbre, estompând sunetele, frigul și vântul din lumea de afară. Flacăra lumânărilor tremura de la respirația noastră.

— Haide, suflă! l-am îndemânat.

Bătrânul a încuviințat și a stins lumânările, suflând în ele scurt, de parcă i-ar fi fost teamă să nu zboare de pe masă prăjitura.

— La mulți ani!

— La mulți ani! a strigat și R, bătând din palme.

— Am un mic dar pentru tine.

După ce R a aprins din nou lumina, am băgat mâna sub cuvertură și am scos cadoul ascuns acolo. Îl găsisem în peregrinările mele pe la magazinele cu mărunțișuri. Conținea o trusă de bărbierit din porțelan, cu un compartiment pentru săpun, un suport pentru lama de ras și un recipient cu talc.

— Zău, nu trebuia...

Așa cum făcea de obicei când îi dădeam ceva, bătrânul a luat cadoul cu ambele mâini, ca și cum ar fi fost vorba de o ofrandă pentru altarul familiei.

— O să fii tare șic! a zis R, dând aprobator din cap la vederea darului meu.

— M-aș bucura dacă l-ai pune în baia de pe feribot și l-ai folosi în fiecare dimineață.

— Așa o să fac. Dar nu prea știu ce-i chestia asta pufoasă, a zis mirat, ridicând burețelul.

— Dacă îl treci prin talc și te dai cu el după ce te razi, fața nu o să ți se mai irite. Uite, așa, am spus, luându-i-l din mână și plimbându-i-l cu blândețe peste bărbie.

A închis strâns ochii și și-a strâmbat buzele ca și cum l-aș fi gâdilat.

— E plăcut! a spus, pipăindu-și obrajii.

Și-a mângâiat de mai multe ori bărbia, de parcă ar fi vrut ca senzația să nu dispară niciodată. R a izbucnit în râs pe când scotea lumânările din tort.

— Și eu am un dar, a zis.

Din trei înghițituri terminaserăm deja tortul, iar acum ne sorbeam tacticos ceștile cu ceai.

— Mă faceți să mă simt prost. N-aș fi vrut să vă deranjați pentru un biet bătrân.

Părea într-adevăr stânjenit.

— Prostii! a spus R. Trebuia să mă revanșez pentru tot ce ai făcut pentru mine, deși teamă mi-e că nu-i cine știe ce cadou.

Și-a răsucit scaunul pe jumătate și a scos din sertar o cutiuță de lemn, nu mai mare ca tortul de adineauri. Bătrânul era vădit surprins. Ne-am uitat amândoi cu interes la obiectul din fața noastră, o cutie maro închis, cu incrustații în formă de romb. Avea patru picioare ce aduceau cu lăbuțele unei pisici. Pe capacul fixat cu niște balamale miniaturale era montată o bilă din sticlă albastră, care căpăta fel și fel de irizații, în funcție de cum bătea lumina. Modelul nu era tocmai ieșit din comun, dar avea ceva special, care te îmboldea să iei caseta și s-o deschizi.

— O am de multă vreme. Țineam în ea acele de cravată și butonii. Îmi pare rău că n-am avut una nouă, dar oricum nu mai găsești așa ceva în magazine.

R i-a deschis capacul, și o clipă mi s-a părut că din mâini i-au țâșnit raze. Eu și bătrânul ne uitam unul la altul cu răsuflarea tăiată. Balamalele au scârțâit ușor, apoi s-a auzit un soi de muzică ieșind din cutie.

Caseta era căptușită cu fetru și în interiorul capacului era o oglindă. Nu am observat nici un disc de vinil care să se rotească sau vreun instrument muzical ascuns. Și totuși melodia venea dinăuntrul ei.

Se prea poate să fi fost un cântec de leagăn, coloana sonoră dintr-un film vechi sau un imn sacru. Aveam senzația că și mama fredonase cândva melodia, dar nu-mi amintesc cu ce ocazie. Nu semăna nici cu acordurile unui instrument de alamă, nici cu cele ale unuia cu coarde. Era simplă, insinuantă, moale ca o șoaptă, dar, în același timp, distinctă. Pe când ascultam transfigurată, am simțit cum mi se vălurește mlaștina fără fund a inimii – locul unde fuseseră înghițite toate obiectele dispărute.

— De unde se aude?

Bătrânul a dat primul glas întrebării care ne rodea pe amândoi.

— Din cutie.

— Bine, dar e doar o casetă de lemn. Nimeni nu o atinge și nu văd să se miște ceva în ea. E un truc? am întrebat, dar R a zâmbit fără să-mi răspundă.

În scurt timp, ritmul a încetinit. Cântecul își pierduse echilibrul și notele sacadate se vărsau unele peste altele. Bătrânul și-a lungit gâtul și s-a uitat descurajat în oglindă. După ultimele acorduri, tăcerea a revenit în cameră.

— S-a stricat? a murmurat el îngrijorat.

— Nu, a răspuns R așezând cutia cu fața-n sus și întorcând-o de trei ori cu cheița.

Pe dată, muzica a început să se audă iar, în aceeași cadență alertă.

— O! am exclamat amândoi la unison.

— E pur și simplu magie! a zis bătrânul. Nu cred că pot să accept un asemenea dar.

S-a întins după cutie de câteva ori, dar, de fiecare dată, și-a lăsat mâinile să-i cadă în poală, de parcă s-ar fi temut să nu-i destrame vraja.

— Nu-i nici o magie. E o cutie muzicală.

— O cutie...

— Muzicală.

Eu și bătrânul ne-am împărțit parcă vorbele.

— Întocmai.

— Ce denumire drăguță!

— Pare un nume de animal rar sau de floare.

Amândoi am căutat să ni-l întipărim în minte, repetându-l în șoaptă de câteva ori.

— Da. Reproduce o piesă muzicală cu ajutorul unui mecanism intern, un arc. Nu vă amintiți de ea? Poate că și voi aveați una în casă, pe raftul de la bibliotecă, într-un sertar sau pe policioara de la oglindă. Când vi se făcea dor de muzică, o luați, o întorceați cu cheița și melodia familiară se revărsa pe dată din ea.

Voiam cu disperare să-i dau un răspuns care să-l mulțumească, dar, oricât mi-aș fi stors creierii, lucrul din fața mea mi-era complet străin.

— Deci este unul dintre obiectele dispărute? a întrebat bătrânul.

— Da. Nici nu mai știu exact când mi-am dat seama că disparițiile nu mă afectau... Se prea poate să fi fost în perioada în care au încetat să mai existe cutiile muzicale. Firește, nu i-am mărturisit nimănui secretul. Ceva îmi spunea să-mi țin gura. Cred că atunci m-am hotărât să ascund lucrurile declarate dispărute. Îmi venea greu să le arunc, așa cum făcea toată lumea. Simțeam că, dacă le atingeam, îmi confirmam mie însumi că eram încă întreg la minte. Această casetă e primul obiect pe care l-am tăinuit. Am descoperit un fel de fund fals la geanta mea de voiaj, așa că am dosit-o acolo.

Și-a potrivit ochelarii pe nas.

— În cazul acesta, chiar nu pot accepta.

— Dimpotrivă, dintre toate obiectele pe care le-am ascuns, cred că acesta-i cel mai potrivit ca dar. Bineînțeles, o cutie muzicală nu poate compensa riscurile la care v-ați expus amândoi, însă m-aș bucura dacă ar opri, măcar într-o oarecare măsură, destrămarea din inimile voastre. Până la urmă, s-ar putea să izbutiți să trageți unele foloase dacă atingeți, pipăiți, țineți în palmă sau simțiți greutatea unor obiecte declarate dispărute.

R a întors cutia cu susu-n jos și a învârtit-o cu cheița. Melodia a început din nou. În oglindă vedeam nodul de la cravata bătrânului și urechea mea stângă.

I-am aruncat lui R o privire.

— Chiar crezi că inimile ni se destramă?

— Nu știu dacă-i cel mai nimerit cuvânt, dar pot să vă spun că vi se împuținează pe zi ce trece, iar schimbarea este ireversibilă – un deznodământ absolut îngrozitor din punctul meu de vedere, a zis R, rotind ceașca ba la dreapta, ba la stânga.

Bătrânul privea țintă cutia muzicală.

— Un deznodământ, am murmurat mai mult pentru mine. Și eu mă gândisem la asta. Un deznodământ... o finalitate... o limită... un capăt – de multe ori am încercat să-mi închipui ce se află dincolo de acel capăt și niciodată n-am ajuns la nici o concluzie. Când mă cufundam în mlaștina fără fund a inimii, toate simțurile mi-erau amorțite. Aveam senzația că mă sufoc și că eram incapabilă să gândesc. Iar discuțiile cu bătrânul nu-mi erau de nici un folos, pentru că nu-mi spunea decât că totul va fi bine. E din cale-afară de bizar să ai în fața ta un obiect dispărut, care se presupune că, de fapt, n-ar exista. Cu toate acestea, cutia muzicală are formă... are nume... produce o sumedenie de sunete. Nu-i așa că-i ciudat?

— Ba nu-i deloc ciudat. Cutia muzicală există, fără doar și poate. Muzica din ea se auzea și înainte, și după ce a fost declarată dispărută. Notele se revarsă din ea de fiecare dată când o întorci cu cheița. Acesta a fost, este și va fi rolul ei. Singurul lucru care diferă sunt inimile celor care ascultă melodia.

— Înțeleg, am spus. Nu-i vina cutiei că a dispărut. Numai că noi nu prea avem de ales. Este tulburător să ai dinaintea ta lucruri care au dispărut. E ca și cum ai arunca un bolovan greu, tare și plin de ghimpi într-o mlaștină liniștită. Imediat o să dea naștere la cercuri, iar suprafața apei o să freamăte, răscolind nămolul de pe fund. Noi nu prea avem de ales... Nu putem decât să ardem obiectele dispărute, să le îngropăm sau să le dăm drumul pe râu, adică să le împingem cât mai departe de noi.

— Vă e greu să ascultați melodia din cutia muzicală? a întrebat R, aplecându-se și încrucișându-și mâinile pe genunchi.

— Nu, deloc, s-a grăbit bătrânul să intervină. Îți sunt recunoscător pentru un asemenea dar.

— În orice caz, imediat ce te obișnuiești cu ea, n-o să te mai simți atât de tulburat. De fapt, acordurile reproduse sunt menite să fie liniștitoare. Ar trebui s-o întorci cu cheița măcar o dată pe zi și să asculți melodia într-un loc ferit, unde nu te poate auzi nimeni. Sunt sigur că în scurt timp o să te poți bucura de efectul ei miraculos.

— Mulțumesc, a spus bătrânul. O să am mare grijă de ea. Ca să nu stârnesc bănuieli, o s-o pun în dulapul din baie, unde îmi țin pasta de dinți, tonicul de păr și săpunul. O s-o deschid dimineața, în timp ce mă bărbieresc cu trusa primită cadou, și seara, când mă spăl pe dinți. O să-mi facă plăcere să ascult muzică în baie și să-mi văd de micile tabieturi. Mulțumesc pentru ziua de azi.

Chipul îi era brăzdat de atâtea riduri, că nu-ți venea ușor să-ți dai seama dacă râde sau plânge. I-am pus mâna pe spate.

— A fost o petrecere foarte reușită, l-am asigurat.

— Da, într-adevăr, a completat R. Cea mai frumoasă aniversare la care am asistat. Te rog, așadar, să-mi accepți darul.

A împins cutia muzicală mai aproape de bătrân. Melodia s-a izbit de pereții camerei secrete, rotindu-se în jurul nostru. Bătrânul i-a închis încet capacul cu ambele mâini, de parcă ar fi vrut să spună că ar fi păcat să folosească prea multă forță. Balamalele au scârțâit, și muzica a încetat.

Chiar în clipa aceea, s-a auzit soneria de la intrare.

Capitolul 17

Am încremenit, prinzându-mă din reflex de brațul bătrânului. Își pusese cutia muzicală în poală, iar cu o mână mă ținea pe după umeri. R rămăsese nemișcat, cu privirea în gol.

Soneria a continuat să țârâie, ba chiar cineva începuse să bată la ușă.

— Poliția Memoriei, am șoptit cu o voce așa tremurătoare, că nici eu nu mi-am recunoscut-o.

— Ușa-i încuiată? m-a întrebat bătrânul.

— Da.

— Du-te să deschizi.

— N-ar fi mai înțelept să mă prefac că nu-s acasă?

— Nu. O să spargă ușa și o să intre oricum. Și o să fie și mai suspicioși. Trebuie să-i poftim înăuntru ca și cum nimic nu s-ar fi întâmplat și să-i lăsăm să umble pe unde vor. Fii pe pace! O să fie bine! a zis bătrânul încrezător. O s-o las aici... a mai adăugat, punând cutia muzicală pe masă.

R a încuviințat în tăcere.

— Haide, să ne grăbim!

Ne-am luat de mână și am făcut câțiva pași, împleticindu-ne.

— Nu-ți face griji! i s-a adresat bătrânul de la mijlocul scării. O să mă întorc după cadouri.

R a dat din nou din cap.

Apoi am închis chepengul în urma noastră, rugându-ne ca nimeni altcineva în afară de noi să nu-l mai deschidă.

— Poliția Memoriei! Mâinile la spate! Nu atingeți nimic și nu vorbiți între voi până n-am terminat. Dacă nu, vă arestăm!

Erau vreo cinci-șase polițiști. Păreau obișnuiți cu genul acesta de discurs din pragul casei. După ce primul dintre ei și-a rostit tirada, au pătruns cu toții înăuntru.

Afară ningea. Am văzut și alte camioane verde închis parcate în cartier. Tensiunea era aproape palpabilă în liniștea nopții.

Operațiunea a mers ca la carte. Eficient, meticulos, sistematic, fără nici o implicare emoțională. Rând pe rând, au inspectat bucătăria, sufrageria, camera de zi, baia și pivnița. Nu și-au scos nici cizmele, nici paltoanele. Ca și cum își știau deja rolurile, unii au mutat mobila, alții au ciocănit pereții sau au scotocit prin sertare. Zăpada de pe tălpi li se topise și mergeau prin casă lăsând urme.

Am stat lângă stâlpul din hol, cu mâinile la spate, așa cum ni se ordonase. Își făceau treaba impecabil și nu ne-au scăpat o clipă din ochi. Ne-a fost aproape imposibil să ne apropiem unul de altul sau măcar să schimbăm câteva priviri. Cravata bătrânului era șuie – pesemne plecase pe fugă din camera ascunsă –, dar a continuat să-și țină privirea înainte. Ca să mă liniștesc, am încercat să-mi amintesc melodia cântată de cutia muzicală, și, deși o pusesem doar de câteva ori, am reușit să mi-o amintesc cap-coadă.

— Tu cine ești? Cum de te afli aici? a tunat un bărbat care părea conducătorul grupului, arătând spre bătrân.

— Sunt întrucâtva de-al casei. De ceva vreme mă ocup de mici reparații pe ici, pe colo, a spus bătrânul ferm, după ce trăsese o gură zdravănă de aer.

— Chiuveta e plină de vase. Ce făceați? Găteați?

Bărbatul care cercetase bucătăria se întorsese să ne ia la chestionat. Văzuse mormanul de cratițe, tigăi, castroane și tacâmuri murdare de la pregătirile pentru petrecere – cu siguranță mult prea multe pentru o persoană singură. Numai că în stiva de vase murdare nu era nici măcar o farfurie, pentru că nu le strânsesem încă din camera secretă. Nici pe masa din sufragerie nu părea să se fi mâncat. Cu siguranță că mirosiseră ceva... Melodia pe care mi-o tot repetam în cap a început să se audă din ce în ce mai repede.

— Da.

Am vrut ca vocea să-mi sune clar, dar nu mi-a ieșit decât un suspin slab. Bătrânul a făcut jumătate de pas spre mine.

— Gătesc pentru toată săptămâna și pun o parte din mâncare la congelator, am adăugat, surprinsă că-mi ieșise pe gură o asemenea prostie. Dar, în același timp, mi-am dat seama că ar fi fost mai bătător la ochi dacă s-ar fi găsit în chiuvetă trei rânduri de vase. Însă, în ciuda norocului chior, trebuia să fiu în continuare vigilentă și să nu las garda jos.

Bărbatul a luat cratița în care fiersesem legumele și castronul în care făcusem aluatul de tort și le-a studiat o clipă înainte să le pună înapoi în chiuvetă și să se ducă să-și bage nasul în dulap. Ușurată, am înghițit în sec.

— Să vedem ce-i sus.

Cel care părea șeful lor le-a făcut un semn imperceptibil. Polițiștii s-au încolonat rapid și au pornit-o pe scări.

Mă întrebam dacă zvonul de pași sau hărmălaia din timpul percheziției ajunseseră și la urechile lui R. Pesemne că se făcuse mic, cu genunchii la gură, cu spatele gheboșat, așezat jos, pe podea, de teamă ca patul să nu scârțâie și să se dea de gol. Speram că poate cutia muzicală îl veghea să nu i se întâmple nimic rău.

La primul etaj erau mai puține încăperi, dar inspecția a fost și mai amănunțită. Agenții s-au perindat de colo-colo cu mâna pe arme, ridicând fiecare obiect în parte și ținându-l în lumină. Gesturile lor păreau să aibă o semnificație numai de ei știută, ceea ce pentru mine era de-a dreptul frustrant.

Ni s-a spus să așteptăm la etaj, pe holul din partea de nord a casei. Mâinile împreunate la spate mi-erau ca de plumb. Râul de sub fereastră dispăruse în bezna nopții. Vecinii aveau luminile aprinse. Fără doar și poate că polițiștii intraseră și la ei. Bătrânul a tușit ușor.

Vedeam prin ușa pe jumătate deschisă tot ce se petrecea în birou. Unul dintre agenți scosese cărțile din bibliotecă și își îndreptase lanterna spre spațiul gol dintre rafturi și perete. Altul trăsese salteaua de pe pat și îi scosese husa. Un al treilea se uita la manuscrisul din sertarul biroului. Paltoanele croite fără cusur îi făceau să arate mai înalți, mai amenințători, creându-ți senzația că se uitau la tine de sus.

— Ce-i asta? a întrebat un agent.

Nu era deloc bine dacă își făceau prea mult de lucru la masă, pentru că receptorul interfonului improvizat era ascuns în spatele dicționarelor.

— Un roman, am răspuns în direcția ușii întredeschise.

— Un roman? a repetat el, de parcă ar fi auzit un cuvânt obscen.

Pufnind disprețuitor, a aruncat pe jos manuscrisul, iar paginile s-au împrăștiat pe podea. Aș fi băgat mâna-n foc că nu citise în viața lui o carte și nici n-avea de gând, ceea ce, până la urmă, era în avantajul meu. Îndată ce și-a pierdut interesul pentru roman, s-a îndepărtat și de zona cu dicționarele.

Polițiștii au mărșăluit încolo și-ncoace. Aveau cizme grele, bine cremuite, care le veneau strâns pe picior – probabil că le lua o veșnicie să și le scoată. Deodată, ochii mi-au căzut pe covor și am crezut că înțepenesc de frică. Unul dintre colțuri era ușor îndoit!

Eu fusesem ultima care închisese trapa. Grabă-negrabă, cum putusem să fiu atât de neatentă? Dacă unul dintre ei băga de seamă și ridica puțin covorul, ar fi descoperit numaidecât intrarea în camera secretă.

Mă obseda neglijența mea și, fără să vreau, nu-mi mai dezlipeam ochii de la preș. Știam că în felul acesta le puteam atrage atenția, dar pur și simplu nu mă puteam abține. Făcând eforturi supraomenești, mi-am mutat privirea într-altă parte, întrebându-mă dacă și bătrânul băgase de seamă. Acesta părea să fixeze un punct îndepărtat din noapte.

În cameră era mare tevatură. Adevărat, colțul nu era îndoit decât patru-cinci centimetri. În mod normal, n-ar fi trebuit să-l observe, dar eu eram ca hipnotizată de el. Îmi venea să mă duc întins la covor, să-l prind de capătul pliat și să-l ridic.

— Ce-i asta? mi s-a adresat un polițist.

Mă făcusem mică, de teamă ca nu cumva să fi descoperit ascunzătoarea și mi-am dus involuntar mâinile la gură.

— Ce-i asta? a repetat el, venind spre mine cu pași mari.

Melodia din cutia muzicală îmi urla la maximum în minte – altfel, probabil că aș fi țipat.

— Mâinile la spate! a tunat el.

M-am conformat imediat. Nu voiam să vadă în ce hal îmi tremurau mâinile.

— De ce ai asta? a zis, băgându-mi sub nas un obiect dreptunghiular.

Am clipit, uitându-mă lung la agenda care până nu demult fusese în poșetă.

— Am uitat cu totul de ea, mai ales că nu prea o folosesc... am răspuns, încercând să opresc notele muzicale care mi se roteau nebunește în cap.

Părea interesat de carnețel și nu băgase de seamă covorul, sau, cel puțin, așa îmi plăcea să cred. Agenda nu reprezenta un pericol real. Nu aveam nimic important pe ea: datele când trebuiau să iau rufele de la curățătorie, orarul după care se măturau străzile din oraș sau programările la dentist.

— Dispariția calendarelor înseamnă că nu mai trebuie utilizate alte mijloace pentru stabilirea datei, nici măcar a zilelor din săptămână. Știi ce se întâmplă dacă păstrezi un lucru care a dispărut... Trebuie să te descotorosești imediat de ea, mi-a zis după ce a răsfoit plictisit agenda.

Apoi, scoțând din buzunarul paltonului o brichetă, i-a dat foc carnețelului și l-a azvârlit pe fereastra care dădea spre râu. Vedeam în continuare covorul printre picioarele sale depărtate. Agenda s-a rostogolit în aer, scăldată în artificii minuscule, și, după o pleoscăitură, a fost înghițită de ape. Curbele desenate de scântei în aer au mai stăruit o vreme în întuneric.

Ca și cum acesta ar fi fost un semnal, conducătorul grupului a strigat:

— Opriți-vă!

Polițiștii s-au întrerupt brusc din ceea ce făceau, lăsând sertarele și dulapurile vraiște, apoi s-au încolonat, au coborât scara și, fără să salute, au ieșit pe ușa din față, cu armele lovindu-li-se de centuri. După ce au plecat, m-am prăbușit la pieptul bătrânului.

— Gata, a trecut! mi-a șoptit el.

Colțul covorului le scăpase!

După ce își încheiaseră percheziția, agenții s-au urcat în camioane, pregătindu-se de plecare. Vecinii asistau la întreaga scenă din umbra porților. Fulgii reci de zăpadă le cădeau pe obraji, pe gâturi, pe mâini, dar lor nu le păsă. Tensiunea în care stătuseră îi împiedica să mai simtă gerul de afară.

Farurile camioanelor, albul zăpezii și lumina felinarelor alungau într-o oarecare măsură bezna care ne împresurase. Deși mai toți ieșiseră din case, pe stradă era atât de liniște, că aproape auzeai ninsoarea mângâind aerul nopții.

La un moment dat, am zărit trei umbre zgribulite îndepărtându-se de casa situată la est de mine. Era prea întuneric să le disting trăsăturile, dar mergeau anevoie prin zăpadă, mânați de la spate de cei din Poliția Memoriei. O fracțiune de secundă, puștile agenților au sclipit în întuneric.

Ici-colo se auzeau frânturi de conversații.

— Habar n-aveam că adăpostesc un fugar, a murmurat în barbă fostul pălărier. Cine să-și fi închipuit?!

— Amândoi soții erau în cârdășie cu o rețea secretă.

— De asta nu se împrieteniseră cu nimeni din cartier.

— Uită-te la el. E doar un copilandru.

— Sărmanul!

Îl țineam de mână pe bătrân și priveam în tăcere cum Poliția Memoriei îl împingea pe bietul băiat în spatele unui camion. Puștiul, de vreo cincisprezece-șaisprezece ani, era încadrat de o parte și de alta de cei doi soți. Părea destul de bine făcut pentru vârsta sa, dar ciucurii de la fularul de lână îl dădeau de gol, făcându-l să pară și mai tânăr.

Agenții au lăsat jos prelatele camioanelor și convoiul s-a pus în mișcare. Vecinii s-au întors la casele lor, numai eu și bătrânul am continuat să ne ținem strâns de mână și să scrutăm întunericul. Abandonat, câinele de alături schelălăia, frecându-și botul de zăpadă.

*

În noaptea aceea am plâns în neștire. Eram conștientă, firește, că trebuia să mă bucur că R nu fusese descoperit, dar pur și simplu nu-mi mai puteam ține în frâu emoțiile dezlănțuite.

Și totuși nu știu dacă „plâns" era expresia cea mai nimerită pentru trăirile mele de atunci, pentru că nu plângeam nici de tristețe, nici de ușurare că scăpasem de tensiunea în care stătusem. Toate gândurile pe care le strânsesem în mine de când îl luasem pe R sub aripa mea s-au prefăcut în lacrimi. Degeaba am strâns din dinți, degeaba mi-am spus că nu era bine ca oaspetele meu să mă vadă într-un asemenea hal, degeaba a încercat R să mă aline cu vorbe blânde. Încremenisem, cu privirea în pământ, pradă șuvoiului devastator al propriilor lacrimi.

— Nu credeam c-o să mă bucur că odaia e așa de mică, am zis, întorcându-mă în pat cu fața în jos.

— Cum așa?

Stătea lângă mine, mângâindu-mă pe păr și pe spate, ca să mă liniștească.

— Păi... cu cât e mai mică, cu atât ne simțim mai aproape unul de altul. Într-o noapte ca asta, când mi-e greu să rămân singură, înghesuiala de aici îmi dă un ciudat sentiment de liniște.

Simțeam pe obraz cuvertura caldă și ușor umedă. Masa extensibilă și farfuriile de la petrecere fuseseră puse la loc, și camera revenise la normal. Mi se părea că încă mai plutea în aer mirosul dulce al prăjiturii.

— Poți sta aici cât vrei. Nu cred că se vor mai întoarce în noaptea asta, mi-a zis R, aplecându-se spre mine de parcă ar fi încercat să-mi deslușească expresia de pe chip.

— Iartă-mă. Eu ar fi trebuit să te consolez pe tine, nu invers.

— Prostii! Tu ai dus greul în noaptea asta. Eu am stat aici cuminte, încercând să nu fac nici un zgomot.

— Au scormonit pretutindeni, chiar și deasupra camerei tale. Probabil că le-ai auzit pașii.

— Bineînțeles.

— Am uitat îndoit colțul covorului. Am plecat de aici valvârtej și nu l-am așezat cum trebuie. Totul ar fi fost pierdut dacă l-ar fi observat. Era pliat în așa fel, că-ți venea să te apleci și să arunci o privire sub el. E groaznic să depinzi de un lucru atât de neînsemnat! Mai aveam puțin și mă năpusteam să-l calc în picioare până se făcea una cu podeaua! Desigur, un asemenea gest era cu totul exclus, așa că am stat și am tremurat ca un iepure fricos.

Plângeam și vorbeam, vorbeam și plângeam. Date fiind împrejurările, mi se părea ciudat că mă exprimam atât de clar, de coerent. Sentimentele, lacrimile și cuvintele mi se revărsau dintr-un loc la care eu nu mai aveam acces.

— Îmi pare rău că ai trecut prin atâtea din pricina mea, s-a scuzat el, coborându-și privirea spre soba de la picioarele sale.

— Nu de asta plâng, crede-mă. Dacă m-aș fi temut de Poliția Memoriei, n-aș fi fost niciodată de acord să te găzduiesc. De fapt, nici eu nu știu de ce plâng. Mi-e greu să-ți explic, și mi-e și mai greu să mă opresc.

Mi-am ridicat capul din așternut și mi-am dat părul din ochi.

— Nici nu trebuie să-mi explici. V-am pus în pericol pe amândoi... a spus R. Așa că, te rog, nu te jena, plângi cât poftești.

— Bănuiesc că plânsul ăsta fără rost e o altă dovadă că inima mi se destramă, iar eu nu-i pot opri risipirea.

— Ba nu. Cred că mai degrabă inima ta face eforturi disperate să-și dovedească existența. Oricât de multe amintiri ni s-ar răpi, niciodată nu ni le vor suprima pe toate.

— Sper din tot sufletul să ai dreptate.

M-am uitat la el. Nu trebuia decât să mă aplec puțin și ne-am fi atins. A ridicat mâna și mi-a șters lacrimile. Vârfurile degetelor îi erau calde. Am privit cum lacrimile mele îi cădeau pe mână.

Tăcerea nopții s-a întors. Deodată, mi s-a părut ireal că acum câteva ore cineva sunase la ușă, că polițiștii mărșăluiseră prin casă, la doi pași de locul unde se afla ascunzătoarea. Acum nu mai simțeam nimic altceva decât inima care-i bătea prin pulover.

M-a îmbrățișat cu blândețe, cu mâinile lipite de spatele meu, ca și cum ar fi ținut un norișor pufos. În cele din urmă, lacrimile mi s-au oprit. Întâmplările din ultima vreme – cumpărăturile din piață, peștele omorât cu maiul, lumânările de pe tort, cutia muzicală, agenda arsă – păreau toate desprinse dintr-un trecut îndepărtat. Acum eram cu el și numai cu el, iar prezentul se învârtejea în jurul nostru.

„Oare amintirile mele pierdute poposiseră dincolo de bătăile inimii lui?“ mi-am zis pe când îmi odihneam capul pe pieptul său. Dacă aș fi avut vreo putere, mi-ar fi plăcut să le scot și să le aliniez rând pe rând înaintea mea. Eram convinsă că amintirile din interiorul său palpitau de viață și că, dacă le-aș fi atins, prospețimea lor mi-ar fi colorat degetele. Erau atât de diferite de imaginile din memoria mea, împuținate și neclare – petale veștede înghițite de valuri... cenușa de pe fundul incineratorului.

Am închis ochii. Genele i-au atins puloverul de lână.

— Vecinii noștri de la est au fost luați de Poliția Memoriei într-un camion, am șoptit. Adăposteau un băiețandru. Mă întreb de câtă vreme stătea la ei. E ciudat că n-am știut că la doar câteva case se ascundea cineva la fel ca tine.

— Unde crezi că l-au dus?

Îmi șoptise cuvintele în păr.

— Și eu m-am întrebat asta pe când urmăream camionul cu privirea. Nici măcar n-am observat că nu aveam haină sau mănuși și că ninsoarea îmi biciuia fața. Am stat acolo sperând că, dacă așteptam suficient de mult, s-ar putea să descopăr locul unde îmi dispăreau amintirile.

R mi-a cuprins umerii și privirea i-a alunecat pe distanța din ce în ce mai mică dintre trupurile noastre.

Voiam să-i spun că, oricât aș fi așteptat în noapte, n-aș fi aflat niciodată răspunsul, dar el mi-a acoperit gura și n-am mai fost în stare să rostesc nici un cuvânt.

Capitolul 18

Mă întreb de câte zile eram închisă în turn. N-aveam idee...

Bineînțeles, cu imensul ceas din imediata mea apropiere, nu era greu să știi cât era ora. Clopotul bătea de două ori pe zi, la unsprezece dimineața și la cinci după-amiaza. Inițial, ca să țin socoteala zilelor, dimineață de dimineață făceam un semn cu unghia pe piciorul scaunului. Însă de la o vreme încoace pierdusem șirul, fiindcă scaunul fusese din capul locului brăzdat de zgârieturi, iar acum nu mai deosebeam scrijeliturile mele de cele de dinainte.

Timpul se scurgea apatic, în cercuri repetitive, fără să am habar nici de lună, nici de săptămână, nici de zi... Singura certitudine era cea a captivității mele printre cadavrele altor voci prizoniere. La urma urmei, la ce mi-ar mai servi să știu în ce zi eram?

La început, atenția îmi fusese acaparată de mașinile de scris și de mecanismul ceasului, dar treptat am început să disting și alte amănunte din încăpere.

De pildă, pe peretele de vest, mormanul de mașini de scris era ceva mai mic. Dacă îl escaladam, ajungeam la o ușă, dincolo de care se afla o baie rudimentară. Deasupra chiuvetei descoperisem un geamlâc. Uneori mă urcam pe marginea chiuvetei și deschideam ferestruica să văd priveliștea de afară: acoperișurile caselor, câmpurile, firul unui râu, un parc. Turnul cu ceas era cea mai impunătoare clădire din oraș, așa că deasupra mea se întindea în toate direcțiile cerul. Îmi făcea plăcere să inhalez aerul proaspăt. Totuși, chiuveta nu fusese concepută să reziste la greutatea mea și, la un moment dat, apa începuse să se infiltreze printr-o crăpătură între smalț și faianță.

O altă descoperire a fost sertarul mesei, unde am găsit: un ciocan, pe care l-aș fi putut folosi să sparg zăvorul, un puzzle făcut din inele care se întrepătrundeau, niște piuneze, un tub cu cremă mentolată, o cutie goală de ciocolată, niște țigări cu un desen desuet pe pachet, scobitori, o scoică, un degetar, un termometru și un etui de ochelari, cu alte cuvinte, o grămadă de mărunțișuri care mai dădeau o pată de culoare vieții mele monotone.

Am încercat să-mi imaginez cum ajunseseră acolo toate aceste flecuștețe. Odinioară, în turn trebuie să fi locuit un ceasornicar a cărui sarcină era să calibreze arcurile orologiului, să-i ungă roțile și să bată clopotul la orele cuvenite. Câteodată, dacă timpul îi permitea, punea umărul și la treburile din biserică. Mi-l închipuiam ca pe un bătrân morocănos, taciturn și fără familie. Probabil că țigările, care își pierduseră pe deplin izul de tutun, și ochelarii îi aparținuseră. Etuiul era făcut dintr-o pânză care se jerpelise pe alocuri. Nu era exclus ca bătrânul să fi murit aici.

Măcar îmi puteam alunga urâtul meșterind la puzzle! Îmi goleam mintea de gânduri și mă uitam la încrengătura de inele argintii. Era un bun exercițiu mental și mă ajuta să-mi mișc degetele. Însă încet-încet am început să pricep cum se întrepătrundeau inelele și ajunsesem să rezolv puzzle-ul într-o clipită.

Crema mentolată mi-a fost de mare folos, pentru că mă frecam cu ea pe la tâmple, pe sub nas, pe gât, iar mirosul înțepător mă înviora numaidecât, lăsându-mi pe corp o boare răcoroasă, care îmi alina nervii întinși la maximum. Din păcate, senzația dura până se evapora mentolul. Cum tubul se golise pe jumătate, am hotărât să-l folosesc cu zgârcenie.

Patul, de fapt o canapea extensibilă cu picioarele zgâriate de cât fusese târâtă pe jos, m-a făcut să-mi schimb impresia despre cameră. Chiar el îl cărase până aici. Când ajunsese sus, abia dacă se mai vedea dintre perne, avea palmele roșii, gâfâia așa de tare, că umerii îi săltau în sus și-n jos și fruntea îi era scăldată în sudoare. Rareori îl văzusem în halul acela de oboseală... Întotdeauna îmi lăsase impresia că e stăpân pe situație. Până și hainele, pieptănătura, felul în care își mișca degetele, cuvintele pe care le rostea – totul părea să se supună voinței sale. Sunt convinsă că nici lui nu i-a convenit că-l prinsesem într-o asemenea ipostază.

Una peste alta, aducerea patului fusese o idee inspirată, fiindcă acolo se petreceau... o sumedenie de lucruri...

*

Dangătul răsuna și mai înspăimântător aici decât în oraș – normal, de vreme ce eram atât de aproape de clopot, că l-aș fi putut atinge. Când se făcea ora unsprezece sau cinci, mă ghemuiam într-un colț al camerei, îmi băgam capul între genunchi, închideam ochii și-mi țineam respirația, sperând să contracarez efectele sunetului și să amortizez șocul. Dar, când limba clopotului începea să se legene înainte și înapoi, îmi dădeam seama cât de jalnice îmi erau eforturile.

Ecoul clopotului se târa prin tavan, se izbea de pereți, zgâlțâia podeaua și, cum nu avea unde să se ducă, făcea să trepideze întreaga încăpere o bună bucată de vreme, spulberându-mă ca un val care îmi trece peste cap.

În prima zi când fusesem adusă aici și clopotul bătuse de ora cinci, mi se năzărise că o mână nevăzută apăsase în același timp clapele de la toate mașinile de scris. Sunetul reverbera ca și cum vocile prizoniere în mașinării țipau din toți rărunchii. În realitate, dacă clapele ar fi fost folosite simultan, ar fi produs un zgomot infernal, poate la fel de îngrozitor ca dangătului clopotului.

Nu mai știam care fusese mașina mea de scris. La început mi se păruse mai nouă decât restul, cu pârghii strălucitoare și o carcasă netedă, însă încet-încet praful se așezase pe ea și vopseaua i se decolorase, așa că n-am mai deosebit-o de celelalte. Se contopise pur și simplu cu mormanul de fiare vechi.

Uneori mă tot întrebam dacă vorbele sale aveau un sâmbure de adevăr. Să fi fost și vocile altor persoane prinse în mașinile de scris? Dacă glasurile urmau aceleași legi ale destrămării precum cele ale trupurilor, însemna că vocile de la baza mormanului pieriseră deja strivite, poate chiar muriseră.

La un moment dat, am realizat că nu-mi mai amintesc sunetul propriei voci, iar gândul acela m-a scos din minți. N-aș fi crezut nici în ruptul capului că puteam să uit așa de repede ceva ce auzisem ani la rând – în orice caz, o perioadă mult mai lungă decât aceea în care rămăsesem fără voce.

Dar trăiam într-o lume întoarsă cu susu-n jos și până și lucrurile despre care credeam că-mi aparțin îmi fuseseră răpite mult prea lesne. Dacă trupul mi-ar fi fost tăiat în mii de fărâme, amestecat cu bucăți din alte corpuri și cineva ar fi venit să-mi spună: „Du-te și găsește-ți ochiul stâng!“, zău dacă aș fi izbutit!

*

Eram la cheremul lui... De pildă, el îmi dădea să mănânc. Cred că pregătea masa în camera din fundul clasei, dotată cu un reșou pe care se încălzea apa. Mâncarea nu era senzațională, dar măcar era comestibilă – tocană, budinci, mâncăruri ușoare, înăbușite sau fierte.

Punea tava pe masă, mi se așeza în față cu bărbia în palme și se holba la mine. Cum nu lua nici măcar o îmbucătură, mă vedeam nevoită să mănânc de una singură.

Încă nu mă obișnuisem cu stilul acesta de a mă hrăni. Mă enerva să înghit fiecare dumicat sub privirea lui scrutătoare, fără să vorbim, fără să râdem, fără să ascultăm muzică. În plus, nici nu prea aveam poftă de mâncare. Parcă vedeam cu ochii minții cum mâncarea îmi aluneca pe gât, mi se freca de coaste și ajungea cu greu în stomac. După jumătate de porție mă simțeam deja ghiftuită, dar mă forțam să dau gata totul, fiindcă mi-era teamă de ce-ar putea face cu resturile de mâncare.

— Ai sos pe buze.

Uneori se străduia să facă puțină conversație... Eu mă lingeam de zor, mai ales că nu dispuneam de șervețel.

— Mai la dreapta. Hai, termină-ți porția.

Avea manierele unui chelner din restaurantele selecte. Eu mâncam tacticos, rupând pâinea în bucăți, tăind carnea în fâșii mici, sorbind încet din apa din pahar și aruncându-i din când în când câte o privire.

Seara mă dezbrăca, mă ducea la lumină și mă spăla. Apa din găleată era aproape clocotită. Nu se grăbea niciodată și mă săpunea pe îndelete. Aburii care ieșeau din apa fierbinte ajungeau să se risipească până își isprăvea ritualul. Își mișca mâinile cu precizie, ca atunci când lustruia cronometrul.

Eram mereu uimită de cât de multe părți alcătuiau corpul uman, iar îmbăiatul dura o veșnicie – pleoapele, scalpul, zona din spatele urechilor, clavicula, subsuoara, sfârcurile, pântecul, șoldurile, coapsele, porțiunea de piele dintre degete. Lucra sistematic, ștergând centimetru după centimetru, fără nici o expresie pe chip.

După ce termina, îmi alegea îmbrăcămintea. Avea gusturi tare bizare, care nu se potriveau defel cu moda din magazine. Nici nu știu dacă acelea se puteau numi haine... Întâi și-ntâi, materialele erau „altfel": vinil, hârtie, metal, frunze, coji de fructe. Dacă nu aveai grijă, ți se desprindeau de pe corp, îți tăiau pielea sau te strângeau peste piept – de aceea le îmbrăcam încet, cu mare-mare băgare de seamă.

Într-o zi mi-a mărturisit că el făcea hainele. Când îi venea o idee, o așternea pe hârtie, făcea un tipar și se apuca să adune materialele. Mă uitam fermecată la mâinile lui și dintr-odată mi s-a părut că degetele care creau îmbrăcămintea aceea extravagantă erau îngrozitor de frumoase. Îl și vedeam cum pune ață în ac, taie sau curăță coaja unui fruct – operațiuni poate la fel de fascinante ca exercițiile de bătut la mașină.

Ca să încap în straiele acelea fistichii, îmi trăgeam umerii în față, îmi îndoiam genunchii și dădeam de mai multe ori din șolduri, pe când el mă asista cu zâmbetul pe buze. Lumina de la lampa din tavan se oglindea în apa deja călâie din găleată. Până dimineața, hainele aveau să zacă mototolite pe podea, ca niște zdrențe ponosite.

*

De bună seamă, eram cu nervii la pământ. Mă înnebunea mai mult faptul că nu puteam vorbi decât că eram sechestrată în cameră. Pierderea vocii echivala cu dezintegrarea în mii de fărâme.

Câteodată mă sfredelea cu privirea și mă întreba dacă voiam să discutăm. Scuturam vehement din cap, conștientă că n-ar fi fost deloc bine dacă aș fi încuviințat. Uneori, mișcarea violentă a capului părea să mă calmeze.

În ultimele zile începusem să-mi simt corpul desprinzându-se încet-încet de suflet. Era ca și cum capul, brațele, sânii, trunchiul și picioarele pluteau într-o altă lume, de nepătruns. Bănuiam că mi se trăgea tot de la pierderea glasului. Când vocea, care lega corpul de suflet, dispărea, nu mai aveai cum să-ți exprimi în cuvinte trăirile, voința. Pe zi ce trece simțeam cum mă dezintegrez, cum mă prefac în mii de bucăți.

Oare aș mai putea scăpa de aici? Bineînțeles că încă mai luam în calcul și această posibilitate. De pildă, în clipa în care se deschidea ușa, puteam să mă strecor pe lângă el și s-o iau la fugă pe scări. Sau aș fi putut să bat în dușumea cu o mașină de scris ca să-i alertez pe elevii veniți la cursul de dactilografie, sau mă puteam apuca să dezmembrez o mașină de scris și să-i arunc piesele pe fereastră. Din păcate, toate aceste idei nu aveau nici un fel de bază și, chiar dacă reușeam să ajung în lumea de afară, nu eram prea sigură că mi-aș mai regăsi toate particulele în care fusesem spulberată.

Pe când își ținea cursul de dactilografie un etaj mai jos, priveam ce se petrece afară din spatele cadranului ceasului. Grădina bisericii este plină de straturi de flori, iar lumea stătea adesea la taifas la umbra copacilor, sau citea pe bănci. Copiii jucau badminton, iar domnișoarele de la cursul de dactilografie își făceau apariția pe biciclete. Câteodată, cineva se uita în sus, la ceas, să vadă cât e ora, dar bineînțeles că nu mă observa.

Dacă îmi ciuleam urechile, puteam să le aud vocile, deși nu pricepeam ce spun. La început crezusem că era din cauza distanței, dar nu acesta era adevăratul motiv. Pur și simplu nu le mai înțelegeam cuvintele.

Într-o zi l-am zărit râzând și flecărind cu niște cursante în grădină. Chiar și de la depărtare arăta elegant, spiritual, distins. Elevele din jur erau de-a dreptul entuziasmate. Eu eram singura care-i cunoștea adevărata față, care știa în ce fel de om se transformă în cămăruța în care mă ținea închisă.

— Secretul este să nu te uiți deloc la claviatură. La mașină nu se bate cu ochii, ci cu degetele.

Vorbeau despre dactilografie. Nu se auzea decât vocea lui – clară, răspicată, de parcă vântul mi-ar fi adus-o dinadins la urechi prin crăpătura din spatele cadranului ceasului. Una dintre eleve, o domnișoară cu părul scurt și cercei care i se legănau în toate părțile, s-a întors și i-a zis ceva.

......

Îi auzeam glasul, dar nu și ce spunea. Vântul i-a purtat cuvintele pe lângă turnul cu ceas, apoi i le-a risipit în înaltul cerului.

— Închide ochii și lasă-ți degetele să atingă mașina de scris. Poziția clapelor, forma manetelor, grosimea carului – toate trebuie învățate prin buricele degetelor.

Auzisem aceleași instrucțiuni și la curs. Îi știam pe de rost fiecare cuvințel.

....

....

......

Deși tinerele care-l înconjurau vorbeau pe rând, nimic din ce spuneau n-avea înțeles pentru mine.

— De acum înainte, o să vă pedepsesc dacă vă mai uitați la claviatură, le-a amenințat el.

......

La fel. Nu izbuteam să prind ce ziceau.

— Bun, rămâne stabilit. Începem de mâine.

A bătut din palme și fetele s-au tras un pas înapoi, scoțând un sunet ciudat – nici râs, nici țipăt.

Atunci m-a străfulgerat ideea că, de fapt, nu mai înțelegeam pe nimeni altcineva decât pe el. Toate sunetele din lumea din afară care nu proveneau de la el sunau ca scârțâitul unor instrumente dezacordate.

Să fi fost aceasta dovada că destrămarea mea ajunsese într-un stadiu atât de avansat? Lucrurile de prisos din camera din turn pur și simplu dispăreau. Într-un fel sau altul, mă potriveam perfect cu atmosfera de acolo...

Chiar dacă aș reuși să scap, era deja prea târziu. Dezintegrarea era mult prea înaintată. Dacă aș fi făcut un singur pas în lumea exterioară, trupul mi s-ar fi risipit în mii și mii de atomi... El era unicul liant. El și degetele sale. Și seară de seară așteptam să-i aud pașii pe scară.

*

Nu prea mă mai aventuram în camera secretă după ce Poliția Memoriei venise să percheziționeze casa. Când îi aduceam mâncare și apă, schimbam două-trei vorbe, eu de pe scară, el de la baza ei. Am încercat să găsesc diverse scuze să cobor, dar, cum nu reușeam să rostesc nici una, închideam trapa și plecam.

Șocul resimțit în seara aceea avusese efect întârziat. R zâmbea rar și nu-și mai termina mâncarea din farfurie. Suferința nerostită supura ca o rană. Când trebuia să închid trapa, mă opream la jumătate și îl priveam, cu speranța că își va aminti ceva ce uitase să-mi spună, numai că el stătea tăcut la masă sau prefera să se bage în pat.

A fost dureros când am realizat că nu mai aveam nici o șansă să deschidă trapa, să dea covorul la o parte și să se furișeze până la mine. Știam, desigur, că situația era complicată, dar de oricâte ori mi-aș fi repetat-o, nu puteam să nu mă gândesc că mă evită dinadins.

Cu cât le disecam mai mult, cu atât evenimentele din noaptea aceea păreau mai ireale – mâncarea pentru petrecere, tortul, grămada de farfurii și cratițe murdare, cadourile, vinul, cizmele polițiștilor, agenda arsă, covorul cu colțul îndoit, cele trei siluete îndepărtându-se, camioanele acoperite cu prelate, lacrimile… Îmi venea greu să cred că toate acestea mi se întâmplaseră într-o singură seară. Tocmai de aceea știam că n-aș fi reușit să supraviețuiesc acelei nopți terifiante dacă nu m-aș fi aruncat în brațele lui. Ca să ne protejăm unul pe altul, ne-am refugiat în unicul loc sigur care ne mai rămăsese. Sau cel puțin așa îmi ziceam, ca să mă consolez…

*

Am lăsat deoparte paginile pe care le scrisesem în ziua aceea și, luând din spatele dicționarelor pâlnia, mi-am dus-o la ureche. La început n-am auzit nimic, dar mi-am ciulit urechea până când am reușit să disting câteva sunete în surdină.

Mai întâi, mi-a ajuns la urechi clipocitul apei. Apoi, tusea, foșnetul cearșafurilor, zumzetul ventilatorului. Am apucat mai bine în mână receptorul improvizat și mi l-am apăsat mai tare pe ureche.

Se spăla. Mi-am amintit de tabieturile noastre – seara îi aduceam ligheanul, un vas cu apă fierbinte, o folie de plastic și prosoape.

— A, azi e ziua de baie… Aproape că-mi ieșise din minte.

— Îmi pare rău că nu-ți pot oferi o baie adevărată, îi ziceam, lovind uneori din greșeală fundul ligheanului de balustradă.

— Dimpotrivă. Îți sunt recunoscător că reușești să-mi ții minte programul, chiar și fără calendar, îmi zicea pe când îmi lua lucrurile din mână.

Acum, clipocitul apei se auzea intermitent, ca un murmur catifelat. Bineînțeles, nu îl văzusem niciodată cum reușește să se spele, dar, pe când ascultam, am simțit că gesturile lui răzbat cumva prin pâlnie până la mine.

Mai întâi, cred că a întins pe jos folia, să nu ude podeaua. Apoi s-a dezbrăcat și s-a așezat turcește. Și-a împăturit meticulos hainele și le-a pus pe pat. Se mișca iute, ca să nu se răcească apa. A udat prosopul și și-a tamponat gâtul, spatele, umerii, pieptul, brațele. Când ștergarul s-a mai zvântat, l-a înmuiat iar în lighean. Pielea, neexpusă de mult la soare, îi era palidă și moale. Prosopul îi lăsa urme dacă freca prea tare. Își mișca mâinile în tăcere, fără nici o expresie pe chip. Picăturile de apă luceau pe folia de plastic.

Am reușit chiar să-i trasez contururile corpului. Mi-au revenit în minte mișcarea fiecărui mușchi, unghiul fiecărei articulații, rețeaua de vene de sub pielea albă. Cu toate că sunetele care veneau prin pâlnie erau destul de slabe, memoria mea le făcea să pară mai clare, mai distincte.

Prin perdea se vedeau stelele spuzind cerul nopții – o priveliște destul de rară în ultima vreme. Întunericul pictase în negru zăpada care se așternuse peste întregul oraș. Când și când, vântul zgâlțâia ferestrele. Am descurcat tubul de cauciuc, care se încâlcise puțin. Pâlnia mi se încălzise în mână. Paginile manuscrisului, prinse sub prespapierul de pe birou, erau singurul meu pașaport spre camera secretă.

Mi-a răsunat multă vreme în urechi apa ce curgea din lighean într-un șuvoi subțire.

Capitolul 19

Au trecut câteva săptămâni de la petrecerea de ziua bătrânului. În acest răstimp s-au mai petrecut câteva incidente, deși nici unul așa de însemnat ca vizita Poliției Memoriei.

Primul dintre aceste episoade a fost întâlnirea cu o bătrână într-o seară, pe când îmi făceam plimbarea. Își întinsese o folie pe marginea drumului și vindea legume. Nu avea prea multe soiuri, dar erau mai ieftine decât în piață, așa că m-am bucurat că am reușit să-mi pun în sacoșă o varză și niște ardei. Când mă pregăteam să-i dau banii, s-a apropiat de urechea mea și mi-a spus în șoaptă:

— Știi cumva vreo ascunzătoare?

Am tresărit atât de tare, că am fost cât pe ce să scap monedele din mână.

— Poftim? am îngăimat.

Speram din tot sufletul să nu fi înțeles bine.

— Caut pe cineva care să mă ascundă, mi-a spus pe șleau, strecurându-și banii în borsetă, fără să mă privească.

M-am uitat în jur, dar nu am văzut decât o ceată de copii jucându-se în parcul de peste drum.

— Sunteți căutată de Poliția Memoriei? am întrebat-o cu un aer firesc, ca și cum am fi stat de vorbă despre cumpărături.

N-a mai zis nimic, temându-se că, probabil, o luase gura pe dinainte.

Am măsurat-o din priviri. Era o femeie voinică, îmbrăcată ca vai de lume – o pereche de pantaloni peticiți, croiți dintr-un chimono mai vechi, un șal scămoșat, înfășurat în jurul umerilor, și niște tenişi găuriți. Avea ochii urduroși și mâinile crăpate și umflate. Nu cred c-o mai văzusem vreodată...

De ce să mă fi rugat un lucru atât de important, dacă nici măcar nu mă cunoștea? Eram contrariată. Cum de știa că n-o s-o dau pe mâna Poliției Memoriei? Oare chiar era în pericol și disperarea o împinsese să întrebe pe oricine îi ieșea în cale? Aș fi vrut cu adevărat s-o ajut, dar în nici un caz nu puteam să-i ofer o ascunzătoare. Pe de altă parte, putea fi mână-n mână cu polițiștii și încerca să-mi întindă o capcană – unul dintre șiretlicurile murdare la care apela adesea Poliția Memoriei ca să afle informații despre casele conspirative. Sau poate știa că adăposteam pe cineva și s-a gândit că la fel de bine aș fi putut s-o ascund și pe ea. Nu, nu avea cum să știe asta, când nici agenții din Poliția Memoriei nu fuseseră în stare să descopere camera secretă.

În capul meu era un carusel de gânduri...

— Mi-e teamă că nu vă pot ajuta, am bălmăjit.

Am luat sacoșa de jos. Femeia n-a mai zis nimic. Chipul îi era de piatră. S-a prefăcut că aranjează stivele cu legume și monedele i-au zornăit în borsetă.

— Îmi pare rău, am zis și m-am grăbit să mă îndepărtez.

Inima mi se strângea de fiecare dată când îmi reveneau în minte mâinile ei roșii și umflate, dar, date fiind împrejurările, nu aș fi avut ce face pentru ea. Orice mișcare pripită l-ar fi pus în pericol pe R. Și totuși o săptămână întreagă nu mi-am putut lua gândul de la ea. Când ieșeam la plimbare, mă pomeneam că pașii mă poartă spre locul unde își vindea legumele – uneori cumpăram câte ceva, alteori treceam pe acolo în tăcere. Întotdeauna avea cam aceleași legume fleșcăite. Niciodată n-a mai adus vorba de ascunzătoare. Nu părea să mă recunoască, dar se prea poate ca, din pricina situației limită în care se afla, fața mea să i se fi șters complet din memorie.

După o săptămână, a dispărut brusc. Nu aveam să aflu niciodată ce se întâmplase. Poate că pur și simplu își terminase marfa, sau reperase un loc mai bun de vânzare, ori găsise, în sfârșit, o ascunzătoare, sau fusese arestată de Poliția Memoriei.

Un alt eveniment a fost acela când pălărierul de peste drum a venit împreună cu soția să stea la mine peste noapte. Își zugrăveau casa și m-au întrebat dacă îi puteam găzdui o noapte-două, până dispărea mirosul de vopsea.

Se înțelege că le-am pus la dispoziție odaia în stil japonez de la parter, care se afla cel mai departe de camera secretă. Chiar dacă vizita lor îmi punea nervii la încercare, ar fi bătut la ochi dacă i-aș fi refuzat.

— Îmi pare rău de deranj, a zis pălărierul. Durează o zi-două până se usucă vopseaua. Nu am fi putut dormi cu ferestrele deschise pe frigul ăsta.

— Sunteți mai mult decât bine-veniți, i-am spus, străduindu-mă să arborez un zâmbet călduros. E loc destul unde să dormiți.

Dimineața m-am trezit cu noaptea-n cap, cu mult înainte de sosirea lor, și am făcut ceai și o sumedenie de sendvișuri pe care le-am dus în ascunzătoare.

— Cred că trebuie să te descurci cu astea pe ziua de azi, i-am spus lui R, care a încuviințat în tăcere.

Se vedea că era puțin încordat.

— Mergi pe vârfuri și nu trage apa la toaletă, i-am repetat a nu știu câta oară și am închis binișor ușița. Nu aveam s-o mai deschid până a doua zi.

Pălărierul și soția lui erau oameni simpli, fără ifose. Nu erau genul care să-și bage nasul unde nu le fierbe oala sau care să mă bombardeze cu întrebări indiscrete. S-au făcut comozi în camera pregătită pentru ei, iar doamna și-a omorât timpul tricotând. Când pălărierul s-a întors de la serviciu, am luat cina tustrei și am sporovăit la televizor. Nici nu trecuse bine de ora nouă, că se băgaseră deja în pat.

Și totuși, cât au stat aici, gândurile îmi fugeau la ascunzătoarea de la etaj. Fiecare sunet mă făcea să tresar – vuietul îndepărtat al mării, claxoanele mașinilor, vântul. M-am pomenit studiindu-le chipurile oaspeților mei. Era limpede că nici prin cap nu le trecea că în imediata lor apropiere ar fi ascuns cineva. Uneori mi se părea că odaia secretă era rodul unor vise febrile și toate temerile mele legate de ea erau simple năluciri.

A doua zi, când vopseaua s-a uscat, cei doi soți s-au întors acasă. Ca să se revanșeze, mi-au trimis un săculeț cu făină, o conservă cu sardele și o umbrelă neagră, făcută chiar de pălărier.

În afară de sarcinile obișnuite, m-am hotărât să am grijă și de câinele vecinilor mei din vest. În ziua ce a urmat arestării lor, Poliția Memoriei trimisese un camion să încarce mobila din casă, dar câinele fusese lăsat de izbeliște. La început l-am hrănit prin gard cu resturi sau cu lapte, ținându-l sub observație. Când mi-a fost clar că nimeni nu avea să-l revendice, m-am consultat cu președintele asociației comunitare și l-am luat sub aripa mea.

Bătrânul m-a ajutat să-i mut cușca în grădină și a bătut în pământ un țăruș de care a legat un lanț. I-am adus și castronelul de mâncare, care zăcea abandonat în zăpadă. Pe acoperișul cuștii era scris numele „Don“, așa că am început să-l strig și eu la fel. Nu-mi dădeam seama dacă Don venea de la Don Juan sau Don Quijote. Era o corcitură cu pete maro, cu o ureche bleagă și apucături ciudate, care se dădea în vânt după pește și căreia îi plăcea să-și lingă lanțul. În orice caz, era un animal cuminte, ascultător, care s-a obișnuit repede cu mine și cu bătrânul.

Încă una din îndatoririle mele de zi de zi era să-l plimb pe Don la amiază, când se făcea mai cald. Pentru că nopțile erau geroase, i-am încropit un culcuș dintr-o pătură veche și l-am lăsat să doarmă într-un colț al holului de la intrare. M-am străduit să-mi revărs asupra lui toată dragostea pe care nu le-am putut-o oferi foștilor săi stăpâni, băiatului ascuns în casa lor, familiei Inui și pisicii lor, Mizore.

*

După câteva săptămâni de acalmie, s-a mai produs o dispariție. De data asta, venise rândul romanelor...

Ca de obicei, s-a întâmplat noaptea. Dimineața, orașul nu părea prea afectat de această nouă pierdere.

— Oricum nu aveam romane în casă, așa că nouă ne-a venit ușor, dar ție, care din asta trăiești, trebuie să-ți fie tare dificil. Cărțile sunt grele. Nu te lupta singură cu ele. Spune-ne dacă te putem ajuta să le cari.

Pălărierul venise să mă consoleze, văzându-mă ieșită în fața casei.

— Mulțumesc, am spus cu voce pierită.

Bineînțeles, R s-a împotrivit.

— Trebuie să aduci toate romanele aici, inclusiv manuscrisul la care lucrezi.

— Nu, camera ta o să fie sufocată de cărți. Nici n-o să te mai poți mișca în ea, am scuturat eu din cap.

— Fii pe pace, nu-mi trebuie cine știe ce spațiu. De bună seamă că n-o să le găsească dacă le ascundem aici.

— Ce rost are să înghesuim într-un loc niște obiecte care oricum au fost declarate dispărute?

A oftat și și-a frecat tâmplele, așa cum făcea când discutam de o nouă dispariție. Cu cât vorbeam mai mult, cu atât eram parcă mai singuri.

— Ca scriitoare, ești cea mai în măsură să depui mărturie că fiecare carte este utilă în felul ei. E imposibil să alegi ce să păstrezi și ce să arunci.

— Da, știu. Sau cel puțin știam până ieri. Dar acum totul s-a schimbat. Bănuiesc că are de-a face cu *destrămarea* tot mai avansată din inima mea.

Am rostit cuvântul „destrămare“ cu prudență, de parcă mânuiam un obiect fragil.

— Sigur, îmi vine greu să-mi pierd romanele. E ca și cum s-ar fi tăiat firul care mă leagă de tine.

L-am privit o clipă.

— Nu trebuie să-ți arzi manuscrisul. Trebuie să continui să scrii. Numai așa firul de care vorbeai nu se va rupe.

— Bine, dar e o nebunie! Romanele au fost deja declarate dispărute. Chiar dacă le păstrăm, n-o să mai fie decât niște carcase goale, fără nimic în interior. Poți să te uiți înăuntrul lor, să le pui la ureche și să le asculți, ba chiar să le miroși, dar au rămas fără o formă a lor… Și despre ce, mă rog, să scriu?

— Trebuie să ai răbdare să-ți amintești. De unde ți-ai cules până acum cuvintele? Care a fost calea care te-a dus la ele?

— Nu mai am pic de încredere în puterile mele. Uite, acum, chiar în timp ce vorbim, mi-e din ce în ce mai greu să rostesc cuvântul „roman“. E dovada că dispariția pune stăpânire pe tot. Încet-încet, o să-mi fie imposibil să-mi mai amintesc ceva.

Mi-am lăsat capul în jos și mi-am trecut degetele prin păr. R s-a aplecat să mă privească și mi-a pus mâinile pe genunchi.

— Poate te gândești că, odată cu fiecare dispariție, se pierde o parte din memorie. Nu-i deloc așa. Amintirile plutesc într-o mlaștină fără fund, unde razele soarelui nu mai pătrund. Dacă îți faci puțin curaj și bagi mâna adânc, sigur vei pescui ceva. Mă doare sufletul să văd cum inima ți se împuținează de la o zi la alta.

Mi-a luat mâinile într-ale lui, încălzindu-mi fiecare deget.

— Crezi că scrisul îmi va salva inima?

— Cu siguranță, a încuviințat, iar eu i-am simțit răsuflarea în palme.

*

Evenimentele s-au desfășurat cu repeziciune. Întâi s-a dat foc bibliotecii. Oamenii aduceau cărți și le ardeau prin parcuri, pe câmpuri sau pe terenurile virane. De la fereastra camerei mele de lucru vedeam flăcări înălțându-se în toate colțurile insulei. Fumul era pe dată înghițit de norii ce coloraseră cerul în cenușiu, iar zăpada s-a murdărit de funingine.

Am ales o duzină de cărți de pe raft și i le-am dat lui R, împreună cu manuscrisul la care lucram. L-am rugat pe bătrân să mă ajute să pun restul în căruciorul atașat bicicletei și să mergem să ne debarasăm de ele. Ar fi fost imposibil să le ascundem pe toate și ar fi fost bătător la ochi dacă eu, ca scriitoare, n-aș fi avut nimic de ars.

A fost greu să aleg ce cărți să păstrez și de care să mă despart. Chiar dacă luam cu răbdare volum cu volum, tot nu-mi aminteam despre ce era vorba în el. Poliția Memoriei putea oricând să-mi facă o vizită inopinată, așa că nu-mi dădea mâna să mă tot codesc. Într-un final, am hotărât să păstrez cărțile primite cadou de la prietenii de suflet și pe cele cu coperți frumoase.

La cinci și jumătate, când începea să se lase întunericul, am pornit la drum însoțită de bătrân, târând căruciorul în urma noastră.

Don a venit în goană după noi, dornic să ni se alăture.

— Nu mergem la plimbare. Avem treburi importante de rezolvat. Să ai grijă de casă, da? i-am zis și l-am așezat pe pătura de la intrare.

În drumul nostru am trecut pe lângă oameni cu sacoșe grele din hârtie sau bocceluțe de pânză. Pe stradă era alunecuș și nămeții mari ne îngreunau drumul. Cărțile, strânse cu grijă în pachete, ni s-au împrăștiat în toate direcțiile. Oricum, nu mai conta – ne duceam doar să le ardem!

— Dacă ai obosit, urcă în cărucior, să-ți tragi sufletul, mi-a zis bătrânul.

— Mulțumesc. Nu-i nevoie, i-am răspuns.

Am ținut-o drept înainte pe strada principală, unde circulau autobuzele, am trecut pe lângă piață și am ajuns în parcul din centru. Orașul era învăluit într-o lumină nefirească. Un morman imens de romane ardea deja, trimițându-și scânteile în noapte. Mulțimea se adunase în jurul focului de tabără. Câțiva polițiști se zăreau printre copaci, la o oarecare depărtare de cercul luminos al rugului de cărți.

— Ce priveliște! a murmurat bătrânul în barbă.

Văpaia, ca o vietate imensă, țâșnea în sus, mai înaltă ca felinarele, mai semeață ca stâlpii de telegraf. La fiecare pală de vânt, pagini arzânde dănțuiau prin aer. Omătul dimprejur se topise și noroiul ni se prindea de pantofi la fiecare pas. Pălălaia lumina toboganul, cumpenele, băncile și pereții toaletei din parc. Luna și stelele nu se mai zăreau, risipite de strălucirea flăcărilor. Cadavrele cărților mistuite se înălțau la cer, pârjolindu-l.

Oamenii, cu obrajii îmbujorați de la foc, priveau tăcuți spectacolul din fața lor. Nu schițau nici o mișcare să îndepărteze scânteile ce se pogorau peste ei, de parcă asistau la o ceremonie solemnă.

Mormanul de cărți îmi trecea de cap. Ceva mai în spate erau volume care nu apucaseră să ardă, dar nu le distingeam titlurile. Mi-am mijit ochii să le văd coperțile, însă într-o fracțiune de secundă am realizat că oricum nu mai servea nimănui dacă aflam cum se numeau. Și totuși, tocmai pentru că știam că le priveam pentru ultima oară, speram să mai păstrez în memorie un crâmpei din ceea ce se afla în paginile lor.

Erau acolo cărți de tot felul – unele cu coperți detașabile, altele legate în piele, tomuri grele sau volumașe subțiri, romane cu coperți frumoase sau titluri sofisticate – puse claie peste grămadă, așteptând să fie devorate de flăcări. Când și când, stiva se prăbușea cu un geamăt înăbușit, iar flacăra se ințețea, descriind arabescuri complicate.

La un moment dat, o tânără s-a desprins brusc din cercul de privitori, s-a urcat pe o bancă și a început să strige ceva. Tresărind, am schimbat o privire neliniștită cu bătrânul. Oamenii s-au întors uimiți în direcția ei.

Țipa atât de tare, că nu prea înțelegeam ce spunea. Brațele îi fluturau în aer și stropi de salivă săreau în toate părțile. Nu-mi dădeam seama dacă erau supărată sau plângea.

Era îmbrăcată într-un palton ponosit, niște colanți în carouri și avea părul prins într-o coadă împletită. Pe cap purta o chestie ciudată, dintr-un material moale, pusă fistichiu într-o parte.

— Crezi că nu-i în toate mințile? i-am șoptit bătrânului.

— Vrea să ne convingă să stingem focul, a răspuns acesta, încrucișându-și brațele.

— Bine, dar de ce?

— Ca să nu dispară cărțile, bănuiesc.

— Vrei să spui că nu poate...

— Scăpa de amintiri. Sărmana!

Strigătele ei s-au transformat în urlete. Bineînțeles, oamenii nu s-au grăbit să stingă pălălaia, ci se uitau la ea cu o infinită milă.

— O s-o aresteze dacă nu se potolește, am spus apropiindu-mă de bancă. Trebuie să facem ceva.

— Prea târziu, a zis bătrânul, prinzându-mă de braț înainte să apuc să fac vreun gest necugetat.

Trei polițiști au ieșit dintre copaci și au înșfăcat-o. Femeia încerca să opună rezistență, se agățase de bancă, se zbătea, dar era limpede că efortul ei era zadarnic. Chestia de pe cap i-a alunecat pe jos.

— Nimeni nu poate șterge poveștile!

Acestea au fost ultimele ei cuvinte, pe care le-am deslușit cu greu. Imediat, polițiștii au luat-o pe sus.

Neputincioși, spectatorii au scos un suspin colectiv și și-au îndreptat privirea înainte. M-am uitat la obiectul care acum zăcea în noroi, strâmb, murdar și pleoștit. Vorbele ei încă îmi mai răsunau în urechi: „Nimeni nu poate șterge poveștile!“

— A, o pălărie! mi-am amintit brusc. Vecinul nostru de peste drum se ocupa de astfel de lucruri. Numai că au dispărut de mult. Se puneau pe cap, nu?

Am ridicat privirea spre bătrân, dar și el părea intrigat.

Cineva s-a desprins din mulțime, a ridicat pălăria din noroi, și, fără un cuvânt, a aruncat-o în foc. Pălăria s-a răsucit în aer și a căzut undeva, departe de noi.

— Hai să terminăm odată, a spus bătrânul.

Am încuviințat, desprinzându-mi privirea de punctul unde aterizase pălăria.

Am lăsat căruciorul lângă o țâșnitoare și ne-am apropiat de foc, cu brațele pline de cărți. Numaidecât, ne-a izbit o pală de aer fierbinte. Nu am mai reușit să înaintăm, pentru că scânteile amenințau să ne ardă părul și hainele.

— Stai aici. E periculos, mi-a spus bătrânul. Lasă că mă ocup eu.

— Nu, e în regulă. Hai să le aruncăm în foc din locul de unde ne aflăm. Oricum nu mai putem înainta.

Am luat o carte cu coperțile galben-verzui, cu desene cu fructe pe ea, și, deși am azvârlit-o în flăcări cu toată puterea, a aterizat la marginea grămezii. Următoarea, aruncată de bătrân, a nimerit ceva mai aproape. Oamenii din jur se uitau la noi cu fețele împietrite, fără să scoată o vorbă.

Am continuat să ne descotorosim de cărți una câte una, fără să le mai răsfoim sau să le mai privim coperțile. Ne-am mișcat mecanic, cu oarecare detașare, aș zice. Totuși, pe măsură ce în mâini ne rămâneau tot mai puține, am simțit cum se cască în mine o mică falie, ca și cum locul gol din memorie se lărgea din ce în ce mai mult.

— Ce iute le mistuie flăcările.

— Hârtia a ars întotdeauna repede, a spus bătrânul, care continua să arunce neobosit volumele în foc.

— O să dureze totuși până o să dispară fiecare cuvânt de pe pagină.

— Până mâine dimineață totul o să fie scrum, a zis, scoțându-și un prosopel din buzunar și ștergându-și funinginea și transpirația de pe față.

După ce am ars jumătate din cărți, am plecat din parc, trăgând iar căruciorul după noi, în căutarea unui foc mai mic, unde să ne ducem misiunea la bun sfârșit. Fiindcă fusesem atât de aproape de dogoarea focului, ne ajunsese oboseala.

Orașul era liniștit. Aerul se înăsprise, cum se întâmpla după fiecare dispariție, dar trecătorii nu păreau tulburați. Pe șosea nu circulau mașini, cu excepția camioanelor Poliției Memoriei. Erau mulți oameni care ieșiseră să scape de romane, dar nimeni nu avea chef de vorbă. Nu se auzeau decât cărțile arzând.

Am tot colindat pe străduțe. Acum trăgeam mai ușor căruciorul, pentru că ne eliberasem de o parte din povară. Am cotit spre nord, pe o stradă cu tramvaie, am tăiat-o prin parcarea de la primărie și am trecut pe lângă niște șiruri de case. În calea noastră ne-am intersectat cu un teren viran unde ardea un foc, însă nu la fel de mare ca acela din parc.

— Vă deranjează dacă stăm și noi aici? i-a întrebat bătrânul pe cei adunați în jurul flăcărilor.

— Poftiți, poftiți. Puteți arde toate cărțile din cărucior, ne-au invitat ei binevoitori.

— Mulțumim, dar ne e teamă să nu se întețească focul și să cuprindă casele din jur.

Ne-am oprit o clipă să ne încălzim mâinile și să ne debarasăm de o parte din volume. Ardeam un braț de cărți ici, altul colo, migrând încontinuu cu cărucuțul după noi.

Soarele apusese, și noaptea se întindea peste oraș. Judecând după fuioarele de fum care se înălțau pretutindeni, fuseseră destul de multe cărți pe insulă.

Am lăsat în urma noastră centrul comunitar, o benzinărie, o fabrică de conserve de carne, un cămin de nefamiliști, și, după ce am traversat intersecția, am ajuns pe malul mării. După câteva minute de mers, am întâlnit un grup de oameni adunați în jurul unui foc de pe plajă. Marea se dizolvase în beznă și întunericul domnea pretutindeni, contopindu-se cu cerul. În cărucior mai aveam câteva tomuri, dar nu ne-am oprit până nu am ajuns la dealuri, unde am zărit o imensă pălălaie.

— Biblioteca, am murmurat.

— Da, a spus bătrânul, punându-și mâna streașină la frunte și mijindu-și ochii.

Drumul în susul dealului era îngust și pieptiș, așa că am lăsat căruciorul și am luat în brațe restul cărților. În mod normal, ar fi fost prea întuneric să umblăm pe potecuță în puterea nopții, dar din cauza flăcărilor, se vedea aproape ca în plină zi. Pe la jumătatea pantei am dat peste grădina în care nu mai rămăsese nici o floare, doar câteva tije uscate deasupra cărora dănțuiau scântei ca niște petale incandescente.

Biblioteca era învăluită în flăcări. În viața mea nu mai văzusem o asemenea priveliște – un foc atât de strălucitor și de frumos. Lumina și căldura pe care o iradia îți izgoneau din inimă orice umbră de frică sau de singurătate. Ideile pe care R se chinuise să mi le bage în cap, cuvintele tinerei cu pălăria erau acum departe.

Lumea se strânsese să privească focul și frânturi de conversație ne ajungeau la urechi.

— Nu știu de ce a trebuit să dea foc întregii clădiri.

— Înăuntru era plin de cărți, așa că le-a fost mai la îndemână să ardă totul deodată.

— Ce s-o întâmpla cu terenul pe care a fost biblioteca?

— Probabil că-l vor lăsa de izbeliște, așa cum au făcut și cu grădina, deși gurile rele spun că aici o să se construiască un alt sediu al Poliției Memoriei.

*

Am urcat mai departe dealul până la observator, unde nu era nici țipenie. Ultima dată când am trecut pe aici fusese în timpul unei plimbări. Ziua nu mi se păruse că se schimbase prea mult, dar acum, noaptea, arăta jalnic – ferestre sparte, pline de pânze de păianjen, dulapuri și mese răsturnate, podeaua ticsită de căni vechi, penare, pături, documente rupte și alte gunoaie. Am pășit înăuntru cu grijă să nu ne împiedicăm. Am așezat restul de cărți sub fereastra de unde tata și cu mine ne uitam cu binoclul la păsări.

— Vezi să nu calci în vreun ciob, mi-a zis bătrânul.

Am încuviințat și m-am sprijinit de pervaz.

Puțin mai la vale se zărea biblioteca prin desișul de copaci. Era atât de aproape, încât aveam senzația că, dacă aș întinde mâna, aș atinge-o. Pe de altă parte, părea de-a dreptul ireală, ca o imagine proiectată pe ecranul unui cinematograf. Flăcările se unduiau în întuneric. Am rămas nemișcați, ținându-ne răsuflarea, așa cum păreau s-o facă și copacii de sub noi și marea din depărtare, temători să nu tulburăm în vreun fel priveliștea aceea minunată.

— Mi-am amintit de o zicală: „Oamenii care încep să ardă cărți sfârșesc prin a-și arde semenii."

— Cine zicea asta? m-a întrebat bătrânul cu vocea răgușită, ducându-și mâna la bărbie.

— Nu mai știu, un gânditor de pe vremuri. Mă întreb dacă nu cumva avea dreptate.

— Da, și eu mi-am pus întrebarea asta, a repetat el ca un ecou.

S-a uitat la tavan, a clipit și și-a frecat din nou bărbia.

— Oricum, e vorba de o dispariție, așa că n-avem încotro, trebuie să ardem romanele. În orice caz, nu avem de unde ști ce urmează.

— Cum ar fi dacă ar dispărea și oamenii?

Întrebarea nu-mi dădea deloc pace. Bătrânul a căscat și a clipit din nou.

— Trebuie să încetezi să-ți mai faci griji din orice. Chiar și domnul acela care a scornit zicala nu s-ar fi putut opune disparițiilor. Nu cred că se va ajunge așa ușor să ardă oameni…

— Și dacă totuși vor dispărea?

Bătrânul a oftat cu foc și a clipit de câteva ori, luat cu asalt de întrebările mele.

— Dumneata te gândești întotdeauna la lucruri complicate. Adică… ăăă, cum să spun… oamenii nu au nimic de-a face cu rata disparițiilor. De murit, tot mor, mai devreme sau mai târziu. Trebuie să lași viața să-și urmeze cursul, a spus, pocnind încuietoarea stricată a geamului, mulțumit că reușise să-mi dea o explicație.

*

Biblioteca a ars, a ars încontinuu. Am luat o carte din grămada de la picioarele mele și am aruncat-o pe fereastră. S-a deschis în zbor, a ajuns în tufele de afară și apoi a aterizat lin în flăcări. Vântul i-a fluturat paginile. Nu era propriu-zis o cădere, ci un dans aerian.

Venise rândul bătrânului. A ales un volum mai subțire și mai ușor, care a plutit grațios în aer, cu paginile fâlfâind.

Am repetat ritualul de mai multe ori, mânuind cu grijă fiecare roman.

O pală de vânt cald s-a izbit de ferestre. Picioarele ne înghețaseră de la mersul prin zăpadă, iar obrajii ne dogoreau.

— Ce-ai simțit când a dispărut feribotul? l-am întrebat.

— S-a întâmplat demult, aproape că nici nu-mi mai amintesc.

— Nu ți-ai făcut griji c-o să mori de foame?

Am luat de jos un tom gros și greu, cu supracopertă maro.

— Nu, nici vorbă! Sigur, e neplăcut să-ți pierzi slujba, dar încet-încet lucrurile se aranjează de la sine. După ce-o să-ți găsești o altă ocupație, nici nu vei mai ști ce făceai înainte.

Privea pe fereastră în zare.

— O să continui să scriu pe ascuns, i-am mărturisit.

Bătrânul s-a întors spre mine. Mi-am luat avânt și am aruncat cartea groasă cu ambele mâini. Supracoperta a scos un fel de suspin.

— Crezi că vei putea?

— Nu știu, dar R mi-a spus că trebuie, altfel inima mi se va destrăma.

— Așa ți-a zis?

Bătrânul și-a dus iar mâna la bărbie, cu o expresie gânditoare întipărită pe chipul ridat.

— Să știi că și eu fac ce mi-a spus, adică ascult zi de zi cutia muzicală, dar zău dacă simt ceva. Amintirile sunt la fel de îndepărtate, iar inima mi se pare că-i în aceeași stare. Nu aud decât un șir de note bizare ce se revarsă dintr-o cutie de lemn.

— Știu că nu-mi folosește la nimic, dar am izbutit să ascund manuscrisul la care lucrez. Desigur, e periculos, dar nu vreau să-l dezamăgesc. Mi-e destul de greu să suport gândul că inima mi se împuținează treptat, dar e mult mai chinuitor să-i văd întristarea de pe chip.

— O să continui să ascult melodia din cutia muzicală. Ce altceva să fac cu un cadou atât de frumos?! a zis bătrânul, scuturându-și cenușa din păr. Ai grijă să nu te obosești peste măsură și te rog să-mi spui dacă ai nevoie de ajutor.

— Mulțumesc.

Am aruncat pe fereastră ultimul roman. Contururile bibliotecii începuseră să se prăbușească. O porțiune de acoperiș a căzut cu o bufnitură asurzitoare și peretele s-a surpat. Mesele și scaunele din sala de lectură ardeau.

Am urmărit arcul descris de ultima carte care se prăvălea în aer și dintr-odată m-a străfulgerat ideea că mai demult stătusem la aceeași fereastră cu tata, având înaintea ochilor o priveliște asemănătoare. Am tras adânc aer în piept și am simțit o ușoară durere, ca și cum o scânteie orbecăia prin mlaștina fără fund a inimii mele.

— O pasăre! am zis, amintindu-mi brusc.

Paginile cărții s-au deschis, fluturând în aer la fel ca aripile unei păsări ce-și lua zborul spre tărâmuri îndepărtate. Curând, amintirea a fost înghițită de flăcări, lăsând în urmă doar noaptea.

Capitolul 20

Bătrânul a avut gura aurită și mi-am găsit repede un alt serviciu. Președintele asociației comunitare m-a prezentat unei companii de comerț, condusă de o cunoștință.

— Vând condimente. Nu-i o firmă mare, dar patronul e un tip de treabă. Se pare că are nevoie de o dactilografă.

— O dactilografă?

— Nu te interesează slujba?

— Am făcut câteva ore de dactilografie când eram la școala generală, dar nu știu dacă sunt calificată pentru asta.

Mi-am repetat de câteva ori în gând cuvântul „dactilografă". Avea un fel de rezonanță aparte...

— O să fie bine! a spus. O să înveți din mers, sau cel puțin așa zicea patronul. Probabil că vei începe cu alte sarcini până te vei familiariza cu noua ta îndatorire.

— Vă mulțumesc din suflet pentru ajutor, dar nu voiam să vă fi deranjat pentru mine.

M-am înclinat, repetându-mi mereu în gând cuvântul „dactilografă". Mă străduiam să prind măcar câteva frânturi din amintirile mele palide, dar acestea mi s-au scurs parcă printre degete.

— Nu-i nici un deranj. Mi-a făcut plăcere. Am pus doar lucrurile cap la cap. Trebuie să fim alături unul de altul când vine vorba de o dispariție, a zâmbit el mulțumit.

Așa se face că am ajuns să lucrez la o companie de condimente și stilul de viață mi s-a schimbat semnificativ. Dimineața mă trezeam cu noaptea-n cap, pregăteam mâncarea, apa fierbinte și alte lucruri trebuincioase de peste zi și le duceam în ascunzătoare. Seara, când mă întorceam de la serviciu, aruncam o privire în camera secretă, și dacă totul era în ordine, îl duceam pe Don la o plimbare, apoi pregăteam cina. La început nu-mi venise ușor să stau departe de casă mai mult de zece ore pe zi. Inevitabil, îmi imaginam că în lipsa mea s-ar putea întâmpla ce-i mai rău: un incendiu, un jaf, o altă vizită-fulger din partea Poliției Memoriei, R căzând bolnav la pat. Eram până peste cap de ocupată. Trebuia să mă împart între noua slujbă, Don, R – care trebuia ferit de privirile indiscrete – și treburile casnice. Rareori mai aveam timp să mai trec pe la feribot. Zilele se scurgeau cu repeziciune, fără evenimente majore.

Firma de condimente era un loc plăcut, unde aproape că mă simțeam ca acasă. Printre sarcinile mele se număra să șterg praful, să răspund la telefon și să îndosariez acte. Am împrumutat o mașină de scris și un manual de dactilografie și am cerut voie să exersez la domiciliu. Era prima dată când nu mai lucram de acasă și nu mă descurcam prea grozav, sau cel puțin așa mi se părea.

Singurul lucru care mă îngrijora era mirosul înțepător de condimente care venea de la depozitul din spatele birourilor – un nor cu iz amărui, de medicamente, care intrase și în documente și se agăța de mine ca duhoarea unui fruct putred.

Pe de altă parte, unul dintre avantaje era că primeam pachețele de mâncare de la clienți: cârnați, brânză, carne de vită la conservă, alimente de mult dispărute de pe piață, dar un adevărat festin pentru tustrei.

*

Când mi-am recitit manuscrisul pe care i-l dădusem lui R, am înțeles în sfârșit de ce mă cramponasem atât de termenul „dactilografă".

Sinceră să fiu, nu mă simțeam pe de-a-ntregul în stare să parcurg un roman, cu atât mai puțin unul scris de mine. Citeam cu voce tare cuvânt cu cuvânt, dar nu le puteam lega. Erau simple litere înșirate pe paginile manuscrisului, care nu-mi trezeau nici un sentiment, nu-mi aminteau de nici o scenă memorabilă și nu mă transpuneau în nici o atmosferă.

Urmărind cu degetul fiecare rând, am dat peste cuvântul cu pricina și mi-am amintit că romanul meu era despre o dactilografă. Dar descoperirea mi-a întărit și mai mult convingerea că avea să-mi fie greu să-l continui, în pofida a ceea ce sperase R.

Vineri și sâmbătă seara mă așezam la masa de lucru. Dădeam de o parte prespapierul și examinam manuscrisul pornind de la prima pagină. Mergea tare greu! Am încercat fel și fel de tertipuri: să citesc același rând de câteva ori, să fixez cu privirea un cuvânt, să-mi plimb ochii peste ideograme cu o viteză constantă. Nimic n-a funcționat. La a cincea sau a șasea pagină îmi pierdusem deja cheful. Cu capul mare de atâta efort, mi-am făcut curaj și am răsfoit paginile în căutarea unui pasaj mai interesant. Zadarnic! Către final eram frântă de oboseală și numai când dădeam cu ochii de file mă lua amețeala.

Totuși, cum nu eram în stare să citesc, mi-a venit ideea că poate ar trebui să scriu, așa că am luat o foaie goală. Ca să-mi fac încălzirea, am început cu *a, i, u, e, o*[1]. Apoi,

1. Primele litere din alfabetul japonez. (N. tr.)

cu grijă ca literele să se potrivească perfect în căsuțele de pe hârtie, am continuat cu *ka, ki, ku, ke, ko*. Și, pe când scriam aceste silabe fără sens, am simțit o undă de mulțumire pentru că, într-un fel, făceam ceea ce R îmi ceruse. Numai că, în momentul în care am șters rândul de mâzgălituri și am avut dinaintea ochilor numai spații goale, degetele mi-au amorțit și neliniștea mi-a dat din nou târcoale. Era limpede – habar n-aveam cum să umplu paginile.

„Dar oare ce scrisesem în roman?" mă întrebam noaptea, așezată la masa de lucru, bâjbâind după cuvinte. Mașina de scris dintr-un colț al biroului părea că se uită la mine în tăcere. Din fericire, colegii de serviciu nu se plângeau că nu făceam progrese cu exercițiile de dactilografie. Băteam la nimereală în clape, într-o suită de țăcănituri metalice. Erau momente în care aveam senzația că povestea îmi revine, în sfârșit, în minte și că nu trebuia decât să întind mâna s-o ating, însă, din păcate, nu prindeam decât aerul.

Nu mai aveam nici un punct de sprijin. Când n-am mai putut suporta să mă holbez la pagina goală, m-am apucat să bat iar *a, i, u, e, o*, ca mai apoi, neajutorată, să șterg literele și s-o iau de la capăt, într-un chin nesfârșit. În cele din urmă, m-am ales cu o coală mototolită, plină de ștersături.

*

— Nu trebuia să te forțezi atât. Încet-încet, amintirile o să-ți revină, mi-a spus R.

Venisem să-i cer scuze că i-am adus o foaie goală, dar el nu părea dezamăgit, dimpotrivă, încercase să mă consoleze.

— Să știi că mi-am dat toată silința, dar nu am reușit să aștern nimic pe hârtie.

— Nu spune asta. Doar până nu demult ai scris niște cărți minunate. Singurul lucru care s-a schimbat e că romanele au dispărut. Chiar dacă hârtia poate fi arsă, cuvintele rămân. Fii pe pace, nu ți-ai pierdut poveștile.

M-a luat în brațe pe patul moale și cald, așa cum făcea de la o vreme încoace. Pielea îi era din ce în ce mai palidă, și mușchii tot mai vizibili. Părul îi crescuse și-i cădea în ochi.

— Flăcările au ars până dimineața. A durat atât de mult, că părea că noaptea nu se mai sfârșește. Oamenii rămăseseră să se uite la ruguri, chiar și după ce și-au ars toate cărțile. Hârtia mistuindu-se în foc scoate un sunet ciudat, numai că eu aveam senzația că, dimpotrivă, tăcerea mă împresoară și timpanele nu îmi mai vibrează. Era prima oară când o dispariție căpătase o aură atât de solemnă. Îl apucasem de mână pe bătrân, pentru că mi se părea că dintr-o clipă într-alta aveam să fiu înghițită de flăcări dacă nu m-aș fi ținut bine de cineva.

I-am povestit de-a fir a păr toate evenimentele din noaptea aceea de pomină. Cum am deschis gura, cuvintele s-au prăvălit peste mine într-un șuvoi nestăvilit. Greutatea cu care trăgeam căruciorul, nuanța roșiatică pe care o căpătaseră jucăriile din parc, „pălăria“ căzută în noroi, biblioteca distrusă, și „pasărea“... Dar oricât de mult aș fi vorbit, simțeam că omisesem ceva foarte important. R mă asculta răbdător.

Când am obosit de atâtea cuvinte, am tras aer în piept și mi-am ridicat privirea spre el. Părea să se uite la un punct din zare. În spatele lui am zărit o farfurie goală, rămasă de la cină, cu un bob de mazăre în ea. Cărțile salvate erau aranjate cu grijă pe raftul de sus.

— Cred că lumea de afară s-a schimbat, a spus pe când mă mângâia pe cap.

Simțeam cum vocea lui umple spațiul dintre trupurile noastre.

— Îmi miroase ciudat părul? l-am întrebat.

— Cum adică ciudat?

— A mirodenii.

— Nu, miroase frumos, a șampon, mi-a zis el, cu degetele în pletele mele.

— Mă bucur, am șoptit.

Apoi mi-a citit cu glas tare povestea despre dactilografă. Mi se părea un basm dintr-o țară îndepărtată.

*

— Te obosește să faci un lucru cu care nu ești obișnuită? m-a întrebat bătrânul în timp ce aranja serviciul de ceai pe masă.

Peste cămașa groasă purta puloverul pe care i-l dăruisem, iar în picioare era încălțat cu niște papuci de casă, făcuți din lână.

— Nu, toată lumea e foarte drăguță cu mine, i-am răspuns. Și îmi place ce fac.

Trecuse mult timp de când nu ne mai văzuserăm. Și, ca un răsfăț suprem, aveam și clătite. Găsisem cu greu câteva ouă și miere și am pregătit împreună desertul. Ne ieșiseră trei bucăți, pe care le-am împărțit frățește – pe una o pusesem într-un șervețel să i-o duc lui R.

Lui Don, care moțăia sub canapea, trebuie să-i fi ajuns la nas mirosul, că și-a făcut dintr-odată apariția și a început să împungă cu botul fața de masă.

— Nu-i ușor, dar îmi place să exersez. De îndată ce degetele încep să mi se miște, pe foaie se așterne numaidecât o propoziție. E curată magie! Don, nu mai trage de fața de masă! Ți-am pus și ție deoparte. Fii cuminte și așteaptă! am zis, mângâind câinele pe gât.

Bătrânul a turnat mierea peste clătite, grijuliu să nu risipească nici o picătură.

— Și firma merge bine. Plantele aromatice au nevoie doar de un petic de pământ să crească și le poți recolta chiar și pe zăpadă. Mâncarea e din ce în ce mai greu de găsit. În piață se vând uneori carne și legume pe jumătate stricate. O mirodenie care mai ia din miros face adevărate minuni. Oricum, încasăm comisioane frumușele din vânzarea condimentelor.

— Mă bucur să aud asta! a spus bătrânul, ridicând capacul ceainicului, să vadă dacă infuzia era gata.

Am tot sporovăit pe când ne sorbeam ceaiul, râzând de giumbușlucurile lui Don și savurându-ne desertul, din care tăiam tacticos câte o bucățică, lăsând-o să ni se topească în gură. Pe măsură ce clătita se micșora, luam îmbucături din ce în ce mai mici, ca să le simțim mai mult dulceața.

Fiecare îi strecura și lui Don o fărâmiță, pe care acesta o înfuleca într-o clipă, apoi își ridica spre noi privirea, de parcă voia să ne spună: „Sper că mai primesc o porție!"

Lumina se cernea prin ferestre atât de strălucitoare, că aproape ai fi crezut că venise primăvara. Marea era liniștită și vasul, care de obicei se legăna scârțâind din toate mădularele, rămăsese aproape nemișcat. Nămeții care se topeau pe docuri luceau în bătaia soarelui.

Când am terminat de mâncat, bătrânul s-a dus după cutia muzicală ascunsă în baie și a pus-o pe mijlocul mesei. Ne-am întrerupt conversația, cu urechile ciulite la notele ce se revărsau din caseta de lemn, cu spatele drept, cu ochii închiși. Ca de obicei, mecanismul le reda fidel, repetându-le la nesfârșit. Nu știam exact cum să ascult acele acorduri, dar m-am gândit că vraja lor ar putea spori întrucâtva dacă aș închide ochii.

Melodia era simplă, dar pură și blândă – măcar de atâta lucru eram sigură. De ce nu eram însă deloc convinsă era că o piesă muzicală ar putea ține pe loc destrămarea care-mi punea stăpânire pe suflet. Din păcate, notele ce ieșeau din cutie erau pe dată înghițite de mlaștina fără fund a inimii mele, iar în urma lor apele se închideau fără nici o tresărire, fără nici o dâră de spumă.

Don nu-și dezlipea ochii de la cutia muzicală. De fiecare dată când o întorceam cu cheița și muzica reîncepea, urechile îi zvâcneau, se dădea un pas-doi în spate, cu burtica lipită de podea. Nu prea știa ce-i cu muzica aceea, dar, când am luat cutia și i-am dus-o la bot, a luat-o la fugă și s-a refugiat între picioarele bătrânului.

— Cum mai stai cu... *romanul*? m-a întrebat acesta după ce, într-un final, a închis capacul cutiei muzicale.

Îi era greu să pronunțe cuvântul „roman“.

— Mă străduiesc, i-am răspuns, dar nu merge prea bine.

— E greu când ceva e declarat dispărut. Sincer să fiu, simt un mare gol de fiecare dată când învârt cheia să pornesc cutia muzicală. Îmi spun că poate de data asta o să fie diferit, dar sunt mereu dezamăgit. Cu toate acestea, pentru că este un cadou drag, caut să mă îmbărbătez și să mai pun melodia o dată, și încă o dată...

— Eu așez o coală albă pe masă, dar, oricât m-aș holba la ea, nu-mi vine nimic în minte. Nu știu nici de unde să încep, nici unde să termin, ca și cum m-aș fi pierdut într-o ceață deasă. Apoi încerc să mă agăț de un punct de sprijin și bat la mașina împrumutată de la firmă. E o mașinărie fascinantă dacă o privești cu atenție. Sofisticată, elegantă, grațioasă... Ca un instrument muzical. Îi ascult țăcănitul pârghiilor pe care se află corpul de literă și sper din tot sufletul ca prin sunetul acela să prind din zbor măcar o idee care să aibă legătură cu romanul meu...

— Oricine ar fi văzut insula pradă acelor flăcări înfricoșătoare ar fi rămas profund marcat.

— În noaptea aceea parcă îmi auzeam amintirile arzând.

Don a căscat scurt. Urmărea pata de lumină ca să stea pe locul unde știa că-i cald și bine.

În depărtare se auzeau glasurile copiilor, încântați că, după atâta amar de vreme, prinseseră în sfârșit o zi cu soare. Muncitorii de la docuri, în haine de lucru, se jucau aruncând și prinzând mingea în fața depozitelor.

— Și totuși... mi-am dus eu mai departe șirul gândurilor, de ce să mă fi apucat de o asemenea poveste? Nu mă pricep să bat la mașina de scris, și nici prietene dactilografe n-am. Ciudat!

— E posibil să scrii un roman despre ceva cu care n-ai avut niciodată de-a face?

Părea sceptic.

— De ce nu? Trebuie să-ți dai pur și simplu frâu liber imaginației și să-ți aștерni ideile pe hârtie. Nu contează că întâmplările din roman nu sunt la fel ca în realitate. Poți să mai înflorești, pe ici, pe colo, ba chiar să și minți puțintel – sau, cel puțin, așa zicea R.

— Chiar să și minți?

Sprâncenele bătrânului au tresărit a nedumerire.

— Da. Nimeni n-o să ți-o ia în nume de rău într-un roman. De fapt, ai mână liberă să inventezi totul de la cap la coadă. Cuvintele dau viață poveștii – iată de ce R spunea că n-ar trebui să mă dau bătută cu scrisul, chiar dacă amintirile îmi dispar.

Fără să vreau, am lovit farfuria goală cu furculița. Don ațipise cu capul pe labele din față. Pauza se terminase și muncitorii își scoseseră mănușile de baseball și se îndreptau spre depozit.

— Nu știu dacă să te întreb sau nu... mi-a zis bătrânul după ce, preț de o clipă, se uitase intens la mare. Ești îndrăgostită de el?

Nu prea știam ce să-i zic, așa că i-am pus lui Don mâinile în jurul gâtului. Enervat, câinele a deschis ochii, a scos un lătrat ciudat, pe jumătate tuse, pe jumătate râgâit, s-a sustras din îmbrățișarea mea și a alergat în jurul camerei, revenind în cele din urmă în punctul de unde plecase.

— Hmm... am zis pe un ton ambiguu, care nu era tocmai un răspuns, dar dădea impresia că mă gândesc. Crezi că va mai putea vreodată să iasă din ascunzătoare?

O întrebare la o altă întrebare.

— Crezi că o să-și mai vadă vreodată soția și copilul?

În loc să-mi răspundă, bătrânul a luat cutia muzicală în mână și a oftat.

— Mie mi se pare limpede că nu va mai putea trăi în altă parte decât în odaie secretă. Sufletul îi e prea dens, prea vâscos. Dacă va ieși în lumea de afară, o să se dezintegreze ca un pește din adâncuri care iese la suprafață prea repede. Cred că e de datoria mea să-l țin aici, pe fundul mării.

— Înțeleg, a dat din cap bătrânul, cu ochii la mâinile sale.

Don și-a frecat labele de falcă și s-a întins cu un aer mulțumit, sperând să mai tragă un pui de somn.

Chiar în acel moment, de deasupra capetelor noastre s-a auzit un vuiet asurzitor. Am sărit ca arși, ținându-ne de masă. Don a tresărit, a deschis ochii și s-a ridicat.

Vasul a început să se zgâlțâie violent la dreapta și la stânga. M-am ghemuit, prinzându-mă de piciorul canapelei, să nu cad. Dulapul, etajera cu tacâmuri, radioul, lampa și pendula – într-un cuvânt toate lucrurile din cabină – se prăbușeau în jurul nostru.

— Cutremur! a strigat bătrânul.

Capitolul 21

Când trepidațiile au încetat și am deschis iar ochii, primul lucru pe care l-am văzut în mijlocul dărâmăturilor a fost Don, ascunzându-se sub canapea, tremurând de frică.

— E în regulă, i-am spus. Vino aici!

Am împins sertarele care căzuseră din dulap, am băgat mâna pe după o veioză răsturnată și l-am tras spre mine.

L-am căutat din priviri pe bătrân.

— Ești rănit?

Camera era un talmeș-balmeș de nedescris. Mi-era greu să-mi amintesc unde stătuse amicul meu mai devreme. Don a început să latre de parcă și el încerca să-l strige pe bătrân.

— Aici!

S-a auzit o voce pierită. L-am zărit prins sub dulapul de bucătărie, plin de cioburi și de farfurii sparte. Fața îi era mânjită de sânge.

— Ești rănit? l-am mai întrebat o dată.

Am dat să ridic dulapul, dar nici că s-a urnit. Mi-era frică să nu-i fac mai mult rău.

— Nu-ți face griji pentru mine. Fugi de aici cât mai repede.

Vocea de-abia i se auzea de sub dărâmături.

— Prostii! Nu te pot lăsa aici.

— Trebuie! O să vină un tsunami!

— Un tsunami? Ce-i acela?

— Un val uriaș care se formează în larg și care apare după un cutremur. Dacă rămâi aici, o să te tragă la fund.

— Nu înțeleg, dar fără tine nu plec!

Și-a mișcat mâna care nu era prinsă sub dulap ca și cum ar fi vrut să mă gonească. Am mai făcut o încercare să ridic mobila, dar aceasta nu s-a clintit mai mult de câțiva centimetri. Don ne privea îngrijorat.

— S-ar putea să te doară, dar rabdă puțin. Trebuie să încerci să te târăști afară în timp ce eu ridic dulapul.

Vorbeam încontinuu, să mă calmez. Un ciob de sticlă îmi sfâșiase ciorapul și mă tăiase la genunchi. Eram plină de sânge, dar nu simțeam nici o durere.

— La semnalul meu, încearcă să te miști. Cred că o să reușim să ieșim dacă ne sincronizăm.

— Te rog, trebuie să mă lași aici…

— Nu mai vorbi așa! Nu plec fără tine! am zbierat, aproape furioasă.

Am luat în mână bățul cu cârlig, folosit pentru a deschide hubloul din tavanul cabinei, și l-am așezat sub dulap ca o pârghie.

— Unu, doi, trei! am strigat.

De data asta, dulapul s-a mișcat ceva mai mult. Am auzit un trosnet – de la podea, de la dulap, sau… de la spatele meu –, dar nu i-am dat atenție și am continuat să împing cu toată puterea.

— Încă o dată! Unu, doi, trei!

I-am zărit umărul stâng și urechea. Tocmai atunci vasul a început să se zgâlțâie iar. Nu la fel de violent ca mai înainte, dar mi-am pierdut echilibrul și m-am prins de stâlp să nu cad.

— O fi tsunami-ul?

— Nu, un tsunami ar fi fost mult mai rău.

— Grăbește-te! l-am zorit.

Dornic să ajute, Don l-a apucat de mâneca puloverului și a început să tragă de ea.

Palmele mi-erau roșii, tâmplele și gingiile îmi zvâcneau, iar brațele mai aveau puțin și-mi cădeau de la efort. Cu toate acestea, mobila grea nu s-a mișcat cât mi-aș fi dorit. M-am înfuriat, pentru că nu pricepeam ce căuta pe feribot un dulap atât de greu. Valul de mânie mi-a dat avânt și am împins și mai abitir până când corpul bătrânului a început să apară dintre dărâmături.

Am încercat să-mi alung din minte imaginea tsunami-ului. La urma urmei, ce era acela un tsunami? Dacă bătrânul era atât de speriat, trebuie să fi fost ceva îngrozitor! Un monstru de pe fundul mării? O forță nevăzută, căreia nu i te puteai împotrivi, așa cum erau disparițiile? Am împins și mai tare, ca să nu mai simt frica.

Într-un final, i-a apărut și piciorul drept. Am căzut ușurată pe spate. Bătrânul s-a zbătut să se ridice.

— Domnișoară, a strigat, trebuie să plecăm imediat!

L-am luat pe Don în brațe și l-am urmat.

*

Nu-mi amintesc cum am reușit să scăpăm de pe vas sau pe unde am apucat-o după ce am părăsit debarcaderul, dar, când în cele din urmă, ne-am oprit să ne tragem sufletul, ne-am pomenit la jumătatea dealului, printre resturile carbonizate ale bibliotecii, înconjurați de alți oameni care veniseră și ei să se refugieze. Vremea, până nu demult însorită, se stricase, iar pe cer se adunaseră nori cenușii. Mai era puțin și ningea.

— Ești rănită? m-a întrebat bătrânul, studiindu-mi chipul.

— Nimic serios, nu te îngrijora. Tu ești bine? Ai sânge pe tine.

Am scos batista din buzunar și l-am șters pe față.

— Doar niște zgârieturi de la cioburi. Nu te îngrijora.

— Bine, dar îți curge sânge din ureche.

Un lichid vâscos și întunecat i se prelingea de pe lobul urechii pe bărbie.

— O tăietură, atâta tot.

— Dar dacă o fi vreo hemoragie la urechea internă sau la creier? S-ar putea să fie grav.

— Un fleac. Chiar n-ai de ce să-ți faci griji.

Și-a dus iute mâna la urechea stângă, să și-o ascundă, dar chiar atunci s-a auzit un vuiet îndepărtat. Suprafața mării s-a deformat și am văzut cum un imens zid alb de apă se prăvălea peste mal.

— Ce-i asta? am îngăimat, scăpând pe jos batista.

— Un tsunami, a răspuns cu mâna încă la ureche.

Priveliștea dinaintea noastră era de-a dreptul terifiantă. Părea că marea era simultan trasă în sus, spre cer, dar și înghițită de o gaură ce se căscase în pământ. Valurile erau din ce în ce mai înalte, amenințând să distrugă întreaga insulă. Oamenii din jur au început să urle.

Puhoiul a înghițit feribotul, a trecut de dig și a măturat casele de pe plajă. Deși totul s-a întâmplat în câteva fracțiuni de secundă, atenția mi se concentrase fără să vreau pe detalii. Mi se părea că vedeam cu încetinitorul fiecare scenă în parte – scaunul de pe punte, în care bătrânul își făcea siesta, luat pur și simplu pe sus, mingea de baseball abandonată la intrarea în depozitul de pe docuri plutind în derivă, un acoperiș roșu pliat ca un origami[1] și devorat de apele tumultuoase.

Când valurile s-au mai potolit, Don a sărit pe o buturugă, s-a întors cu fața spre mare și a urlat prelung, gutural. Apoi, ca la un semnal, lumea și-a revenit din amorțeală și a început să se miște. Unii au coborât dealul sau au pornit să caute un telefon sau niște apă, pe când alții se așezaseră pe jos și plângeau.

— S-a terminat? am întrebat, luându-mi de jos batista.

— Cred că da. Dar e mai bine să mai rămânem puțin aici, să fim siguri.

Ne-am întors să ne uităm unul la altul și am descoperit că eram amândoi într-un hal fără de hal. Puloverul bătrânului se sfâșiase, părul îi era plin de praf, și în picioare nu mai avea nici un pantof, însă în mână ținea cutia muzicală, intactă și fără nici o zgârietură. Mie mi se descheiase fusta, dresurile mi-erau numai găuri și îmi căzuse tocul de la unul dintre pantofi.

— De ce ai luat cutia muzicală?

— Nu știu. Era sub mine când am fost prins sub dulap, dar n-am idee cum am adus-o până aici. Probabil am ținut-o strâns sau am băgat-o în buzunar...

— Mă bucur că ai izbutit să iei ceva de pe vas. Eu am reușit să-l salvez pe Don.

— Don e mai important ca orice lucru de acolo. Un bătrân ca mine n-are nevoie de prea multe ca să-și vadă mai departe de viață. Nici chiar feribotul nu mai con-

1. Figurină din hârtie pliată (N. tr.)

tează. Oricum, ambarcațiunile au fost de mult declarate dispărute.

Și-a îndreptat privirea spre mare. Linia țărmului era acoperită de dărâmături și rămășițe aduse de valuri. Ici-colo, mașini pluteau în apă. În larg se vedea feribotul răsturnat, de parcă ar fi fost înfipt în valuri cu pupa în sus.

— Bănuiesc că s-a ales praful de clătita lui R, am spus.

— Cred și eu! a încuviințat.

*

Câteva cartiere din oraș au fost șterse de pe fața pământului. Pereții caselor s-au surpat, crăpături imense s-au căscat în pământ și peste tot au izbucnit incendii. Pe străzi era un du-te-vino constant de ambulanțele. Camioanele Poliției Memoriei au trecut în goană pe lângă noi. Deși rănile lăsate de dispariția cărților erau proaspete, încă o catastrofă se abătuse asupra insulei. Orașul era terminat. În curând a început să ningă.

Văzută din exterior, casa mea părea să fi scăpat ieftin: câteva țigle căzute și cușca lui Don răsturnată. Numai că înăuntru era jale – oalele, cratițele, farfuriile, telefonul, televizorul, vazele de flori, ziarele, cutiile cu șervețele zăceau pe podea talmeș-balmeș.

L-am legat pe Don și ne-am croit drum printre rămășițe spre camera secretă. Ni se făcuse inima cât un purice ca nu cumva spațiul acela înghesuit, suspendat între etaje, să fi fost distrus de cutremur. Am dat deoparte covorul și am încercat să trag de ușiță, dar nu s-a urnit nici măcar un milimetru.

— Hei, mă auzi? a strigat bătrânul.

După un timp s-a auzit un ciocănit din partea cealaltă.

— Aici sunt!

— Ești rănit? am strigat impacientată prin deschizătura din podea.

— Nu, sunt bine. Voi? Mi-am făcut o mie de griji. Nu știam nimic din ce se petrece afară. Mă întrebam cum ar fi dacă n-ar mai veni nimeni după mine.

— Cutremurul ne-a prins pe vas, dar am izbutit să fugim. Din păcate, feribotul a fost înghițit de ape.

— Mă bucur că sunteți teferi.

Am încercat să deschid trapa, să arunc o privire afară, dar nu am reușit s-o mișc nici dac-o trăgeam, nici dac-o împingeam.

— O să încerc să trag și eu de ea, a zis bătrânul, apropiindu-se să examineze ușița, iar tu împinge-o, te rog, de pe dinăuntru, bine?

Numai că, oricât s-ar fi opintit amândoi, chepengul a rămas în continuare înțepenit.

— Pesemne cutremurul a deformat dușumeaua.

Deși nu ne separa decât grosimea unei scânduri, vocea lui R era îndepărtată, slabă – ceea ce m-a îngrijorat peste măsură.

— Cu siguranță. Scândurile podelei s-au strâmbat.

Bătrânul și-a dus mâna la bărbie, să reflecteze asupra problemei.

— Dacă n-o poți deschide? O să moară de foame sau o să se sufoce, m-am precipitat eu.

— Mai merge ventilatorul? a întrebat bătrânul.

— Cred că au întrerupt electricitatea.

Cutremurul avusese loc în plină zi și nu băgasem de seamă, dar, într-adevăr, curentul nu mai mergea.

— Înseamnă că acum ești în beznă? i-a strigat bătrânul.

— Da.

Vocea lui R părea să se îndepărteze și mai mult.

— Trebuie să ne grăbim, am spus, ridicându-mă de pe podea. Mă duc după un fierăstrău și o daltă.

*

Bătrânul a lucrat în liniște, cu precizie, așa cum făcea de fiecare dată, și în scurt timp chepengul a fost deschis. Eu am asistat neputincioasă la operațiunile de descarcerare. Măcar aveam meritul că adusesem de la vecini un fierăstrău și o daltă. Firește, în atelierul de la subsol se aflau o sumedenie de dălți și alte asemenea instrumente, dar mi-era imposibil să găsesc vreuna în harababura de acolo, iar trusa de scule a bătrânului fusese înghițită de valuri odată cu vasul. Fostul pălărier mi le împrumutase imediat, ba chiar insistase să vină să mă ajute.

— Ce grozăvie! Ești bine? Ai nevoie de ceva? Cum stai cu reparațiile?

— Mulțumesc. Sunt bine. Mă descurc.

— E greu pentru o femeie tânără și singură.

— Nu-s singură, bătrânul e la mine.

— Într-o astfel de situație, orice ajutor e bine primit, a spus.

Zâmbind, mi-am stors creierii să găsesc o scuză care să nu-l facă să se simtă jignit, dar nici să nu-i trezească bănuieli.

— Bătrânul are o iritație urâtă pe față. Nu arată prea bine și n-ar vrea să-l vadă cineva în halul ăsta. E cam rușinos pentru vârsta lui, dar mai ales foarte, foarte încăpățânat.

Pălărierul nu a mai stăruit.

În cele din urmă, în strigătele noastre de bucurie, ușa a cedat într-o ploaie de așchii. Eu și bătrânul ne-am lipit burta de podea și ne-am uitat prin crăpătură. R, chircit la baza scării, se uita în sus cu un aer ostenit, dar ușurat. În păr avea bucăți de la trapa sfărâmată.

Am coborât pe scară, și când am ajuns jos n-am mai fost în stare decât să articulez câteva exclamații monosilabice, bucuroasă că R scăpase nevătămat. Deși era greu să distingi ceva la lumina aceea chioară, se vedea de la o poștă că ascunzătoarea fusese distrusă de cutremur. La cea mai mică mișcare, călcai pe fel și fel de obiecte. O vreme, ne-am mulțumit să ne ținem de mâini și să ne uităm unul la altul, pentru că nu găseam alt mod mai nimerit să ne îmbărbătăm că trecusem cu bine și peste această încercare.

Capitolul 22

Orașul nu și-a mai revenit – nu pe de-a-ntregul. Oamenii s-au străduit să se întoarcă la viețile lor de zi cu zi, să-și repare casele, dar frigul și lipsa materialelor le-au încetinit eforturile. Noroiul, nisipul, molozul și zăpada murdară au rămas pe străzi multă vreme – o priveliște de-a dreptul dezolantă.

Gunoaiele de lângă țărm au fost luate de valuri și împrăștiate în larg. Feribotul răsturnat zăcea ca un animal care se sufocase cu capul înfipt în pământ. Nici nu mai semăna cu vasul care odinioară îi servise drept cămin bătrânului.

În după-amiaza celei de-a treia zile de după cutremur, ieșisem să iau o gură de aer pe străduțele din apropierea firmei. Atunci i-am observat pe cei din familia Inui. Sau, mai bine zis, am văzut o pereche de mănuși, dar aș fi băgat mâna în foc – deși mi-aș fi dorit din tot sufletul să mă fi înșelat – că aparțineau familiei Inui.

Șeful mă trimisese să rezolv niște treburi și eram pe cale să intru într-o papetărie, când unul dintre camioanele verde închis a trecut pe lângă mine. Prelata grea flutura în toate părțile, așa că într-o fracțiune de secundă am văzut oamenii îngrămădiți înăuntru ca sardelele. Mașinile și trecătorii s-au dat la o parte să facă loc Poliției Memoriei.

Am rămas cu mâna pe clanță, străduindu-mă să nu mă uit prea insistent spre camion. Și totuși, ochii mi-au căzut pe mănușile tricotate ce zăceau într-un colț. Tresărind, m-am holbat la ele. Erau mici, de culoarea cerului și legate între ele cu un șnur.

Fuseseră ale mezinului familiei Inui și stătuseră între noi când a trebuit să-i tai unghiile în pivniță. Vârfurile moi, transparente, s-au risipit pe podea. Avea degetele atât de catifelate!

Din pricina prelatei, mi-era greu să disting chipurile celor dinăuntru, dar mănușile care se ițeau spre lumea exterioară păreau de o tristețe covârșitoare. Am vrut să urmăresc camionul, dar știam că n-are nici un rost. Într-o clipă, acesta s-a făcut nevăzut.

Umbla vorba că fugarii rămăseseră pe străzi când ascunzătorile le-au fost distruse de cutremur sau sfârșiseră în incendii. Poliția Memoriei îi vâna rând pe rând. N-aveam să aflu niciodată dacă familia Inui fusese într-adevăr în camion, așa că m-am rugat ca micuțul să mai întâlnească pe undeva un om cu suflet bun, care să-i taie unghiile, și ca mănușile azurii să-l ocrotească și să-i țină de cald.

*

Bătrânul a venit să locuiască la mine. Stabilisem că așa e cel mai bine și încet-încet am început pregătirile cu mutatul. În ultima vreme fusese cam abătut și intrasem la gânduri. Bineînțeles, era întrucâtva normal să fie așa – își pierduse pe neașteptate și casa, și bunurile din ea. Deși nu era prima dată când stătea la mine și îmi cunoștea bine locuința, avea nevoie de puțin timp să se obișnuiască – sau cel puțin așa încercam să mă conving singură.

Când am adus vorba că poate ar trebui să-mi renovez casa după cutremur, a renăscut pur și simplu și deborda de energie. Din fericire, structura de rezistență nu avusese de suferit, în schimb interiorul arăta jalnic. Nici noi nu știam de unde să începem... Cu toate acestea, bătrânul s-a apucat de treabă și în curând camerele arătau aproape ca înainte.

Mai întâi a ridicat mobila răsturnată și a reparat-o pe cea stricată. Dacă un lucru nu putea fi dres, îl tăia bucățele și-l ardea în grădină. Apoi a adunat toate obiectele împrăștiate, le-a sortat, le-a pus la locul lor și a dat cu ceară podelele. În cele din urmă, a reparat trapa și toate ușile și ferestrele distruse.

— Rănile ți se vindecă destul de greu. Mai odihnește-te un pic, i-am spus.

— Nu, n-am timp. E mai bine să fac totul dintr-odată. Apropo, m-am întâlnit cu pălărierul de vizavi și m-a întrebat dacă mi-a trecut iritația de pe față. Apoi mi-a urat multă, multă sănătate, a râs el șugubăț pe când își făcea de lucru cu ciocanul.

*

În timp ce curățam pivnița, am dat peste niște obiecte misterioase.

La subsol fuseseră întotdeauna adunate fel și fel de vechituri, dar acum, din cauza cutremurului, era o harababură de nedescris, că abia aveai pe unde să calci. Mi s-a părut că sosise momentul să mă descotorosesc de lucrurile de prisos, însă pe orice puneam mâna îmi amintea de mama – blocnotesuri, dălți, absolut tot. În cele din urmă, n-am fost în stare să duc la capăt ce-mi propusesem.

— Domnișoară, coboară o secundă, a zis bătrânul, stând pe vine lângă un dulap.

— Ce-i? am întrebat, uitându-mă în direcția în care îmi arăta cu degetul.

Sculpturile, pe care mama le dăduse soților Inui și ajunseseră iar la mine, căzuseră de pe rafturile din dulap – tapirul primit cadou de nuntă, păpușa dăruită când li s-a născut fetița, și alte trei figurine abstracte făcute înainte să fie arestată.

— Uite...

Deși tapirul și păpușa păreau intacte, celelalte trei se crăpaseră sau se spărseseră. Dar nu de asta mă strigase bătrânul, ci pentru că din interiorul lor se iviseră alte obiecte.

— Oare ce-or fi? am spus, luându-le cu grijă și punându-le jos.

Ne-am așezat la masă și le-am privit în tăcere.

— Să le scoatem de acolo?

— De ce nu? Nu servește la nimic dacă ne tot holbăm la ele. Numai că trebuie să fim cu băgare de seamă. S-ar putea să fie periculoase.

— Mă îndoiesc. La urma urmei, sunt sculpturile mamei.

Am apucat obiectele dinăuntru cu două degete și le-am tras afară. Primul era o hârtie împăturită de mai multe ori. Se îngălbenise și se rupsese pe alocuri. Literele și numerele de pe ea se șterseseră. Cel de-al doilea era un dreptunghi din metal, de mărimea unei tablete de ciocolată, cu găurele pe o parte. În cel de-al treilea am găsit o pungă de plastic cu câteva drajeuri albe, ce aduceau cu niște medicamente.

— Mama le-a ascuns aici, am zis după ce le-am înșirat pe toate în fața noastră.

— Așa se pare, m-a secondat bătrânul, plimbându-se în jurul mesei, să le examineze din toate unghiurile.

Am strâns cioburile statuetelor și le-am pus într-un colț. Am mai scotocit și după alte comori ascunse, dar n-am mai găsit nimic.

— Mă întreb dacă familia Inui știa de ele.

— Dacă da, cred că ți-ar fi spus la plecare, când ți le-au dat.

— Înseamnă că nimeni n-a bănuit că există! Au zăcut în interiorul statuetelor cincisprezece ani!

Ne-am așezat din nou la masă, cu bărbiile în palmă, și am întors pe toate fețele obiectele misterioase. Soba din pivniță nu mergea prea bine, și, deși era pornită de ceva vreme, încăperea nu se încălzise încă. Fulgii de zăpadă se izbeau de un geamlâc, iar cerul părea atât de departe, încât nici nu se mai vedea. Din când în când se auzeau sloiurile de gheață pârâind pe râu.

Era limpede că obiectele erau cele din sertarele secrete ale dulapului din pivniță. Bucățile de hârtie, bara dreptunghiulară de metal și drajeurile albe nu semănau deloc ca formă, dar toate răspândeau aceeași aură de mister.

— Ce facem cu ele? am întrebat.

— Hm... a murmurat bătrânul, întinzându-se după obiectul de metal.

Mâinile îi tremurau îngrozitor. Cu cât încerca să se apropie mai mult de lucrurile de pe masă, cu atât mișcările îi erau mai haotice, mai necoordonate.

— Ce-ai pățit? l-am întrebat, dar el și-a prins iute brațul drept și l-a pus pe genunchi.

— Nimic, nimic. Sunt puțin emoționat de la toate aceste descoperiri.

— Ai ceva la mână? Ia să văd.

— Fii pe pace, n-am nimic.

S-a întors într-o parte, încercând să-și ferească brațul.

— Probabil că te-a ajuns oboseala. Hai să ne oprim aici. Gata pe ziua de azi.

A încuviințat în tăcere.

— Dar trebuie să ducem obiectele în ascunzătoare. Nu le putem lăsa aici. Cred că de acum înainte camera secretă este cel mai potrivit loc pentru ele.

*

— Mama ta a făcut statuetele după ce a primit citația? a vrut R să știe.

— Nu sunt sigură, am zis, jucându-mă cu un colț al plăpumii. În tot cazul, sunt singurele care au mai rămas în casă.

Cele trei obiecte erau înșirate pe pat. Statuetele pe care mi le dăruise mie și tatei fuseseră făcute cu mult înainte să fie arestată.

— Și nu a mai avut lucrări și în altă parte?

— Singurul loc care-mi vine în minte este căbănuța din susul râului, dar n-am mai trecut pe acolo de-o veșnicie. Trebuie să fie într-un hal fără de hal.

R și-a sprijinit mâinile pe pat și și-a pus din nou picior peste picior. Arcurile au gemut sub greutatea lui.

— Poate de aceea lucrurile din sertare au dispărut la un moment dat, am zis, ridicându-mi privirea spre el.

— Tot ce se poate.

A luat de jos bucata de hârtie. Era atât de fragilă, că și-a pus-o în căușul palmei și a despăturit-o cu băgare de seamă.

— Știi ce-i asta?

— Nu, am răspuns oftând.

— Un bilet de feribot, a zis el pe un ton blând.

— Un bilet… de feribot?

— Da. Uite. Scrisul s-a mai șters, dar încă se mai văd destinația și prețul. Tichetul acesta te-ar fi putut duce departe, în nord, către o insulă mare. Pe vremuri, toată lumea își lua bilet de feribot. Acesta era chiar pentru vasul pe care lucra bătrânul.

Cu răsuflarea tăiată, m-am uitat lung, fără să clipesc, la bucata murdară de hârtie. În centru era desenat un vapor plutind pe mare. Oare ce nume să fi avut? Literele de pe feribotul pe care locuia bătrânul nu se mai înțelegeau, mâncate de apa sărată. Nici cele de pe bilet nu se prea mai distingeau.

— Parcă-parcă îmi amintesc ceva...

La suprafața apelor memoriei am simțit o mică tresărire. Ochii mă dureau de la atâta concentrare și aș fi vrut să-i închid, dar m-am silit să privesc în continuare biletul, de frică să nu se risipească fantoma acelei amintiri.

— Să nu crezi că mi-a revenit memoria. E doar un fuior subtil și foarte firav, care mai are puțin și e strivit sub greutatea memoriei tale.

— De ce crezi că s-ar strivi? Trebuie să bagi bagi mâna adânc în apele memoriei și să pescuiești o amintire. Hai, încearcă să-ți aduci aminte ceva, orice.

R mi-a pus palma pe genunchi și umerii ni s-au atins.

— Nu știu cum, unde și pentru ce se vindea biletul. Asta chiar nu-mi mai amintesc... Nu-mi vine în minte decât o singură scenă. Eu, în pivniță, în fața unei comode. Biletul, așezat cuminte într-un compartiment secret, era pliat la fel ca acum. Când am tras de mâner să deschid sertarul, hârtia a tremurat, ca înfiorată. Mi-o amintesc pe mama cum încerca să-l despăturească atent, exact așa cum l-ai desfăcut și tu. Ne duceam în pivniță doar noaptea. Luna își cernea razele prin ferestruica de deasupra noastră. Odaia era plină de cioplituri, așchii de piatră sau bucăți de ipsos. Susurul râului plutea în aer ca o șoaptă a nopții. Palmele calde și puternice ale mamei erau mânjite de lut, pline de tăieturi de daltă. I-am luat biletul din mâini cu mare grijă, uitându-mă când la ea, când la tichet. Inima îmi bătea nebunește, dar nu cred că de exaltare sau de nerăbdare. Mai degrabă mi-era teamă să nu-mi scape printre degetele și să-l pierd. Mama mi-a zâmbit, dându-mi curaj. Biletul era subțire, mototolit, și arăta ca o hârtie scoasă din gunoi. Mă întrebam de ce-l păstrase cu atâta sfințenie. Totuși, pentru că nu voiam s-o dezamăgesc, l-am ținut și eu cu băgare de seamă.

Vorbisem pe nerăsuflate. Mi-am pus mâinile pe piept și m-am aplecat în față. Mă concentrasem atât de tare pe această amintire, că aproape mi se tăiase respirația. Am simțit un junghi în piept, printre coaste.

— Nu te mai forța! Odihnește-te.

A pus pe pat biletul și mi-a adus o ceașcă de ceai – o raritate în vremurile noastre. Părea mai mult o apă colorată, dar cel puțin era revigorant și mi-am mai venit puțin în fire.

— Of. Nu reușesc să-mi amintesc ceva care să te mulțumească.

— Nu trebuie să mă mulțumească pe mine, ci să-ți trezească inima din amorțeală.

— Inima... măcar de-ar fi doar amorțită, dar teamă mi-e că încet-încet o să-mi dispară de tot.

— Cum să-ți dispară? Doar ți-ai amintit un pic de biletele de feribot. Mânerul sertarelor, palmele mamei tale, susurul râului...

S-a ridicat să micșoreze flacăra lămpii și s-a așezat iar pe pat. Camera secretă arăta ca înainte de cutremur. Oglinda de pe raft, aparatul de ras, cutiile cu medicamente erau din nou la locul lor. Doar scândurile trapei fuseseră înlocuite.

Mi-am dat seama că atunci când eram împreună ședeam mereu pe patul acela rustic pe care bătrânul îl meșterise în fugă. Pe el era întinsă o plapumă pufoasă, pe care o scoteam la aerisit la câteva zile. Nu aveam unde să stăm decât în acel mic pătrat. Aici vorbeam, aici mâncam, aici ne uitam unul la altul, aici ni se contopeau trupurile. M-am uitat din nou la acel spațiu înghesuit, vulnerabil, efemer – singurul spațiu ce ne era îngăduit.

— Sunt momente când suprafața mlaștinii inimii începe să se înfioare. Ca scriitoare, îmi închipui că vrei să surprinzi neapărat acea senzație. Așa ți-ai scris, de fapt, romanele, nu? mi-a zis R și a luat de jos un fel de „tabletă de ciocolată“ învelită într-o folie argintie, pe care a dus-o la gură.

Oare să fi fost ceva de mâncat? A început să inspire și să expire, zâmbind cu ochii, și un sunet a prins să se înfiripe din batonul metalic.

— O! am exclamat, dar R nu putea să-mi răspundă, pentru că avea buzele lipite de acel obiect. O melodie se revărsa din el, foarte diferită de cea din cutia muzicală – plină, puternică, răzbătând în orice cotlon al camerei secrete, deși uneori părea să se întrerupă, neajutorată. Spre deosebire de cutia muzicală, tija metalică nu repeta la nesfârșit același cântec. Fiecare notă avea un accent diferit.

R a prins batonul de ambele capete, și-a lipit gura de el, mișcându-l la dreapta și la stânga. Când ajungea la dreapta, sunetele erau mai ascuțite, iar la stânga, mai joase. Obiectul nu se mai vedea din mâna sa și aș fi zis că melodia îi izvora din buze.

— Este o muzicuță, a spus R, punând-o jos.

— O mu-zi-cu-ță[1], am repetat, sorbind fiecare silabă. Ce romantic sună! Parc-ar fi un nume de pisoi isteț, cu blana albă și lungă.

— Nu-i nici un pisoi. E un instrument muzical, mi-a zis, întinzându-mi-l.

După ce l-am strâns în palme, mi-am dat seama cât de mic era. Metalul era pe alocuri coclit, dar încă mai arunca luciri argintii în lumina lămpii. Pe mijloc se vedeau câteva litere – probabil numele producătorului. Pe locul unde R pusese gura erau două rânduri de găuri, toate de aceeași formă, asemenea unor faguri de miere.

— Încearcă și tu.

— Eu? Nu știu cum.

— Nu cred. Sunt sigur că ai cântat la muzicuță când erai mică, altfel mama ta nu s-ar fi chinuit s-o păstreze. Hai, curaj! E simplu, ca și cum ai respira.

După o clipă de șovăială, mi-am dus muzicuța la buze. Încă mai era călduță. Am suflat ușor în ea, scoțând un sunet mai puternic decât m-aș fi așteptat. Mirată, m-am tras înapoi.

— Vezi ce ușor e! a zâmbit el. Acela-i „do". Următorul e „re", apoi „mi". Dacă le iei în ordine, obții toată gama.

Apoi a cântat câteva melodii, unele cunoscute, altele nu, dar toate mă linișteau într-un fel sau altul.

Trecuse multă vreme de când nu mai ținusem în mână un instrument muzical sau de când nu mai auzisem pe cineva cântând la unul. Cred că uitasem că mai există. La un moment dat, mi-am amintit că luasem lecții de orgă când eram mică. Profesoara era o cucoană durdulie, între

1. În japoneză, *hāmonika.* (N. tr.)

două vârste, care se enerva repede. Când mă punea la solfegii, care erau de departe punctul meu slab, mă ascundeam, tremurând, după capacul pentru clape. Nu aveam ureche muzicală și nu găseam nici o diferență între „do", „mi", „sol" sau „re", „fa", „la". Toate-mi sunau la fel. Când aveam un concert de grup, îmi plimbam degetele pe clape și doar mă prefăceam că interpretez piesa, ca să nu le stric spectacolul. Știu că-mi țineam partitura într-o gentuță făcută de mama, care avea un model în relief, reprezentând un ursuleț cu un măr pe cap.

Pe unde or mai fi acum orga și geanta? Îmi amintesc că orga costase o avere și mama a tot bombănit când am renunțat la orele de muzică după mai puțin de un an. O perioadă pusese pe ea o husă și o folosea pe post de soclu pentru sculpturi, dar, la un moment dat, n-am mai văzut-o, deși nu cred că avea vreo legătură cu disparițiile de pe insulă.

R a continuat să cânte, cu capul într-o parte, cu umărul stâng ușor lăsat, cu privirea în pământ. Bretonul îi cădea mereu în ochi. Cânta foarte bine, fără nici o greșeală, și știa o sumedenie de melodii, unele vesele, altele rapide, lente sau triste.

Uneori îmi dădea muzicuța și mă ruga să mai încerc. Mi-era rușine de prestația mea muzicală, dar el îmi spunea că voia să se odihnească și să treacă în rândul publicului. Neavând încotro, am dat glas, ce-i drept cu poticneli, tuturor cântecelor de leagăn învățate de la bătrâna mea doică. Habar n-aveam unde-i „fa" sau „si", și nici cât de lungă era pauza dintre note. Fiindcă nu știam cum să respir corect și să cânt în același timp, îmi ieșeau când sunetele prea puternice, când prea gâtuite, mai-mai să se stingă cu totul. Totuși, după fiecare melodie, R mă aplauda.

Camera părea anume făcută să cânți la muzicuță în ea. De afară nu pătrundeau alte zgomote, nu suna telefonul, nu te vizita nimeni, și muzica se răspândea în fiecare ungher. Puteam rămâne închiși aici cât pofteam, mai ales că bătrânul dormea jos, în camera în stil japonez. Aerul din ascunzătoare era sufocant și mi-era greu să respir după fiecare melodie, așa că mă duceam din când în când la ventilator, să trag câteva guri zdravene de aer.

După ce am cântat tot ce ne-a trecut prin minte, am lăsat deoparte muzicuța și ne-am îndreptat atenția spre celelalte obiecte ascunse în statuete. R a deschis punga și și-a pus în palmă câteva drajeuri albe. Punguța se îngălbenise și se ferfenițise, dar conținutul era intact.

— Sunt medicamente? am întrebat.

— Nu, se cheamă *ramune*[1]. Sunt impresionat că mama ta a încercat să păstreze un lucru atât de neînsemnat.

Tabletele erau rotunde, pudrate cu un praf alb, și aveau o adâncitură la mijloc. A luat una și mi-a băgat-o în gură. Am tresărit și mi-am acoperit buzele cu palmele. R a zâmbit.

Era atât de dulce, că îmi luase gura foc, dar, după am supt-o puțin să-i simt mai bine gustul, s-a dizolvat instantaneu.

— Ți-a plăcut?

Aroma a fost atât de neașteptată și de puternică, încât îmi pierise vocea. Nu voiam să-mi deschid gura și să pierd din acea dulceață.

---

1. *Ramune* (denumire provenită de la pervertirea pronunției *lemonade* din engleză în *remonēdo*, în japoneză) este o băutură carbogazoasă cu gust de lămâie, inventată în anul 1884. Băutura are în prezent peste cincizeci de arome. Datorită succesului de care s-a bucurat, compania producătoare a comercializat și niște tablete care imită gustul băuturii. Pe lângă acestea, mai există bomboane, înghețată și gumă de mestecat cu aromă de *ramune*. (N. tr.)

— E o bomboană cu gust de lămâie. Când eram mici, se găseau pe toate drumurile. Acum nu ne-au mai rămas decât astea, deși odinioară aveau o mulțime de arome.

R a luat și el una, care i s-a dizolvat repede pe limbă. O clipă nu s-a mișcat, uitându-se la drajeurile din palmă. Nu-mi dau seama cât să fi stat așa, fără să vorbim.

— Hai să-i dăm și bătrânului din ele, a zis într-un final, punându-le la loc, în sacoșă.

*

În seara aceea, R mi-a spus povestea celor trei obiecte. Biletul de feribot, muzicuța și drajeurile *ramune* erau aliniate pe pernă. Când ne-am întins, am avut senzația că patul era mai strâmt decât atunci când stătusem în capul oaselor. Părea că se strânge în jurul nostru, absorbind orice spațiu liber. Din fericire, în brațele lui neîncăpătoare puteam face multe, ca, de pildă, să mă întorc de pe o parte pe alta, să-mi dau părul pe spate și chiar să strănut discret.

Cred că se făcuse târziu, deși n-aveam cum să știu exact, deoarece ceasul de pe raft nu se vedea de umărul lui. Zăvorul chepengului, proaspăt schimbat, arunca sclipiri argintii în lumina lămpii. Ventilatorul mergea încontinuu.

— A fost odată o poiană unde se creșteau vaci, cai și oi, și-a început el povestirea. Pășunea se afla la poalele munților, undeva în nordul insulei, și pe câțiva bănuți putea să mergi să călărești un ponei. Una dintre tinerele de la fermă îl ținea de căpăstru, iar tu dădeai ocol poienii. Din păcate, plimbarea se termina în câteva minute. Eu îi tot strigam să mă ducă mai încet, să mai trag de timp și o dată chiar m-a lăsat să mai fac o tură. În mijlocul poienitei, se găsea și o fabrică de brânză. Mi se făcea rău de fiecare dată când intram în ea și vedeam brânza amestecată în niște malaxoare imense. Mă și vedeam picat într-unul... Aveam voie să stau toată ziua la fermă, cu condiția să mă întorc la debarcader la ora cinci. Feribotul nu făcea decât patru drumuri pe zi, iar portul din nordul insulei era aglomerat ca o piață. Se vindeau floricele, înghețată, mere coapte, bomboane și... *ramune*. Cu alte cuvinte, tot ce-și dorea un copil. Soarele apunea chiar când eram la bordul vasului. Discul său incandescent mi se părea atât de aproape, că aveam senzația că, dacă aș fi întins mâna, l-aș fi prins în palme. Spre deosebire de insula din nord, a noastră era mai liniștită, mai izolată, cu contururile veșnic învăluite în ceață. În buzunarul din spatele pantalonilor îmi țineam biletul de feribot, împăturit cu grijă să nu cumva să-l pierd, deși de cele mai multe ori se mototolea de la plimbarea cu poneiul.

R vorbise fără să se oprească. Îmi plăcea la nebunie să-l ascult, de parcă îmi citea un basm plin de aventuri fantastice sau îmi cânta o melodie antrenantă. Când și când, îmi ridicam capul să mai arunc o privire spre cele trei obiecte de pe pernă, care păreau că dorm duse. Era atât de liniște, că îmi venea greu să cred că până mai adineauri îmi spusese atâtea istorioare minunate. Mi-am pus obrazul pe pieptul lui.

După un timp, R și-a reluat povestirea. Odată, pe când cânta la muzicuță la o serbare școlară, bagheta dirijorului s-a rupt și toată lumea a izbucnit în râs. Și asta a pus capăt întregii reprezentații. Bunica lui scotea din buzunarul șorțului drajeuri de *ramune* cu care îl îndopa constant, până într-o zi când i se făcuse rău. Mama o certase aspru. Peste câțiva ani, bătrâna murise din cauza unei boli care îi atrofiase mușchii.

Deși nu prea izbuteam să-mi închipui chiar tot ce-mi spunea, mintea mi se înfierbântase de la poveștile sale luminoase. De mică îmi plăcuse la nebunie s-o ascult pe mama depănându-mi istorioare în atelierul din pivniță și de fiecare dată mă bucuram când puteam să mai aud o povestioară – ca o fetiță cu poalele rochiței răsfirate, așteptând să-i cadă din cer bomboane de ciocolată trimise de Dumnezeu.

Capitolul 23

Duminica următoare am trecut pe la cabana din susul râului, pentru că bănuiam că ar mai fi și alte sculpturi care să ascundă obiecte dispărute.

Mă obișnuisem să-i spun cabană, dar, de fapt, nu era decât o colibă rustică pe care mama o folosea în timpul verii pentru sculptură. Nimeni nu mai călcase pe acolo de la moartea ei și, probabil, era aproape distrusă de cutremur.

Ne-am pus în rucsac bidonașe cu apă și câteva pachețele cu mâncare și am pornit la drum cu noaptea-n cap. Arătam ca o familie plecată la țară să cumpere fructe și legume. Am luat trenul și apoi am mers cam o oră pe jos pe drumul ce șerpuia de-a lungul râului. Am ajuns la cabană cu puțin înainte de amiază.

— Ce dezastru! a spus bătrânul, punându-și rucsacul pe zăpadă și ștergându-și fața cu un prosopel pe care îl ținuse agățat de curea.

— E mai rău decât mi-am închipuit! am adăugat, așezându-mă pe o piatră de pe mal și luând o înghițitură de apă din bidonaș.

Cabana era de nerecunoscut. Arăta de parcă s-ar prăbuși dintr-o clipă într-alta. Ușa aproape că nu mai exista, acoperișul se lăsase sub greutatea zăpezii, coșul se strâmbase și ciuperci în culori vii creșteau pe mușchiul care năpădise pereții.

După ce ne-am mâncat prânzul și ne-am tras puțin sufletul, ne-am apucat de lucru. Nu voiam să ajungem acasă după lăsarea serii, ca să nu atragem atenția Poliției Memoriei, așa că trebuia să ne terminăm iute treaba.

Am tras scândurile care acopereau intrarea și ne-am croit drum înăuntru. Pe podea zăceau cuie, cuțite, dălți și alte instrumente de cioplit. O bârnă din acoperiș se prăbușise și ne blocase calea. Ne-am făcut binișor loc pe lângă ea la lumina lanternei.

— Ce-i aceea? am strigat cu o voce ascuțită.

O mogâldeață zăcea sub masa de lucru. Era umedă, vâscoasă și moale, cu niște țepi pe ea – o formă fără contur care mirosea de-ți muta nasul din loc. Bătrânul a pus lanterna pe ea.

— Cred că-i o mortăciune, a spus el calm.

— O mortăciune?

— O mâță vagaboandă. Probabil a venit să se adăpostească de cutremur...

Carnea de pe cap și de pe burtă aproape i se topise și mai rămăsese o mână de oase, însă urechile și labele arătau clar ca ale unei pisici. Am rostit în gând o rugăciune pentru sărmana făptură și ne-am apucat de lucru, încercând să nu ne mai uităm în direcția ei.

Statuetele erau împrăștiate peste tot. Se vedea de la o poștă că fuseseră anume făcute să ascundă în ele alte lucruri – figurine abstracte, încropite din bucăți de lemn și piatră asamblate astfel încât să poți scoate fără greutate ce era înăuntru. Multe dintre ele se spărseseră, și obiectul din interior ieșise la iveală.

Ne-am burdușit rucsacurile cu statuete, apoi am mai îndesat și în genţile de voiaj pe care le adusesem cu noi. Nu aveam vreme să spargem fiecare obiect în parte, să vedem ce era înăuntru, dar știam dintr-o privire că în interior se afla un obiect dispărut.

Am isprăvit în două ore. Umpluserăm până la refuz două rucsacuri și două genţi de voiaj. Am fi vrut să îngropăm și pisica, dar, până la urmă, ne-am dat seama că va fi în curând acoperită de zăpadă sau pur și simplu cabana se va prăbuși peste ea. Pe malul râului am pus jos bagajul și m-am oprit să mai privesc o dată locul pe care știam că n-o să-l mai văd niciodată.

— Vrei să-ţi duc eu geanta? m-a întrebat bătrânul.

— Nu-i nevoie, mulţumesc, i-am răspuns și am pornit-o la vale, în direcţia gării.

Nu mai era mult până să vină acceleratul și sala de așteptare era înţesată de călători – familii care se întorceau de la iarbă verde, drumeţi, ţărani care mergeau să vândă legume în oraș. Oamenii începuseră să se îngrijoreze și în gară era un du-te-vino continuu.

— Pesemne că trenul are întârziere, am spus, schimbându-mi geanta în mâna cealaltă.

— Nu, a răspuns bătrânul. Se percheziţionează bagajele.

*

Poliţia Memoriei tocmai închisese casa de bilete și le ordonase călătorilor să se împartă în două rânduri. Camioanele verzi erau parcate în jurul rondului din faţa clădirii. Poliţiștii îi puseseră pe impiegaţi să scoată băncile din sala de așteptare, ca să facă mai mult loc. Trenul trăsese deja la linie, dar nu avea să plece prea curând.

L-am întrebat din ochi pe bătrân ce ne facem.

— Să nu ne pierdem cu firea, a șoptit el iute. Ar fi bine să ne așezăm ultimii la coadă.

Împinși în toate părțile de marea de oameni, ne-am dat puțin câte puțin în spate până am ajuns printre ultimele zece persoane. Chiar în fața noastră stătea un țăran, pe umeri cu un coș din bambus plin cu legume, conserve, carne uscată și brânză, care miroseau de îți lăsa gura apă. În spatele nostru era o cucoană simandicoasă, cu câteva valize, însoțită de fiica ei.

Coada mergea foarte încet. Polițiștii își scoseseră armele și nu ne scăpau din ochi în timp ce patrulau prin sala de așteptare. Era greu să zărești ceva prin mulțime, dar mi se părea că doi agenți de la casa de bilete verificau bagajele și actele.

— În ultima vreme fac des asemenea controale.

— Și ce speră, mă rog, să găsească într-un cătun uitat de lume?

— Umblă vorba că oamenii fug din oraș și se adăpostesc în munți. Așa că polițiștii au început să facă razii și pe aici. Zilele trecute au găsit un bărbat ascuns într-o peșteră.

— Uite cât ne fac să așteptăm... Măcar să se grăbească puțin!

Oamenii șușoteau între ei, dar se opreau imediat ce un polițist se uita la ei.

— Nu-i interesează bagajele, doar documentele, a murmurat bătrânul aplecându-se și prefăcându-se că-și aranjează cureaua. Actele noastre sunt în regulă, așa că nu avem de ce să ne facem griji.

Într-adevăr, agenții se uitau cu mare atenție la documente, întorcându-le pe toate fețele. Le luau, le țineau în lumină, examinau de nenumărate ori fotografia de pe ele sau încercau să găsească buletine cu numere false. În schimb, polițiștii care percheziționau bagajele terminau repede, aruncând doar o privire fugitivă prin valizele și gențile deschise.

Deși atenția le era concentrată mai mult pe acte, nu trebuia să uităm că geamantanele noastre nu conțineau lenjerie intimă, pulovere, prăjituri sau farduri, ci erau burdușite cu obiecte dispărute, de al căror nume sau întrebuințare nu aveam habar. Am tras de curelele rucsacului și am strâns și mai tare mânerul valizei. Mă gândeam că toate lucrurile acelea din cabană, trezite brusc din somnul lor, se speriaseră de moarte și le simțeam parcă frica prelingându-li-se prin bagaje și alunecându-mi în palme sau pe șira spinării.

— Domnișoară, a șoptit bătrânul, lasă totul în seama mea. Dumneata să nu sufli o vorbă.

N-am zis nimic, dar m-am întrebat cum avea de gând să justifice bagajele pline cu sculpturi. Era limpede că pentru agenți nu reprezentau niște opere de artă, ci mai degrabă obiecte suspecte. Avusesem, bineînțeles, prezența de spirit să le punem pe cele crăpate la fund, dar dacă unul dintre polițiști ar fi vrut să percheziționeze mai atent sau ne-ar fi pus să ne deșertăm valizele, am fi încurcat-o rău de tot. Nici măcar nu aveam unde să fugim.

Încă puțin și ne venea rândul. Gura mi-era uscată ca iasca și limba mi se lipise de cerul gurii. S-a auzit șuierul locomotivei și lumea a început să se agite. Ora de plecare trecuse de mult și se lăsase întunericul. Pasagerii care trecuseră de control erau supărați că fuseseră nevoiți să aștepte atât în mijlocul pustietății și că planurile din ziua aceea le fuseseră zădărnicite. Aș fi dat orice să fiu în pielea lor. Oricât de importante ar fi fost întâlnirile pe care le rataseră, viețile lor nu mai depindeau de rezultatul percheziției.

— Următorul!

Polițiștii erau zgârciți la vorbă, iar pe chipurile lor nu puteai citi absolut nimic. Îndată ce controlul se termina, pasagerii își trăgeau fermoarul la genți și se îngrămădeau la intrarea pe peron. Nu mai aveam în față decât trei persoane. Apoi două... M-am băgat și mai mult în bătrân.

— Cât mai durează? Am întârziat deja o oră, a spus țăranul cu coșul de bambus, căruia tocmai îi venise rândul.

Oamenii de la coadă înghețaseră și de-abia mai îndrăzneau să respire. Cu siguranță se întrebau dacă bărbatul e în toate mințile.

— Știți cine sunt? i-a dat el cu gura. Mă ocup de aprovizionarea popotei Poliției Memoriei. Am ordine clare să aduc marfa în fiecare duminică la ora cinci. Poftiți, uitați-vă la permisul meu. Ce mai stați?! Dați odată drumul trenului! În scurt timp, colegii voștri o să înceapă să se plângă că n-au ce mânca. Și toate se vor sparge în capul meu! Punctualitatea contează enorm în asemenea cazuri. Dacă nu mă credeți, sunați-l pe șeful de mese! Nu din vina mea am întârziat, ci pentru că percheziția merge mult prea încet!

În timp ce rostea aceste cuvinte, le băgase polițiștilor sub nasul permisul de liberă trecere. Vorbise pe nerăsuflate. Tocmai atunci, tânăra de lângă noi și-a pus batista la gură, s-a clătinat pe picioare și a leșinat.

— Să mă ajute cineva, vă rog! a strigat maică-sa. Sărmana, suferă de anemie. Și are și probleme cu inima.

Bătrânul mi-a dat imediat geanta și a luat-o în brațe pe copilă. Cei din spate s-au îmbulzit înainte, curioși să afle ce se întâmplă, iar coada s-a destrămat. Țăranul cu coșul de bambus nu se lăsa și continua să vocifereze.

— Atenție! Ultimele persoane din șir sunt rugate să înainteze cu actele la vedere. După ce vi s-au inspectat documentele, grăbiți-vă spre tren.

Ofițerul care părea șeful grupului i-a făcut semn țăranului scandalagiu să plece și ne-a ordonat să ne îndreptăm spre punctul de control. Brațele mă dureau de la greutatea bagajelor, dar am dibuit repede buletinul. Bătrânul a rugat-o pe mama fetei să-i scoată actele din buzunarul pantalonilor și, în felul acesta, am izbutit să trecem repede de agenți, fără să ne mai fie percheziționate bagajele. Am ținut-o tot într-o fugă până la peron, mai întâi, pentru că așa ni se ordonase, și, în al doilea rând, pentru că ne era teamă ca polițiștii să nu se răzgândească și să ne întoarcă din drum. Bătrânul a cărat-o pe fată până la tren, iar aceasta nu mai pridídea cu scuzele. Nici nu ne-am așezat bine, că trenul s-a pus în mișcare.

*

În seara aceea am luat masa după ora zece. Ne despărțiserăm de cele două femei când schimbaserăm trenul și luasem acceleratul spre Gara Centrală – capătul liniei. De acolo ne urcaserăm în autobuzul ce ne ducea acasă. Mijloacele de transport erau aglomerate și nu era nici timpul, nici locul să ne lansăm într-o conversație despre evenimentele de peste zi. Pe de o parte, eram bucuroși că avuseserăm noroc și scăpaserăm basma curată, pe de altă parte, eram frânți de oboseală. Până și bătrânul, care de obicei dădea dovadă de stăpânire de sine și căuta mereu să mă îmbărbăteze, era pur și simplu epuizat. De-abia se mai ținea pe picioare.

Când am ajuns acasă, ne-am prăbușit pe canapeaua din camera de zi, cu privirile în gol. Genţile rămăseseră acolo unde le lăsaserăm. Nu mai aveam putere să le deschidem, să vedem ce conțin.

Cina a constat în câțiva covrigei, niște castraveți murați și două-trei felii din mărul pe care îl primiserăm de la mama fetei, în semn de mulțumire.

— Îmi pare rău că nu avem nimic cald de mâncare, am spus.

— Nu-i nimic, e bine și așa, a răspuns bătrânul, întinzându-se după niște murături.

Am luat o gură de apă, să alunece mai ușor covrigelul uscat. Fără să vreau, ochii mi-au căzut pe farfuria din față. Bătrânul tot încerca să împungă un castravete, dar furculița i se mișca haotic, fără să-și atingă ținta, ciocnindu-se ba de marginea farfuriei, ba de masă. Rămăsese cu capul într-o parte, încruntat, privind țintă murăturile, de parcă voia să vină de petrecanie unei insecte nesuferite.

— Ce s-a întâmplat? l-am întrebat, dar nu cred că m-a auzit. Ai pățit ceva? am repetat, dar el și-a continuat eforturile zadarnice.

Buzele întredeschise i se învinețiseră.

— Stai. Lasă că-ți dau eu.

Nu mă lăsa inima să-l văd chinuindu-se, așa că am apucat furculița, am luat o felie de castravete și i-am dus-o la gură.

— A, mulțumesc... a îngăimat de parcă și-ar mai fi venit puțin în fire.

— Nu te simți bine? Ai privirea încețoșată? Ți-au amorțit brațele?

M-am apropiat și i-am mângâiat umărul, așa cum făcea el când voia să mă liniștească.

— Nu, sunt bine. M-a cam ajuns oboseala, a zis, molfăind murătura.

Capitolul 24

Au trecut zece zile până când bătrânul s-a pus pe picioare după oboseala călătoriei și spaima de la punctul de control. Era din nou plin de viață, ca de obicei, nu se lăsa până nu termina treburile din casă cât eu eram plecată la serviciu, ba chiar le dădea o mână de ajutor și vecinilor care voiau să curețe zăpada din jurul casei. Puterea, pofta de mâncare și buna dispoziție îi reveniseră complet.

Am stabilit să nu-i spunem lui R de incidentul de la gară. L-am fi mâhnit prea mult și, oricum, faptul era consumat. Ce altceva ar fi putut face decât să rămână ascuns în camera secretă? În orice caz, R era nerăbdător să afle ce era în statuetele aduse de la cabană. Ne-a tot zorit să le deschidem să vedem ce era înăuntru, de parcă aceasta însemna revederea cu un vechi prieten de la care nu mai primise vești de foarte multă vreme, însă pentru mine și pentru bătrân sarcina de a sparge sculpturile și de a scoate la lumină conținutul era mult mai puțin palpitantă. În orice caz, nici nu prea știam cum să procedăm. Eram conștienți că, oricât de importante ar fi fost obiectele dispărute ascunse acolo, inimile noastre erau din ce în ce mai subțiri și mai destrămate. Era îngrozitor de trist să-l vedem pe R zbătându-se să ne trezească din amorțeală, chinuindu-se să ne facă să înțelegem valoarea acelor lucruri de mult pierdute. În schimb, pentru noi erau mult mai presante alte chestiuni, ca, de pildă, ce să punem pe masă la cină sau dacă Poliția Memoriei avea să ne mai facă o altă vizită.

Totuși, cum nu puteam lăsa la nesfârșit rucsacurile și genţile de voiaj în casă, ne-am hotărât să ne ocupăm de statuete duminica următoare. Mai întâi, le-am dus în pivniță, le-am pus pe masa de lucru și le-am spart cu un ciocan. Tot secretul era să știi cât de tare să le lovești. Pentru unele era de ajuns o izbitură ușoară ca să se spargă în două jumătăți perfecte, dar la altele fusese mult mai complicat, pentru că ne era teamă că, dacă le-am fi lovit prea tare, am fi distrus obiectul dinăuntru. În plus, nu ne dădea mâna să facem gălăgie. Aleea dintre casă și râu era puțin circulată, dar asta nu i-ar fi împiedicat pe agenții din Poliția Memoriei să patruleze și pe acolo dacă ar fi auzit zgomote dubioase.

Am tot exersat pe rând cum să spargem statuetele. Unul dintre noi lovea figurina sub diverse unghiuri, mai tare sau mai încet, iar celălalt stătea de pază la ușa de la spălătorie, în caz că trecea cineva.

Până la urmă, s-a dovedit că fiecare statuetă conținea un obiect diferit – unele mici, că aproape dacă le vedeai, sau învelite cu grijă în hârtie cerată, altele negre, ascuțite, scămoșate, subțiri, pufoase sau lucioase.

Bătrânul și cu mine eram veșnic nedumeriți. Nu cumva le țineam prea strâns? Să le prindem cu o pensetă? Oare lăsam amprente? De cele mai multe ori ne holbam în tăcere la ele, cu toate aceste întrebări roindu-ne în cap.

— Nu-mi vine să cred că au stat ascunse cincisprezece ani. Sunt, practic, neatinse! a spus bătrânul.

— Așa-i, i-am ținut eu isonul.

Erau mai multe decât în dulapul din pivniță. Mama trebuie să mai fi avut și alte ascunzători. Le-am întors pe toate părțile, și încet-încet am început să-mi dau seama care erau cele pe care le mai văzusem și cele pe care le atingeam prima oară. Treptat, mi-au venit în minte și poveștile spuse de mama. Dar cam atât... Mlaștina memoriei nu se trezise încă la viață.

*

Imediat ce am dus obiectele în camera secretă, R ne-a întâmpinat din capul scării cu un zâmbet larg.

— Ne-a fost frică să nu se spargă în geantă și am preferat să le punem pe o tavă, i-am spus.

— Nu trebuia să fiți atât de grijulii, a zis el, sorbindu-le din priviri.

Pentru că ascunzătoarea era prea mică, le-am așezat pe rafturi, pe podea și oriunde am găsit o brumă de spațiu, după care am luat tustrei loc pe pat, cu grijă să nu cumva să călcăm pe ele.

— Parc-ar fi un vis, a spus R. Niciodată nu mi-am închipuit că sunt atât de multe! Și câte amintiri îmi stârnesc! Am avut și eu unul exact ca acesta, dar, când a fost declarat dispărut, tata l-a ars. Și ăsta! Valorează o avere! Să aveți grijă să nu-l pierdeți, deși nu cred că s-ar mai găsi cineva care să-l cumpere. Pune puțin mâna pe ăsta! Nu te teme. E foarte plăcut la pipăit. Este extraordinar ce a reușit mama ta să facă!

Vorbise pe nerăsuflate. Apoi a luat rând pe rând câte un obiect și a început să depene amintiri cu el. Eu și bătrânul îl ascultam fascinați, fără să scoatem un cuvânt.

— Mă bucur că îți plac atât de mult, i-am spus când a terminat și s-a oprit să ia o gură de aer.

— N-are a face. Nu eu am nevoie de ele, ci voi.

— Hm... a făcut bătrânul, ca și cum i-ar fi cumpănit spusele.

— Cred că obiectele acestea au puterea să vă transforme, să vă redea amintirile. Încercați să vă aduceți aminte ceva legat de ele.

Eu și bătrânul ne-am uitat unul la altul, apoi ne-am plecat privirile în pământ. Prevăzusem că R avea să ne ceară asta, dar acum, puși în fața faptului împlinit, nu știam ce să-i răspundem.

— Și dacă ne amintim, ce facem după aceea?

Bătrânul vorbea anevoie.

— Nimic. Sunteți liberi să faceți ce vreți cu amintirile voastre.

— Bănuiesc că amintirile apar aici sau aici, într-un loc invizibil din corp, a spus bătrânul, arătând spre piept și spre creștetul capului. Și, oricât de frumoase ar fi, dacă le las în pace, vor dispărea de la sine, fără ca nimeni să le fi văzut, fără nici o dovadă că ar fi existat vreodată. Nici măcar eu nu le voi mai ști forma reală. Chiar crezi că-i bine să forțezi lucrurile să reapară, odată ce le-ai uitat?

R a tras aer în piept înainte să-i răspundă.

— Într-un fel, ai dreptate. Amintirile sunt invizibile, ceea ce mi se pare de-a dreptul îngrozitor. În plus, în fiecare zi sunt luate cu asalt de alte și alte dispariții, dar măcar acum, într-al unsprezecelea ceas, ar trebui să ne dăm seama cât de importante sunt. Uite, acesta, de pildă, a zis, luând manuscrisul de pe birou. Paginile acestea există! Cuvintele din el există! O minte pe care nimeni nu o poate vedea a creat o poveste pe care oricine o poate vedea.

Chiar dacă romanele au fost arse, inima ta n-a dispărut odată cu ele, a spus, întorcându-se spre mine. Tu ești aici, lângă mine. Voi doi mi-ați salvat viața și aș da orice să mă pot revanșa...

M-am uitat la foile de hârtie pe care R le strângea la piept. Bătrânul își freca tâmplele ca și cum s-ar fi străduit să țină pasul cu conversația.

— Cum ar fi să dispară totul de pe insulă? am șoptit.

Amândoi au rămas o vreme tăcuți. Mi-am dat seama că am întrebat ce nu trebuia, iar ei împietriseră de teamă ca nu cumva, rostite cu glas tare, cuvintele să ajungă să se adeverească.

— Chiar dacă întreaga insulă ar dispărea, ascunzătoarea aceasta ar continua să existe, a zis R după o tăcere îndelungată.

O spusese pe un ton duios, fără patos, ca și cum ar citi o inscripție de pe un monument de piatră.

— În camera asta am păstrat o sumedenie de amintiri, nu? Smaraldul, harta, fotografiile, muzicuța, romanele... Acesta este fundul mlaștinii inimii, locul unde se adăpostesc toate amintirile.

*

Au trecut câteva săptămâni presărate cu mici evenimente, nu foarte însemnate. Făceam progrese la dactilografie, ba chiar mi s-a dat să bat la mașină câteva documente de serviciu. Condimentele se vindeau ca pâinea caldă. Afacerea creștea și, cum începusem să producem și gemuri, jeleuri și alimente congelate, nu ne mai vedeam capul de treburi. Câteva zile am stat peste program și am ajuns acasă târziu, dar, în lipsa mea, bătrânul se ocupase de tot – cumpărături, curățenie, vizitele la R.

Într-o zi, s-a înfundat canalizarea și n-am mai avut apă. În mod normal, aș fi chemat un instalator, dar pentru noi o țeavă astupată era o chestiune de viață și de moarte. Bătrânul a stat o zi și jumătate în zloată și praf, ca s-o repare.

Apoi s-a îmbolnăvit Don. L-am tot văzut că se freca de peretele cuștii, până când, uitându-mă mai atent, am observat că dintr-una din urechi îi ieșea un lichid gălbui și lipicios. Când l-am șters cu un șomoiog de vată, a dat din urechi, și-a mijit ochii și s-a uitat în sus, la mine, de parcă ar fi vrut să se scuze că mă deranja. Numai că, după o jumătate de oră, urechea a început iar să-i curgă.

O clipă am fost descumpănită, fiindcă nu știam dacă să-l duc la veterinar. Nu era un câine obișnuit... Foștii stăpâni fuseseră arestați de Poliția Memoriei. Știam că polițiștii filau doctorii și spitalele, sperând să-i prindă pe fugarii care se îmbolnăveau și aveau nevoie de îngrijiri medicale. Dacă s-ar fi aflat că Don fusese uitat de Poliția Memoriei, m-aș fi ales cu o mulțime de belele pe cap.

Pe de altă parte, dacă agenții ar fi fost interesați de el, fără îndoială că l-ar fi luat în timpul raidului sau după ce s-au întors să percheziționeze casa, însă ei pur și simplu l-au ignorat. În cele din urmă, am conchis că nu e cazul să fiu așa de prăpăstioasă și l-am dus la o clinică din cartier.

Veterinarul era un bătrânel cărunt, cu vorba dulce ca a unui pastor. I-a curățat urechile lui Don, l-a uns cu alifie și i-a prescris pastile pentru toată săptămâna.

— E o infecție banală, a zis, scărpinându-l pe gât. Nimic grav.

Câinele se foia pe masă, uitându-se la doctor ca și cum i-ar fi zis că-i plăcuse consultul. Nu voia să se lase deloc dus. Am fost ușurată să văd că-mi făcusem griji de pomană.

Un alt episod minor a fost tunsoarea lui R, căruia îi crescuse părul și nu mai avea nici o formă. A fost un adevărat calvar pentru bătrân să facă pe frizerul în ascunzătoarea aceea înghesuită, ticsită de atâtea obiecte.

Mai întâi, a întins pe podea un ziar. După ce R s-a așezat, i-a înfășurat un prosop și niște folii de plastic în jurul gâtului, pe care le-a prins cu niște cârlige de rufe. Eu îl priveam din pat cum se învârtea cu stângăcie în spațiul acela îngust.

— Nu știam că te pricepi la tuns, i-am spus.

— Nu prea. Pur și simplu tai o șuviță de ici, alta de colo și tot așa.

În timp ce vorbea, foarfeca îi clănțănea încontinuu. Din când în când, R se uita în sus, încercând să-și vadă frizura, dar bătrânul îi îndrepta mereu capul.

— Stai locului, l-a dojenit.

Până la urmă, tunsoarea i-a reușit binișor. Firește, bătrânul nu era frizer de meserie, dar R a fost mulțumit, iar șuvițele inegale îi dădeau un aer tineresc.

Nu ne-a fost ușor nici să strângem după aceea. Deși fuseserăm prevăzători și puseserăm pe jos foi de ziare, firele de păr se strecuraseră peste tot și ne-a luat destul timp să le măturăm din toate cotloanele.

*

Într-o sâmbătă seară, pe când îl plimbam pe Don, m-am întâlnit întâmplător cu bătrânul pe deal, nu departe de biblioteca părăsită.

— Ia te uită, am exclamat. Gata cu cumpărăturile? Ai găsit ceva bun?

Stătea pe un morman de cărămizi arse și mi-a făcut cu mâna când m-a văzut.

— Nimic deosebit. O varză veștedă, trei morcovi, niște mălai, iaurt expirat de două zile și o bucată de carne de porc.

L-am legat pe Don de copacul din apropiere și m-am așezat lângă bătrân.

— Suficient, cel puțin pentru săptămâna aceasta. Te dai prea mult peste cap pentru noi. Ce greu trebuie să fie pentru o persoană singură să facă rost de alimente... E aproape imposibil să lucreze, și apoi să ia la rând magazinele și piețele în căutare de mâncare.

— Da, a ajuns un chin să găsești ceva ce să pui pe masă.

A izbit cu vârful pantofului în grămada pe care stătea. Câteva bucăți s-au desprins și s-au împrăștiat în zăpadă.

Biblioteca era acum un morman carbonizat. Pe alocuri, rămășițele încă mai fumegau. Nimic nu mai amintea că aici fusese odinioară un loc destinat cărților. Iarba din fața intrării, de obicei tunsă cu grijă, era acoperită de zăpadă. În zare se vedea marea.

— Ce faci pe dealuri pe frigul ăsta cumplit?

— Mă uitam la feribot. După cutremur a rămas înfipt în mijlocul mării, luând valurile pieptiș, înconjurat de vârtejuri albe de spumă. Pupa aproape că nu i se mai vede. Încă puțin și o să fie cu totul înghițită de ape. Sau poate că mi se pare...

— Ți-ar plăcea să te întorci la viața dinainte? m-am pomenit zicând, deși știam răspunsul. Eram conștientă că era o întrebare prostească, de vreme ce feribotul nu va mai fi niciodată ca în zilele sale de glorie.

— Nu, deloc, s-a grăbit el să răspundă. Sunt foarte fericit că locuiesc cu dumneata. Dacă nu ai fi fost atât de bună cu mine, aş fi ajuns pe străzi. De ce să vreau să mă întorc la viaţa dinainte? Vasul oricum nu mai era ce-a fost odinioară. Chiar şi fără cutremur, mai devreme sau mai târziu, tot s-ar fi scufundat. Cred că lucrurile declarate dispărute nu sunt menite să dureze prea mult, chiar dacă sunt folosite ulterior într-alt scop.

— Dar cutremurul a venit atât de fulgerător... Trebuie să fi fost un şoc pentru tine.

— Adevărul e c-aş fi murit sub dărâmături dacă n-ai fi fost tu. Nu-i nici un şoc pentru mine, dimpotrivă, îţi sunt foarte recunoscător. Să ştii că nu mă uit la feribot din nostalgie, ci ca să-mi reamintesc ce norocos sunt.

O vreme am privit marea. Culoarea cerului începuse să se schimbe, şi vasul a fost înghiţit de crepuscul. Plaja şi debarcaderul erau pustii. Maşinile goneau pe drumul de pe malul mării. Don zgâria copacul cu labele din faţă, lingea zgarda sau dădea din coadă cu ochii la noi, doar-doar i-om acorda un pic de atenţie. Urechea, care începuse să i se vindece, îl mânca, şi uneori vedeam cum vârful îi zvâcneşte nervos în sus.

M-am întors spre observatorul pe jumătate îngropat sub pătura groasă de omăt. Poliţia Memoriei nu se mai obosise să trimită buldozerele să-l dărâme. Oricum se alesese praful de el. Indicatorul care arăta intrarea în grădină botanică era încă în picioare, dar săgeata era îndreptată undeva, aiurea. Nu mai rămăsese nimic pe panta dealului, doar lucruri care îşi aşteptau cuminţi sfârşitul.

Pentru că bătrânul își pierduse hainele în tsunami, acum purta îmbrăcămintea care-i aparținuse cândva tatălui meu și pe care o păstrasem cu sfințenie – niște pantaloni reiați, un pulover de lână și un palton cu guler de blană artificială. Pantalonii se decoloraseră, iar blana se rărise pe alocuri, dar hainele îi veneau de minune, de parcă ar fi fost anume croite pentru el. Când am început să vorbesc, s-a aplecat puțin spre mine. Își pusese palmele mari și muncite pe genunchi și-mi sorbea fiecare cuvânt.

De mică îmi plăcuseră mâinile lui. Când ieșeam în oraș cu toții, mereu îl țineam de mână. Mâinile lui puteau face orice: o cutie pentru jucării, o mașinuță din plastic, o cușcă pentru rădaște, o mingiuță umplută cu bobițe din polistiren, o veioză, o husă pentru șaua de la bicicletă, ba chiar și pește afumat și plăcintă cu mere. Avea degetele noduroase, dar palmele îi erau surprinzător de catifelate. Era de ajuns să mă atingă și știam că nu eram singură, că nimeni și nimic nu mă va putea răni.

— Crezi că obiectele dispărute din statuete nu vor avea viață prea lungă, așa cum s-a întâmplat cu feribotul?

— Cine știe? a spus, așezându-se mai bine pe grămada de cărămizi.

— R zice că lucrurile din camera secretă vor exista multă vreme de acum înainte.

— Da, R crede cu adevărat în puterea ascunzătorii pe care am construit-o, deși eu mă cam îndoiesc. Bineînțeles, n-aș vrea să-i spun asta în față. La urma urmei, la ce mi-ar servi?

— Ai dreptate, n-are nici un rost. Numai că el e poate singurul de pe insulă care ar mai ști să explice despre lucrurile dispărute. Noi doi am uitat de mult ce reprezintă obiectele din sculpturi.

— Așadar, chiar dacă ținem piept Poliției Memoriei, nu vom izbuti să ne revoltăm în fața sorții care ne desparte de R, a spus el.

— Uneori mă surprind dorindu-mi ca următorul lucru care să dispară să fie chiar Poliția Memoriei. Atunci nimeni n-ar mai fi nevoit să se ascundă.

— Asta ar fi de-a dreptul nemaipomenit. Însă cum ar fi dacă ascunzătoarea ar înceta să mai existe înainte să dispară Poliția Memoriei? a zis bătrânul, frecându-și mâinile, poate de frig, poate pentru că era felul lui de a se ruga.

Îmi găseam cu greu cuvintele. Nu-mi pusesem niciodată această problemă. Într-adevăr, cum ar fi, de pildă, să nu mai știu ce se afla acolo, sub covor. Sau cum să deschid trapa. Sau motivul pentru care R se afla sub golul de dedesubtul podelei... Eram nedumerită.

Don a început să latre insistent, supărat că-l luasem la plimbare, dar îl țineam legat de un copac.

— Ia să nu mai despicăm atât firul în patru, am spus cu pretinsă veselie, încercând să-mi ascund tulburarea. Am trecut prin fel și fel de dispariții și le-am făcut față cu brio. Nimeni n-a avut de suferit, nimănui nu i-a prea păsat, chiar dacă era vorba de amintiri dragi. Sunt sigură că o să fie bine și de data aceasta.

Bătrânul și-a pus iar mâinile pe genunchi și mi-a zâmbit.

— Ai dreptate, a spus, și surâsul părea că i se dizolvă în umbrele înserării.

M-am ridicat de pe grămada de cărămizi, mi-am înfășurat bine fularul în jurul gâtului și m-am dus să-l dezleg pe Don.

— Soarele o să apună curând. Să nu răcești. Hai acasă, am spus.

Bucuros că era liber, Don a rupt-o la fugă și s-a gudurat la picioarele bătrânului.

— Ia-o înainte. Eu o să mai stau puțin aici. Apoi o să dau o raită pe la măcelărie în drum spre casă. Am găsit un loc dincolo de dealuri care e mai bine aprovizionat. M-am gândit să cumpăr niște șuncă de acolo.

— Cred că-ți ajunge pe ziua de azi.

— Nu, sunt bine. O să fie doar un mic ocol.

Chiar atunci mi-am amintit de drajeurile *ramune* și am scos punga de plastic din buzunarul fustei.

— Uite, să prinzi puteri.

— Ce-s astea? m-a întrebat el, întinzându-și gâtul și clipind.

— Se numesc *ramune*. Erau într-una dintre statuetele rămase de la familia Inui.

I-am golit în palme conținutul pungii. R și cu mine mâncaserăm două, așa că mai rămăseseră trei.

— E periculos să te plimbi cu așa ceva la dumneata. Dacă te prinde vreun control? a bombănit el, cu ochii țintă la drajeurile albe.

— Hai, gustă. O să ți se se dizolve imediat pe limbă.

A luat cu teamă una dintre bomboane și a dus-o la gură. Între degetele sale groase, tableta părea și mai mică. S-a strâmbat și a clipit iar.

— E foarte dulce, a spus, frecându-și pieptul.

— Dar e gustoasă, nu-i așa? Uite, poți să le mănânci pe toate.

— Da? Un lucru așa de rar... Frumos din partea dumitale că te-ai gândit și la mine.

La fiecare drajeu de *ramune* se strâmba și se freca pe piept. Când s-au terminat, și-a împreunat mâinile și a făcut o plecăciune.

— Mulțumesc.

— O iau înainte și ne vedem acasă.

I-am făcut cu mâna. Don a lătrat de două ori și m-a tras la vale.

— Pe curând!

Bătrânul mi-a zâmbit și a rămas pe stiva de cărămizi.

A fost ultima dată când l-am văzut în viață.

Capitolul 25

Pe la șapte și jumătate seara am primit un telefon de la spital. Bătrânul își pierduse cunoștința în fața unei măcelării. Îngrijorată că întârziase, tocmai ieșeam să-l caut când a sunat telefonul. Femeia – o asistentă sau o secretară – vorbea precipitat și nici nu se auzea prea bine, așa că nu am înțeles chiar tot ce-mi spunea. Totuși, am priceput că trebuia să merg imediat la spital.

După ce i-am dat lui R veștile prin pâlnia-interfon, am ieșit din casă valvârtej, luându-mi doar portofelul. Am crezut că o să găsesc un taxi, dar, cum n-a apărut nici unul, am fost nevoită să merg pe jos până la spital.

Bătrânul nu era în pat, ci fusese pus pe o masă de metal cu roți, care aducea cu un cărucior de bucătărie. Camera avea pereții plini de faianță și era foarte friguroasă. Trupul îi era acoperit cu o pătură decolorată, aspră, cu marginile descusute.

— L-am găsit căzut pe trotuar și o ambulanță l-a adus la noi, dar nu mai era conștient când a ajuns aici și făcuse stop cardiorespirator. Am încercat să-l resuscităm, dar a decedat la ora șapte și cincizeci și două de minute. Cauza morții… Hm… am găsit o hemoragie intracraniană, dar va trebui să mai facem niște analize, ca să stabilim exact ce s-a întâmplat.

Doctorul stătea lângă mine și vorbea, dar nu am priceput aproape nimic. La urechi nu-mi ajungea decât vocea plată a unui necunoscut.

— Știți cumva dacă a suferit vreun traumatism în ultima perioadă? Vreo lovitură puternică la cap?

Mi-am ridicat privirea spre doctor și am dat să răspund, dar durerea din piept m-a împiedicat.

— Hemoragia nu era profundă, ci imediat sub craniu. În astfel de cazuri, cauza este un traumatism la nivelul capului. Dar este posibil să fi făcut infarct și apoi să se fi lovit în cădere...

Și-a continuat explicațiile pe același ton fără inflexiuni.

Am ridicat un colț al păturii. Primul lucru pe care mi-au căzut ochii au fost mâinile împreunate pe piept. Mâini care n-o să mai meșterească niciodată nimic. Mi-am amintit de sângele roșu-închis care i se prelingea din ureche când a fost prins sub dulapul de bucătărie după cutremur. Mi-a revenit în minte și scena în care se străduia să înfigă furculița în murături sau să găsească obiectele din interiorul statuetelor. Să fi început sângerarea încă de atunci?

— Și totuși, dacă era bolnav, cum a putut să repare țeava de la canalizare, să-l tundă pe R...? am murmurat.

Dar doctorul nu m-a auzit. Cuvintele îmi fuseseră parcă absorbite de faianța de pe pereți.

Coșul de cumpărături, cu doi-trei morcovi și un pachet de la măcelărie, zăcea la picioarele mesei de metal.

*

La modesta ceremonie funerară au participat câteva rude îndepărtate – nepotul unui văr, o nepoată de soră împreună cu soțul, niște prieteni vechi și câțiva vecini. R, bineînțeles, nu l-a putut petrece pe ultimul drum.

Mi-a fost îngrozitor de greu să mă împac cu gândul că nu mai era printre cei vii. Pierdusem mulți oameni dragi, dar despărțirea de ei fusese cu totul altfel. Am fost, firește, răpusă de tristețe când mama, tata și bătrâna care m-a crescut muriseră. Mi-era dor de ei și-mi doream din tot sufletul să-i mai pot reîntâlni vreodată. Regretam momentele când fusesem egoistă sau rea cu ei. Durerea s-a estompat cu timpul. Morțile lor au devenit mai îndepărtate cu trecerea anilor, lăsând în urmă doar amintirile frumoase. Dar regulile de pe insulă nu se lăsau intimidate de moarte. Disparițiile își urmau, ca de obicei, cursul, insensibile la durerea despărțirii de cei dragi.

Și totuși, de data aceasta ceva se schimbase. Pe lângă tristețe, am fost copleșită de o neliniște rău-prevestitoare. Nu era neliniștea aproape palpabilă care mă făcea să mă întreb cât îl voi mai putea ascunde pe R fără nici un alt ajutor. Odată cu moartea bătrânului, pământul de sub picioare se transformase într-o crustă subțire, mișcătoare, iar eu mă pomenisem dintr-odată izolată, fără nici un tovarăș alături. Nimeni n-a venit să mă consoleze, să mă țină de mână. Nu am avut pe nimeni cu care să-mi împart imensul gol din inimă. Desigur, R m-ar fi înțeles, dar era departe, închis într-o cămăruță înghesuită și pătrățoasă, iar mie mi-era greu să pășesc până la el pe pojghița fragilă care ne despărțea. Rareori mai apucam să stau cu el după pofta inimii. Întotdeauna trebuia să mă întorc. Singură.

Materia lumii din jurul meu era atât de diferită de cea din jurul lui R! Împreună arătam ca o pietricică dintr-o grădină lipită cu clei de o figurină de *origami*. Bătrânul știuse mereu cum să-mi aducă alinare și căutase să fie liantul care să ne țină pe toți laolaltă. Din păcate, nu mai era printre cei vii...

Ca să-mi fac curaj, m-am dedicat obsesiv treburilor de zi de zi. Mă trezeam dimineața cu noaptea-n cap și pregăteam mâncăruri care mai de care mai sofisticate pentru R. La serviciu, capul mi-era plin de stratageme cum să fiu mai eficientă, mai organizată și cum să nu fac greșeli în orele de program. La piață, eram tenacitatea întruchipată. Oricât de mare era coada, mă așezam cu îndârjire la ea și nu mă lăsam până nu-mi umpleam coșul de cumpărături. Călcam la dungă rufele, reciclam bluzele și le transformam în fețe de pernă, deșiram puloverele scămoșate și tricotam veste din lâna lor. Bucătăria și baia erau mereu lună. În fiecare zi îl luam la plimbare pe Don și dădeam singură jos zăpada de pe acoperiș.

Noaptea, când mă târam în pat, ceea ce se prăvălea peste mine nu era somnul, ci o epuizare profundă, o neliniște copleșitoare. Închideam ochii și simțeam cum mă cuprinde panica și lacrimile se porneau să-mi șiroiască pe obraji. Cum nu puteam pune geană pe geană, mă așezam la masa de lucru cu manuscrisul în față, deși habar n-aveam ce să scriu. Pur și simplu nu știam cum altfel să-mi petrec noaptea.

Uneori scoteam o parte din obiectele dispărute pe care le ascunsesem lângă pâlnia interfonului și le înșiram pe paginile manuscrisului să le privesc, așa cum mă sfătuise R. Sinceră să fiu, nu prea mă interesau, mai ales că simțeam că inima mi se destramă fibră cu fibră. Totuși, ca să nu-l dezamăgesc pe R, alegeam unul-două lucruri care-mi picau în mână și continuam să mă holbez la ele noaptea. Și, când mă săturam de atâta privit, le atingeam, le miroseam, le desfăceam capacul, le întorceam cu cheița, le rostogoleam pe toate fețele, le țineam în lumină sau suflam peste ele – pentru că nu aveam idee la ce se folosesc.

Câteodată, unul dintre obiecte mi se dezvăluia preț de o clipă. Privirea mi se agăța de curbura molatică a conturului său ori de jocul de umbre și tresăream cu întrebarea pe buze: „Oare aceasta era revelația mult-așteptată de R?" Oricum, nu dura decât o fracțiune de secundă și mă pomeneam iar năucită, incapabilă să-mi revin. Din păcate, obiectele care mi se devoalau erau puține – marea majoritate rămâneau reci, impasibile, ferindu-se parcă de mine.

Anxietatea care mă cuprinsese după moartea bătrânului nu-mi dădea pace în continuare, dar măcar îmi găsisem o ocupație în nopțile insomniace și nu mai tremuram în pat, cu obrajii uzi de lacrimi. Când și când, frânturi de amintire înviau la vederea unui obiect. Erau și dăți în care mi se întâmpla să am străfulgerări de memorie de trei ori pe noapte, dar și dăți în care revelațiile mă ocoleau cu desăvârșire. Mi se părea că aceste momente meteorice mă călăuzeau către lumea lui R ca niște raze de soare, de aceea am început să le aștept cu tot mai multă nerăbdare, sperând ca strălucirea lor să lumineze hăul ce mi se căscase în inimă.

Într-o noapte, am făcut eforturi uriașe să aștern pe hârtie câteva cuvinte. Voiam să scriu despre frânturile întrezărite printre golurile inimii. Era prima mea încercare de acest fel după dispariția romanelor. Apucasem prost creionul, și ideogramele mi-au ieșit ba prea mari, ba prea mici, ba prea strâmbe.

Mi-am înmuiat picioarele în apă.

Asta era tot ce fusesem în stare să scriu într-o singură noapte. Am încercat de câteva ori să citesc propoziția cu glas tare, dar nu mă dumiream de unde-mi veniseră acele cuvinte, și, ce-i mai important, care era următorul pas.

A doua zi, i-am dat lui R manuscrisul. S-a uitat lung la el. Nu conținea decât un singur rând.

— Știu, e doar o mâzgălitură. Nu-i neapărată nevoie s-o citești. Îmi pare rău. Ar fi trebuit s-o arunc la gunoi.

Nu spunea nimic. Eram convinsă că-l dezamăgisem.

— Dimpotrivă, a zis în cele din urmă, punând manuscrisul pe masă, ai progresat! Până acum nu făceai decât să ștergi cu guma până rupeai foaia.

— Știu și eu dacă am progresat? Mâine s-ar putea să nu mai fiu în stare să scriu nimic.

— Nu vorbi așa! Povestea a început să prindă deja contur.

— Nu vreau să-ți faci prea multe speranțe. Până la urmă, ce înseamnă cuvintele pe care le-am scris? *A înmuia... picioare...apă...* Acum nu mai au nici un sens.

— Nu contează sensul. Într-un roman, mult mai importantă este profunzimea tainică a cuvintelor. Uite, acum ai ajuns în punctul în care urmează să extragi povestea. Sufletul încearcă într-un fel sau altul să reînvie o parte din lucrurile care s-au pierdut odată cu disparițiile, m-a încurajat el.

Se prea poate ca vorbele sale să fi fost niște minciuni frumoase, pe care le rostea ca să nu mă supere sau să nu-mi redeschidă rana provocată de moartea bătrânului. Oricum, nu mai conta care era motivul.

În aer nu plutea nici un fir de praf.
M-am uitat pe fereastră la pajiștea verde.
Vântul desena în iarbă modele
Ce semănau cu o bucată de brânză ronțăită de un șoricel.

Tot nu simțeam povestea. Am continuat să aștern rând după rând.

Ideogramele erau acum mai bine proporționate și încăpeau perfect în fiecare căsuță, dar mâna îmi tremura când trebuia să aleg un cuvânt.

— Minunat! Te descurci foarte bine!

Și R punea cu grijă în teancul de foi fiecare pagină nouă din manuscris.

*

Era prima dispariție de la moartea bătrânului. Stăteam în pat, adâncită în gânduri, încercând să ghicesc ce dispăruse. Afară era liniște, vecinii nu se agitau. Așadar, era un obiect fără însemnătate, care nu avea legătură cu viețile noastre de zi cu zi. Am vrut să mă ridic, dar aerul dens mi se înfășurase parcă în jurul trupului. Razele soarelui, filtrate de draperii, prevesteau o zi cenușie, cu ninsori abundente. Trebuia să ies din casă devreme, să prind tramvaiul de ora șapte. Întotdeauna se anunțau întârzieri în ziua disparițiilor.

Am tras plapuma și am făcut o descoperire stranie. Ceva mi se lipise de coapsă. Oricât aș fi tras, aș fi împins sau aș fi răsucit, nu se desprindea de mine, ca și cum mi-ar fi fost sudat de corp.

— Ce naiba?! am exclamat.

M-am agățat de pernă să-mi înăbuș sentimentul sinistru care mă cuprinsese. M-aș fi rostogolit din pat dacă nu m-aș fi apucat de ceva. La cea mai mică mișcare, obiectul care mi se prinsese de șold mă încurca și mă făcea să-mi pierd echilibrul.

Am stat nemișcată o vreme, cu fața lipită de pernă până m-am liniștit. Am atins protuberanța, și în palmă mi-a rămas o senzație rece. Să mă fi îmbolnăvit? Îmi crescuse peste noapte o tumoare uriașă? Cum să merg la spital cu ciudățenia aceea lipită de mine? M-am uitat din nou la ea. Era în același loc.

Cum nu puteam sta așa o veșnicie, m-am hotărât să mă scol și să mă îmbrac. Mai întâi, mi-am lăsat greutatea pe piciorul drept și am dat să mă ridic în capul oaselor, dar am căzut pe podea, cu o bufnitură, răsturnând coșul de gunoi. Cu chiu, cu vai, am reușit să mă târăsc până la șifonier și să trag din el un pulover și o pereche de pantaloni.

Cu puloverul a fost ușor, însă pantalonii m-au pus în încurcătură, pentru că aveau doi craci. Mi-am strecurat piciorul drept într-unul, dar nu știam ce să fac cu celălalt. Umflătura era tot acolo, în așteptare, sudată de coapsa mea. Nu era ceva să mă bage-n sperieți, dar părea piază-rea. Lungimea, forma și grosimea se potriveau perfect cu cel de-al doilea crac. Am încercat să apuc excrescența cu ambele mâini și s-o vâr prin gaura din pantaloni. Era grea și o mânuiam anevoie, dar în cele din urmă am izbutit. Tocmai când am terminat, m-a străfulgerat ideea că obiectul dispărut era piciorul meu stâng.

M-am chinuit îngrozitor să cobor scările fără să cad. A trebuit să mă țin bine de balustradă și să trag după mine protuberanța, adică piciorul. În hol, după un moment de gândire, m-am hotărât să-mi pun și pantoful stâng.

Pășeam cu poticneli, pentru că afară se așternuse zăpada. Ici-colo, vecinii începuseră să se adune pe străzi, nedumeriți de ce se petrecea cu trupurile lor, temători să nu cadă și să se lovească. Unii se țineau de ziduri sau de garduri, alții se deplasau împreună cu familia, sprijinindu-se unii de alții. De pildă, fostul pălărier mergea folosindu-se de o umbrelă în chip de baston.

— Ce ne facem? a șoptit cineva.

Ceilalți au dat vag din cap, fără să zică nimic. Era prima dată când ne confruntam cu așa ceva și nimeni nu știa cum să reacționeze.

— Unele dispariții ne-au luat prin surprindere, dar niciodată n-a fost ceva atât de șocant ca acum, a spus femeia care locuia în casa din diagonală. Ce se va alege de noi?

— Nimic. O altă gaură s-a căscat pe insulă. Și de ce-ar fi, mă rog, altfel decât celelalte dispariții? a spus un bătrân de la primărie, care locuia la vest de mine.

— Ceva nu-i în regulă. Mă simt de parcă aș fi fost făcut mii de bucăți...

De data aceasta vorbise pălărierul, care scurma în zăpadă cu vârful umbrelei.

— O să te obișnuiești. O să fie mai greu la început, dar asta e, n-ai încotro, trebuie să mergi mai departe.

— Până la urmă, sunt norocoasă, a făcut haz o bătrână care stătea la două case de mine. Jumătate din artrita mea s-a dus.

Am schițat un zâmbet slab, obosit.

Vorbeam și din când în când ne uitam în jos, la picioarele noastre. Oare răceala care se târa din zăpadă avea să ne redea iar senzația în membrul stâng? Poate că această dispariție fusese o greșeală... Sau cel puțin așa păreau să sugereze privirile pline de speranță de pe chipurile noastre.

— Bine, dar cum scăpăm de el? am spus, luându-mi inima în dinți să dau glas întrebării care mă rodea.

Bărbatul de la primărie a mormăit ceva, bătrâna care avea probleme cu genunchii a pufnit pe nas, iar vecinul de peste drum și-a făcut de lucru cu mânerul umbrelei. Fiecare căuta un răspuns.

Chiar atunci trei agenți din Poliția Memoriei s-au apropiat de noi de la celălalt capăt al străzii. Încordați, ne-am strâns grămadă pe trotuar să nu le stăm în cale. Nu știam ce vor spune dacă ne găseau acolo, pierzând timpul.

Ieșiseră să patruleze, îmbrăcați în uniformele obișnuite. Primul lucru a fost să mă uit la picioarele lor stângi. Am văzut că erau intacte. Am răsuflat ușurată. Dacă nici Poliția Memoriei nu știa cum să se debaraseze de picioarele lor, nu avea cum să ne învinovățească pe noi. Numai că polițiștii mergeau fără poticneli, fără să se dezechilibreze, de parcă se antrenaseră pentru asta.

Când au trecut de noi și ne-am asigurat că nu ne mai văd, pălărierul a luat cuvântul.

— Cred că nu-i nevoie să scăpăm de picioarele noastre dacă agenții din Poliția Memoriei le au încă atașate de șold.

— Ai dreptate. Bine că nu trebuie să le tăiem cu fierăstrăul.

— Să le ardem, să le îngropăm, să le dăm drumul pe apă, să le abandonăm. Pesemne că pentru unele lucruri nu s-a inventat o metodă anume.

— Poate că între timp o să se gândească ei la ceva.

— Sau picioarele o să ne cadă pur și simplu, ca frunzele din copac.

Am spus fiecare ce ne trecea prin cap, apoi ne-am întors anevoie la casele noastre. Bătrâna a căzut chiar în fața porții și vârful umbrelei pălărierului a rămas înțepenit într-unul din nămeți.

Don ieșise din cușcă și dădea târcoale ușii de la intrare. După ce m-a zărit, a venit în goană, împrăștiind zăpada în toate părțile. Când a ajuns lângă mine, mi-am dat seama că și el fusese afectat de dispariție.

— Și tu, băiete? Lasă, o să fie bine.

L-am luat în brațe. Laba stângă din spate îi atârna neputincioasă în aer.

*

Noaptea aceea, R mi-a masat îndelung protuberanța lipită de șold, de parcă eforturile lui mi-ar fi putut salva piciorul.

— Când eram mică și aveam febră, mama mă freca pe tot corpul, așa cum faci tu acum, am șoptit.

— Vezi? Piciorul nu ți-a dispărut dacă ai o amintire cu el.

Mi-a zâmbit și m-a apăsat mai tare.

— Tot ce se poate, am răspuns în doi peri, cu ochii în tavan.

De fapt, senzațiile provocate de mâinile mamei și de cele ale lui R erau complet diferite. Pe picior nu simțeam nici urmă de căldură la atingerea lui, doar sentimentul neplăcut al unui lucru care se freacă de altul. Am tăcut, pentru că m-am gândit că s-ar simți rănit dacă i-aș fi împărtășit acest gând.

— Uite, a zis, unghiile de la picioare, netede și transparente precum coaja unui fruct. Și aici sunt călcâiul și glezna. Sunt la fel ca la piciorul drept. Genunchiul descrie o curbură frumoasă, care îmi încape perfect în palmă. Dacă îl apeși, simți oasele de dedesubt unite într-o rețea complicată. Coapsele tale sunt uluitor de albe, gambele, catifelate și calde. Pot să-ți simt fiecare părticică din piciorul stâng, fiecare zgârietură, vânătaie sau adâncitură. Cum poți spune că a dispărut?

A îngenunchiat lângă pat, iar mâinile continuau să i se miște.

Am închis ochii. O groapă adâncă, mustind de apă limpede, în care nu mai plutea nici un fir de amintire, mi se căscase pe dinăuntru. Mâinile lui R i-au tulburat nemișcarea, dar la suprafață n-au ieșit decât câteva bule, care s-au spart imediat, fără nici un zgomot.

— Mă bucur că ești aici. Ceilalți nu sunt la fel de norocoși ca mine să aibă alături pe cineva care pune atâta preț pe obiectele dispărute.

— Îmi vine greu să-mi închipui ce se petrece acum afară...

— Să știi că lumea nu s-a schimbat atât de mult. Golurile din inimi sunt tot mai multe și mai dese. Noi ridicăm din umeri și mergem liniștiți mai departe, mulțumindu-ne cu ce a mai rămas, așa cum am făcut dintotdeauna. Și totuși, de data asta, oamenii sunt mai agitați. E prima dată când conviețuiesc cu un lucru dispărut, de care nu se pot debarasa. Eu aproape că am ajuns să mă obișnuiesc – și asta datorită ție.

— Vă chinuiți prea mult să scăpați de obiectele declarate dispărute.

— Se poate. Oricum, nu prea avem de ales. Nu putem nici să ne ardem piciorul, nici să-l strivim, nici să-l aruncăm în mare sau să-l dizolvăm în cine știe ce compus chimic. Măcar facem tot posibilul să nu ne mai uităm la el. Mai devreme sau mai târziu, lucrurile vor reveni la normal.

— Vor reveni la normal? Cum adică?

— Adică golul apărut după pierderea piciorului își va găsi în cele din urmă locul în inimile noastre.

— Dar de ce să vă doriți asta? De ce să vreți să dispară totul? Eu am nevoie de tine întreagă.

A oftat și și-a plecat privirea în pământ. Am dat să-l ating pe față, dar m-am oprit, pentru că piciorul stâng era cât pe ce să mi se rostogolească din pat. R mi l-a luat în mâini și mi-a lipit de gambă un sărut tăcut, aproape un suspin.

M-am gândit ce minunat ar fi dacă i-aș fi simțit buzele pe carnea de dinainte de dispariție. Acum era doar o senzație de apăsare ușoară, ca și cum ar fi pus pe mine un bulgăre de lut.

— Mai stai puțin așa, i-am spus.

Nu simțeam decât golul crescând înlăuntrul meu, dar îmi plăcea să mă uit cum R se agăța cu disperare de el.

— Sigur că da. Oricât!

Capitolul 26

Încet-încet, ne-am obișnuit și fără picioarele stângi. Viața n-a mai fost niciodată ca înainte, dar trupurile noastre au căpătat un nou simț al echilibrului și am început să trăim după cu totul alt ritm. În cele din urmă, am izbutit să stăm drepți fără să ne ținem de ceva, să ne mișcăm fără să ne fie teamă că o să cădem și să mergem mai puțin poticnit. Am învățat să ne controlăm corpurile fără să ne provocăm prea multe neplăceri.

Până și Don alerga prin curte, se urca pe acoperișul cuștii să se lăfăie la soare sau sărea să scuture ramurile din grădină. Uneori, când îi cădea în cap prea multă zăpadă, venea în fugă să-mi ceară ajutorul, dar numai ce îl ștergeam puțin și îl mângâiam sub bărbie, că se întorcea într-un suflet la copac, punându-le gând rău celor mai groase și mai încărcate cu omăt crengi.

Am așteptat și am tot așteptat, dar picioarele nu ni s-au atrofiat și nici n-au căzut de la sine. Au rămas pur și simplu la locul lor, atașate de coapse. Oricum, nimănui nu-i mai păsa, pentru că nu ne mai aminteau cum se numea excrescența prinsă de șold. Partea bună era că nu mai trebuia să ne batem capul cum să ne debarasăm de ea.

Arestările au început să se țină lanț. Cei care înainte se folosiseră de toate tertipurile să treacă neobservați nu-i mai putuseră duce de nas pe polițiști după dispariția piciorului stâng. Era uimitor să constați cât de mulți reușiseră să se prefacă și să se fofileze fără să fie închiși de Poliția Memoriei sau fără să se obosească să-și găsească o ascunzătoare. Simțul echilibrului îi dădea de gol, iar agenții îi luau imediat la ochi după felul în care își distribuiau greutatea pe un singur picior, după alinierea mușchilor sau mișcarea lină a articulațiilor.

Nu mai aveam cum să comunic cu soția lui R după moartea bătrânului, iar acțiunile represive îngreunaseră și mai mult situația. Trăiam cu teama ca nu cumva telefoanele să fie ascultate, iar o întâlnire între patru ochi ar fi fost și mai riscantă. Pentru R, scrisorile și pachetele fuseseră singurele legături cu viața de dinainte. Nu-l puteam feri de primejdie decât ținându-l în camera secretă. La un moment dat, mi-a venit ideea unui limbaj cifrat. De pildă, în anumite zile și ore, puteam lăsa telefonul să sune de trei ori înainte să închid. Acesta ar fi fost semnalul că R era sănătos. Și invers, dacă soția lui mi-ar fi telefonat imediat, sunând tot de trei ori, aceasta ar fi însemnat că mesajul fusese recepționat.

După o perioadă de ezitări, m-am hotărât să merg la școala părăsită să las o scrisoare. Numai că, odată ajunsă acolo, n-am mai găsit decât niște resturi de nerecunoscut. Pesemne cutia fusese distrusă de cutremur sau strivită sub greutatea zăpezii. Printre scândurile sfărâmate am întrezărit un termometru spart. M-am tot codit, dar, până la urmă, am pus scrisoarea printre rămășițe. Nu era rău că trusa meteorologică arătă jalnic, mi-am zis, pentru că, în felul acesta, n-ar fi atras atenția nimănui. Dar oare soția lui R mai venea pe aici după scrisori?

La ora stabilită, am format numărul, am lăsat telefonul să sune de trei ori, după care am închis. Apoi am așteptat.

Telefonul a țârâit de trei ori, apoi ecoul i s-a topit în bezna nopții.

*

Am continuat să aștern pe hârtie cuvinte fără noimă. Îmi lipsea verva de odinioară și nici nu credeam că avea să-mi mai revină vreodată. Spre deosebire de perioada de după arderea bibliotecii, când cuvintele mă ocoliseră cu desăvârșire, acum începeau timid să prindă mai mult contur. Îmi aminteam vag detalii din povestire – degetele dactilografei sechestrate în turn, modelul de pe parchet, stiva de mașini de scris, ecoul pașilor pe scări.

Mă chinuiam să umplu paginile cu litere, dar, din păcate, scriam dezamăgitor de puțin într-o singură noapte. Erau momente în care eram atât de slăbită și de frustrată, că-mi venea să arunc manuscrisul pe fereastră, dar, ca să mă calmez, luam în palme unul dintre obiectele dispărute, împrumutate din camera secretă, și trăgeam de câteva ori aer în piept.

Cu trecerea timpului, feribotul s-a scufundat și mai mult. Când îl scoteam pe Don la plimbare, făceam un popas la ruinele bibliotecii și mă așezam pe o grămadă de resturi arse, să privesc marea. Singurătatea locului îmi inspira o stare de liniște. Du-te-vino-ul mașinilor de pe drumul de coastă de-abia dacă mai răzbătea până la mine. Gurile rele spuneau că Poliția Memoriei plănuia să-și construiască un nou sediu aici, dar, judecând după mormanele de resturi carbonizate, erau slabe șanse să se apuce de construcție prea curând.

— Mai știi când ne-am întâlnit aici cu bătrânul? l-am întrebat pe Don. Nici nu mi-am închipuit că avea să fie ultima dată când îl vedeam.

Nepăsător la cuvintele și grijile mele, Don zburda încolo și-ncoace.

— Trebuia să-mi fi dat seama că nu se simțea bine. Și totuși... totuși arăta ca de obicei. Serios, blând, același om pe care te puteai bizui la orice oră din zi și din noapte. Pe față însă i se citea o mare tristețe, o infinită singurătate. Parcă voia să ceară ajutor, dar se jena, așa că rămăsese cu privirea în pământ, fără să spună nimic. Deși aproape că-l podidiseră lacrimile, se străduia să zâmbească stins. Mi se frânge inima când mă gândesc la chipul lui, pe jumătate ascuns în penumbră. Ce n-aș da să-l mai pot strânge o dată în brațe, să-l îmbărbătez, să-i spun că totul va fi bine – așa cum el însuși făcea când eram la ananghie.

Am scos un covrigel din buzunar, l-am mărunțit, iar bucățelele i le-am aruncat lui Don. Câinele sărea și se răsucea, prinzându-le cu dibăcie din aer. L-am aplaudat, iar el și-a înălțat botul, făcând alte și alte de giumbușlucuri, doar-doar o mai primi o porție.

— Dacă aș fi știut din timp de cheagul de sânge, poate aș mai fi reușit să-l salvez...

Cuvintele erau mai dureroase când le rosteam cu glas tare.

Am aruncat o privire feribotului. Când valurile mari se izbeau de el, pupa de-abia i se mai zărea. Nu mai era mult până ce vasul nu avea să se mai vadă deloc. Am simțit un junghi în piept gândindu-mă la clipa în care va fi complet înghițit de ape. Oare când voi mai urca dealul și mă voi uita la suprafața netedă a mării, îmi voi mai aminti că feribotul fusese cândva acolo? O să-mi mai aduc aminte de prăjitura pe care am mâncat-o în cabina căpitanului împreună cu bătrânul? O să-mi mai revină în minte momentele în care puneam țara la cale sau după-amiezile în care stăteam pe punte, rezemați de balustradă, uitându-ne la soarele care apunea?

*

Când ne-a dispărut brațul drept, am fost mai puțin bulversați ca atunci când am rămas fără piciorul stâng. Nu am mai lenevit în pat, întrebându-ne ce s-a întâmplat, nu am mai stat cu orele până să ne dumirim cu ce să ne îmbrăcăm și nu ne-am mai stors creierii cum să scăpăm de lucrurile dispărute. Bănuiam că, mai devreme sau mai târziu, urma și una ca asta...

Dispariția părților corpului a fost, de fapt, mai ușoară și mai liniștită decât celelalte, pentru că nu am mai fost nevoiți să ne adunăm prin piețe să le ardem sau să le dăm drumul pe apă. Ne-am văzut de rutina din fiecare dimineață, acceptând noul gol din viețile noastre.

Tabieturile mele zilnice au suferit câteva schimbări subtile. De pildă, nu mai puteam să mă dau cu ojă. Am găsit o cale să bat la mașină doar cu mâna stângă. Îmi lua o veșnicie să curăț legumele. Mi-am mutat inelul de pe mâna dreaptă pe stânga... Oricum, nimic dintre toate acestea nu mi s-a părut din cale-afară de greu. Trebuia să las lucrurile să-și urmeze cursul.

Bineînțeles, nu mai putea coborî scara ce ducea la camera secretă. Nu mai eram în stare să car tava cu mâncare, ci i-o întindeam lui R prin ușiță, având mare grijă să n-o vărs, apoi șontâcăiam, sprijinindu-mă de el. Urcatul scărilor era și mai anevoios, pentru că mă luptam și cu treptele, și cu trapa până să izbutesc să mă târăsc prin deschizătura îngustă, sub privirile îngrijorate ale lui R.

— Într-o bună zi nu voi mai putea ieși sau intra în cameră, i-am spus.

— Prostii! O să te trag la mine și o să te țin în brațe ca pe o prințesă, a spus, întinzându-se după mine.

Mâinile sale își păstraseră fermitatea, deși în ultima vreme nu se ocupaseră decât cu sortarea chitanțelor sau lustruitul argintăriei. Erau suple și vii, spre deosebire de membrul meu drept, care se întărise ca o bucată din ipsos.

— Ar fi minunat, am spus. Dar cum o să ții în brațe ceva ce a dispărut?

Mâinile i-au căzut pe genunchi. S-a uitat la mine și a clipit de două-trei ori, ca și cum n-ar fi priceput întrebarea.

— O să vezi c-o să pot.

— De atins, mă poți atinge, dar de simțit, nu simt nimic.

— Cum adică? Nici aici nu simți? a spus, prinzându-mi cele două membre întărite, care îmi atârnau betege de umeri și de șold.

Tivul fustei mi s-a unduit în aer și părul mi-a căzut în ochi.

— Știu prea bine câtă grijă ai avut de mine. Și mai știu că îți aduci aminte de o sumedenie de obiecte dispărute, cum ar fi cutia muzicală, biletul de feribot, muzicuța sau *ramune*. Dar lucrurile acestea s-au dus. Pentru mine, nu-s decât niște scurte străfulgerări asemenea bățului de artificii sclipind în întuneric. Ai uitat că a fost vreodată aprins îndată ce ultimele scântei se topesc în aer. Toate sunt niște iluzii – piciorul... brațul... lucrurile de pe raft...

M-am uitat în jur la obiectele din cameră, apoi mi-am dat părul după urechi. R a încercat să-mi pună papucii. Urmele degetelor lui pe gleznă și pe gambă au dispărut într-o clipă, iar membrele mi-au redevenit de ipsos.

— Corpul o să-mi dispară bucată cu bucată, fibră cu fibră, am spus, plimbându-mi privirea pe vârfurile degetelor de la picioare, pe genunchi, pe șolduri, pe piept.

— Nu mai spune asta!

— N-are a face ce spun. Disparițiile merg mai departe. Mă întreb ce urmează. Urechile? Gâtul? Sprâncenele? Poate șira spinării? Ce va mai rămâne din mine? Probabil nimic. O să dispară totul.

M-a prins pe după umăr și m-a tras spre el.

— Mâna mea dreaptă și piciorul stâng nu mai sunt adevărate. Oricât le-ai îmbrățișa, oricât le-ai mângâia, au ajuns două carcase goale... niște bucăți de piele năpârlită... Chiar acum, cât vorbim, simt că dispar puțin câte puțin și mă preling încet printre golurile de aer.

— Nu vreau să te duci.

— Nici eu nu vreau. Îmi doresc să stau aici, cu tine. Numai că nu se mai poate. Inima mea și a ta sunt trase în direcții opuse. A ta mustește de căldură, de viață, de sunete și mirosuri, pe când a mea se răcește și se preschimbă în piatră. La un moment dat, se va frânge în mii și mii de sloiuri de gheață.

— Nu te las să pleci. Stai cu mine aici, unde sunt păstrate toate amintirile – și smaraldul, și sticla de parfum, și fotografiile, și calendarul...

— Eu?... Aici?

— De ce nu?

— Nu se poate, am spus, scuturând din cap la ideea aceea năstrușnică.

Brațul inert mi-a alunecat din pat și mi s-a lovit de genunchi.

— De ce nu? Aici suntem apărați – tu, eu, obiectele ascunse în statuete. Nici chiar Poliția Memoriei n-o să fie în stare să ne găsească.

— Sfârșitu-i aproape. Îl simțeam încă dinainte să-mi dispară piciorul și mâna... Îl simțeam după felul în care mă furnică pielea și-mi amorțește. Cu siguranță, se va petrece ceva. Poate peste câteva zile... Poate peste câteva săptămâni, dar de întâmplat, se va întâmpla negreșit. Nu-mi pare rău că voi dispărea, că voi înceta să mai exist, dar mă îngrozește gândul că, la un moment dat, va trebui să te părăsesc.

— Fii pe pace. O să te țin aici, în siguranță, în camera noastră secretă, a zis, așezându-mă cu tandrețe în pat.

Capitolul 27

Uneori mă surprinde că nu-l urăsc. Ar trebui să-l ocărăsc, să-l iau la bătaie, să-l fac să sufere, deși știu prea bine că n-ar avea nici un rost. La urma urmei, m-a înșelat, mi-a furat vocea și m-a închis aici, dar tot nu-l urăsc... De fapt, când îmi întorcea coada lingurii, s-o apuc mai ușor, când îmi ștergea clăbucul din ochi, când mă îmbrăca și îmi scotea părul prins în fermoar – cu alte cuvinte, când se purta frumos cu mine –, simțeam pentru el un val de afecțiune. Știu, toate acestea erau niște fleacuri pe lângă ce mi-a făcut. Și totuși... când dădeam cu ochii de degetele sale, care se mișcau anume parcă pentru mine, nu mă puteam abține să nu-i fiu recunoscătoare. Da, sună prostește, dar măcar sunt sinceră...

Pesemne că sentimentele acestea erau dovada că începeam să mă contopesc tot mai mult cu atmosfera din încăpere. Trăirile legate de lumea exterioară se estompaseră și se transformaseră în emoții care au ajuns să se armonizeze perfect cu locul acesta.

Încet-încet mă lăsa vederea. Mormanul de mașini de scris, patul, clopotul, mărunțișurile din sertarul biroului erau lipsite de contur, încețoșate. Lumea de afară, întrezărită prin crăpătura din spatele cadranului ceasului, era parcă ascunsă de un văl întunecat. Chiar și în după-amiezile însorite, iarba din curtea bisericii părea cenușie, pâcloasă, iar oamenii, niște umbre fremătătoare.

Mă mișcam cu încetinitorul, fie că mă spălam pe față, fie că-mi schimbam hainele. Mă tot împiedicam de trusa cu unelte a ceasornicarului sau mă izbeam de spătarul scaunului. Când îl simțeam în preajmă, eram încordată ca un arc. Nu se enerva deloc să mă vadă atât de neîndemânatică, dar nici nu ridica un deget să mă ajute, ci prefera să mă privească în tăcere, pe buze cu un surâs care-mi dădea fiori, ca și cum cineva mă mângâia pe coaste cu o pensulă de gheață.

Curios, deși ochii îmi jucau feste, pe el îl vedeam surprinzător de clar, până în cele mai mici detalii, ca, de pildă, felul în care își agita degetele prin aer. Într-o zi s-a întâmplat un lucru neobișnuit. După prânz, la scurtă vreme după ce se terminase cursul de dactilografie pentru începători, am auzit pași care urcau în turn. Erau lenți și mărunți, foarte diferiți de ai lui. S-au oprit șovăielnic la câteva etaje mai jos, apoi și-au continuat drumul.

„Cine să fie?"

Habar n-aveam ce să fac. Nu știam dacă intrusul îmi voia binele, sau, dimpotrivă. Să fi fost vreo legătură între el și cel care mă sechestrase? Aflase cumva de existența mea? De ce venise până aici? Întrebările nu-mi dădeau pace. Eram complet nedumerită, mai ales că până acum nimeni în afară de el nu mai pusese piciorul în această cameră. Nici mie nu-mi trecuse prin minte să urc în turn pe vremea când mergeam la cursul de dactilografie.

Ecoul pașilor aducea cu un ciugulit de cioc de pasăre pe scările de lemn. În mod sigur, persoana purta pantofi cu toc, prin urmare era o femeie, ba aș fi spus chiar o femeie tânără.

Ezita, de parcă s-ar fi temut de ce avea să descopere la capătul șirului nesfârșit de trepte. Pe măsură ce se apropia, opririle sale erau tot mai dese. Poate că obosise, sau doar se întreba unde ducea scara aceasta îngustă și abruptă, care părea că nu se mai termină. În orice caz, mai avea puțin până să ajungă.

Cioc, cioc, cioc. A bătut de trei ori. Ședeam pe podea, cu capul între genunchi. Ciocăniturile au trezit în ușa de lemn un ecou uscat, străvechi, pe care nu-l observasem până atunci, pentru că el nu bătea niciodată la ușă, ci apărea pur și simplu, zornăindu-și inelul de chei.

Aceasta ar putea fi șansa mea! Cineva de la cursul de dactilografie se ostenise să urce până aici. Poate auzise zgomote sau pur și simplu venise din curiozitate. Nu eram în stare să strig, dar cel puțin mă puteam duce la ușă să bat în ea, să-i dau de înțeles că eram înăuntru. Și probabil că persoana ar fi dat fuga după ajutor la biserică. Sau poate ar fi sunat direct la poliție, sau, de ce nu, ar fi spart încuietoarea. Astfel, aș fi izbutit să mă întorc în sfârșit în lumea de-afară!

Cu toate acestea, am rămas ghemuită pe podea, incapabilă să-mi mișc vreun mușchi. Inima îmi bătea nebunește, buzele îmi tremurau. Pe frunte mi-au apărut broboane de sudoare.

„Grăbește-te! Dacă nu faci ceva, o să plece!", am urlat în gând, însă o altă voce interioară mi-a șoptit: „Nu! Nu te mișca! Cum o să-i explici situația în care singură te-ai băgat? Cum o s-o convingi că agresorul, profesor de dactilografie, ți-a furat vocea și te-a sechestrat într-o cameră plină cu mașini de scris? O să creadă așa o poveste trasă de păr? Și cum, mă rog, o să-i spui? Ai uitat că nu poți vorbi? Ochii, urechile, carnea, fiecare fibră din corp s-au transformat să se potrivească perfect cu această încăpere. Să presupunem că te-ar ajuta, cum ți-ai mai recupera după aceea lucrurile pierdute?

Crezi că ai mai găsi în mormanele de fier vechi, mașina de scris în care ți-e captivă vocea?"

Mi-am acoperit urechile cu mâinile. Mi-am băgat și mai mult capul între genunchi, mi-am ținut răsuflarea și m-am rugat ca necunoscuta să se dea bătută. Era limpede că îmi lipsea curajul de a mă întoarce în lume.

Nu știu cât am stat așa. Ea a zgâlțâit lacătul și a apăsat pe clanță de câteva ori, apoi a oftat și a plecat. Pașii s-au îndepărtat. Îi auzeam coborând în spirală din ce în ce jos. Chiar și după ce ecoul lor s-a stins, am rămas nemișcată, paralizată de teama că s-ar putea întoarce.

Spre seară mi-am luat inima în dinți să mă uit prin crăpătura din spatele ceasului. Bineînțeles, n-aveam cum să știu care fusese tânăra care se aventurase până aici. În grădina din curtea bisericii, elevii de la orele de după-amiază se amestecau cu cei de la cursurile de seară. Trăsăturile feței, îmbrăcămintea și forma pantofilor lor erau pentru mine niște pete întunecate. Singurul lucru care îmi sărea în ochi era o siluetă de lângă straturile de flori, stând la șuetă cu învățăceii. Imaginea mi se lipise de retină dureros de vie.

În noaptea aceea și-a făcut apariția cu o mulțime de haine ciudate, nu la fel de extravagante ca precedentele, dar nici din cele pe care le-ai fi purtat pe stradă. Materialul era ordinar, fără înflorituri, iar cusăturile grosolane. Eram dezamăgită, nu pentru că îmi plăcea să port rochii fistichii, ci din cauza lipsei sale de interes. Așadar, pasiunea lui pentru mine să răcise…

— Ai primit vreo vizită azi? m-a luat el repede.

Am tresărit și am scăpat pe jos hainele. Cum de știuse? Și, dacă știuse, de ce n-o oprise pe necunoscută să vină aici? De ce să riște să i se afle secretul? M-am uitat în jos, năucă.

— A ciocănit cineva la ușă?

Am încuviințat fără tragere de inimă.

— Și de ce nu i-ai cerut ajutorul? a insistat pe când strângea veșmintele împrăștiate pe podea. Ai fi putut să bați și tu în ușă, să târșâi pe podea un scaun, să arunci cu o mașină de scris în pereți... Erau o mie de feluri în care ai fi putut să-i atragi atenția.

Înlemnisem, neștiind ce răspuns să-i dau.

— De ce n-ai fugit? În scurt timp ai fi fost liberă.

M-a prins de bărbie.

— Ai preferat să rămâi aici. De ce?

Și m-a tot descusut, deși știa prea bine că fără voce n-aveam cum să-i răspund. Ce urmărea de fapt?

— E elevă la cursul de începători, a spus într-un final, renunțând la tirul de întrebări. Mai are multe de învățat. Nu se pricepe să bată la mașină decât cuvinte disparate, și acelea pline de greșeli. Azi m-am pomenit cu ea pe cap, chestionându-mă ce-i în vârful turnului. Se pare că în copilărie se împrietenise cu paznicul ceasului și voia să urce până sus, în amintirea vremurilor de altădată. I-am spus că n-am nimic împotrivă. Oricum, bătrânul nu mai locuia acolo, iar camera era folosită pe post de magazie. Desigur, era liberă să se convingă cu ochii ei.

„De ce n-ai oprit-o? Dacă până la urmă m-ar fi găsit?"

M-am uitat lung la el.

— Eram sigur că nu mai ești în stare să te întorci în lume. Ești deja pe jumătate absorbită de camera aceasta.

Cuvântul „absorbită" a plutit îndelung între noi doi. După câteva minute i-am luat hainele din brațe și m-am schimbat. Din câteva mișcări, materialul s-a mulat pe mine.

— Ia spune-mi, nu te-a strigat?

Am scuturat din cap.

— Păcat. Mi-ar fi plăcut s-o auzi. Are o voce frumoasă, dar nu în sensul clasic al cuvântului. Mai degrabă neobișnuită,

cu o rezonanță profundă în cavitatea nazală, combinată cu umezeala limbii și cu tremoloul unduitor al buzelor. Un glas dulce, că aproape îți topește timpanele.

Privirea i s-a oprit pe mormanul de mașini de scris. Lustra se balansa de la o pală de vânt care intrase prin crăpătura din spatele cadranului ceasului.

— E o elevă mediocră. Poate chiar sub medie. Se ghebosează când bate la mașină și încurcă „W“ cu „O“, sau „B“ cu „V“. Are degetele scurte și dolofane ca ale unui copil și încă n-a învățat să schimbe banda de tuș. Și totuși, în clipa în care deschide gura, totul din jur capătă strălucire, de parcă vocea ei ar fi o ființă fantastică.

Când și-a încheiat tirada, m-a ridicat de pe podea și m-a dus în pat.

„De ce-mi spui toate astea? Ce ai de gând cu ea? Ce vrei să faci cu vocea ei?“

Am încercat să mă eliberez din îmbrățișarea lui, dar îmbrăcămintea bizară m-a îngreunat. El mi-a țintuit gleznele cu o mână și m-a imobilizat.

— Mai trebuie să exerseze să-și dezvolte viteza și precizia, altfel nu pot să-i prind glasul în mașina de scris. Când o să rămână fără voce, clapele nu se vor mai mișca deloc.

*

Treptat, vizitele lui s-au rărit. O mare parte a timpului mi-am petrecut-o singură. Nu mai primeam veșminte extravagante și hrana era puțină și proastă. O dată pe zi, poate chiar mai rar, îmi lăsa un platou rece cu legume fierte și un codru de pâine, după care se făcea nevăzut, fără să-mi arunce o privire, fără să deschidă ușa mai mult decât era nevoie ca să-mi strecoare farfuria cu mâncare. Știam că e el după zăngănitul veselei trântite pe podea.

Vederea și auzul îmi slăbeau tot mai mult. Trupul, descojit de suflet, zăcea pe dușumea exilat într-un colț întunecos. Cât timp avusese grijă de mine, fusesem mai proaspătă, mai împlinită, pe când acum mă simțeam la fel de lipsită de grație ca un bulgăre de lut. Acestea să-mi fi fost mâinile, picioarele, sânii? Știam că fără atingerea lui nu se vor mai trezi niciodată la viață. El fusese singurul care mă vizita, iar gândul c-o să mă uite, c-o să-mi întoarcă spatele, mă făcea să mă înfior.

Într-o seară am vrut să-mi înmoi picioarele în chiuvetă, să mă asigur că le mai am. Apa era limpede și rece. Mi-am băgat mai întâi degetele, apoi toată gamba, dar nu simțeam nimic – poate doar niște furnicături. Membrele îmi pluteau parcă în aer. Nici nu-mi mai aminteam cum era pe vremea când erau reale.

M-am ridicat pe marginea chiuvetei și m-am uitat pe ferestruica de la baie. Luna plină plutea pe cer, dar ochii mei slăbiți nu distingeau decât niște raze palide. Orașul arăta ca un câmp de luminițe încețoșate, care se întindeau dincolo de linia orizontului ca o pajiște ce se înălța până la cer. Vântul desena pe iarbă modele ce semănau cu o bucată de brânză ronțăită de un șoricel.

Am încercat să-mi cufund în apă mâinile, fața, pieptul. Viața se scurgea din mine, atrasă de gravitația unui loc îndepărtat, inaccesibil.

*

Cât timp să fi trecut de când n-a mai venit? Cât să fi fost de când n-am mai pus în gură decât o felie de pâine râncedă cu gem? Mi-era greu să mănânc pâinea tare. Slăbiciunea mă copleșise nu pentru că nu mă mai hrănea, ci pentru că eram încet-încet absorbită în straturile profunde ale camerei. Am pus deoparte felia tare și veche și am lins doar gemul.

Mi-am ciulit urechile, așteptând să-i aud pașii urcând scara. Cel mai mic scârțâit mă făcea să tresar.

„Vine!“

Dar oftam dezamăgită când îmi dădeam seama că era doar șuieratul vântului sau șobolanii fojgăind sub podea.

De ce nu mă mai vizita? De ce nu-și dădea seama că vocea, corpul, senzațiile, emoțiile mele existau numai și numai pentru el?

Poate chiar în acel moment avea curs de dactilografie cu cealaltă. Îi atingea degetele cu răbdare, cu blândețe, ca să grăbească procesul de capturare a vocii în mașina de scris.

Am închis ochii. Sfârșitul era aproape. M-am rugat să vină fulgerător, fără durere, fără tristețe, fără griji. Îmi doream să mă simt precum una dintre pârghiile din mașina de scris, care a revenit la loc, pe poziție, după ce corpul de literă fixat pe ea tocmai atinsese pagina.

*

Se auzeau pași. „El e!“, mi-am zis. În urma sa venea cineva cu tocuri. Cele două ecouri se împleteau, apropiindu-se tot mai mult de ușă. Ea trebuie să fi avut în brațe o mașină de scris cu clapele blocate.

Camera mă absorbea lacomă. Poate măcar acum o să-mi regăsesc vocea pierdută! Pașii s-au oprit. El a băgat cheia în broască.

Sosise clipa.

Capitolul 28

Am pus jos creionul și mi-am așezat capul pe birou. Eram de-a dreptul extenuată. Pe lângă efortul de a scrie și a lega cuvintele între ele, mă ajunsese și oboseala fizică. Nu-mi mai rămăseseră prea multe părți din corp...

Ideogramele scrise cu mâna stângă îmi ieșiseră strâmbe, slabe și tremurătoare, pe alocuri chiar șterse. Foaia arăta ca și cum cuvintele plângeau. Am strâns paginile și le-am prins într-o agrafă de birou. Nu eram prea convinsă că aceasta era povestea pe care o aștepta R, dar măcar reușisem să aștern mai multe rânduri pe hârtie. Eram mulțumită că isprăvisem singurul lucru pe care aș fi vrut să i-l ofer. „Eul" meu din roman se volatilizase și el...

Deși cărțile nu dispăruseră de mult, povestea mea făcuse un mic ocol să ajungă în acest punct. Avusese loc un cutremur, se scufundase feribotul, statuetele de la soții Inui se sparseseră, dând la iveală obiectele dinăuntru, urmase vizita la cabana din munți, punctul de control și moartea bătrânului. Toți cei de pe insulă presimțeau ce-i așteaptă, dar nu vorbeau despre asta. Nu se temeau și nici nu încercau să scape din fața destinului. Înțelegeau natura disparițiilor și știau deja cum să le facă față.

R era singurul hotărât să mă țină aici și, deși știam că eforturile sale erau zadarnice, nu m-a lăsat inima să-l descurajez. Mă masa pe corpul ciuruit de atâtea dispariții, îmi depăna povești despre obiectele dispărute, în speranța că-mi voi aminti ceva, ba chiar arunca pietricele în mlaștina din inima mea, dar acestea, în loc să se oprească pe fund, continuau să se rotească în cercuri, rătăcindu-se în adâncuri.

— Bravo! Nici nu știi cât mă bucur că ai terminat. E ca în vremurile bune de altădată, când între mine și tine încă mai exista *o poveste*.

A mângâiat cu drag manuscrisul.

— M-am străduit, dar n-a fost de ajuns să oprească destrămarea.

I-am pus capul pe piept, copleșită de slăbiciunea care mă făcea să nu mă mai pot ține pe picioare.

— Încearcă să te odihnești. Dormi aici, dacă vrei. O să te simți mai bine.

— Mă întreb dacă povestea va rămâne și după ce voi dispărea.

— Bineînțeles. Fiecare cuvânt pe care l-ai scris va continua să existe ca amintire, aici, în inima mea, deci nu va dispărea. Poți fi sigură de asta!

— Atunci mă bucur să las măcar o urmă a trecerii mele pe-aici.

— Haide, culcă-te puțin.

— Da, am spus, închizându-mi ochii.

Apoi m-am cufundat într-un somn adânc.

*

Când ne dispăruse piciorul stâng, ne pierduserăm echilibrul și nu știuserăm dacă aveam să ne descurcăm. Acum, când corpurile ni se dezintegrau aproape de tot, nu mai păream la fel de tulburați. Curios, dar eram parcă mai coerenți și ne-am adaptat relativ ușor. Aveam senzația că golurile dănțuiau alene prin aer precum firele de iarbă în bătaia vântului.

Don nu mai putea sări să dea jos zăpada de pe ramuri, dar a descoperit și alte giumbușlucuri folosindu-se de laba stângă din față, fălci, urechi și coadă. Când avea chef să tragă un pui de somn, se făcea covrig și își punea capul pe labele din spate, după cum îi era obiceiul, apoi rămânea o clipă descumpănit când realiza că nu mai erau acolo.

O nemișcare densă punea rapid stăpânire pe insulă. Se căscase o imensă prăpastie între obiectele care se degradau și dispăreau și lucrurile noi, de-abia create. Nimeni nu se mai obosea să repare crăpăturile apărute pe stradă în urma cutremurului. Restaurantele, cinematografele și parcurile din oraș se închiseseră. Circulau din ce în ce mai puține trenuri, iar feribotul se scufundase complet.

Printre puținele lucruri care se mai produceau pe insulă se numărau ridichile *daikon*[1], varza chinezească, măcrișul, puloverele și păturile făcute de băbuțele de la fabrica de tricotaje și combustibilul adus cu cisterna. Nimic altceva, cu excepția ninsorii care cădea neobosită și care nu dispărea niciodată.

Uneori mă gândeam că poate era mai bine că bătrânul murise întreg, până să apuce să-i dispară părți din corp. Încă îmi mai aminteam cu drag de mâinile sale!

Suferise destul și, decât să piardă și mai multe lucruri, cel puțin murise stăpân pe propriul corp. Întins pe masa de metal, trupul său părea rigid și rece, dar brațele, umerii,

1. Specie de ridiche cu rădăcina albă și lunguiață, foarte apreciată în bucătăria japoneză. (N. tr.)

pieptul și picioarele încă îi mai păstrau din forța blândă care ne apărase pe mine și pe R.

Bănuiesc că nu mai avea mare importanță ordinea în care aveau loc disparițiile. Într-un final, toate aveau să piară...

Zilele se scurgeau monoton. Mergeam la serviciu. Băteam la mașină cu mâna stângă. Îl scoteam pe Don la plimbare. Pregăteam o masă frugală. Scoteam așternuturile la aerisit, iar nopțile mi le petreceam cu R în camera secretă. În afară de asta, nu mai știam ce altceva să fac.

Era un chin să cobor scara îngustă care mă ducea în ascunzătoare. Îl strigam pe R, apoi mă prăbușeam în brațele lui întinse. El mă prindea întotdeauna cu ușurință.

Numai că, oricât de strâns ne-am fi îmbrățișat, hăul care ne despărțea era din ce în ce mai mare. Trupurile noastre – al lui perfect simetric, puternic și viu, al meu slăbit, împuținat și inert – nu se mai potriveau deloc. Armonia dintre ele dispăruse. Cu toate acestea, el nu voia să se dea bătut și mă trăgea cu disperare spre el. Mă podidea plânsul când îi vedeam nerăbdarea cu care își întindea brațele spre mine, își întorcea capul sau își îndoia genunchii.

— Hai, nu fi tristă! îmi zicea, ștergându-mi lacrimile de pe obraji.

În astfel de momente îmi spuneam că eram norocoasă că obrajii nu-mi dispăruseră încă. Dar, fără să vreau, gândul îmi zbura spre viitor, când nu voi mai avea nici obraji, nici cum să-mi șterg lacrimile. Și atunci mă apuca și mai tare plânsul, și lacrimile îmi șiroiau încontinuu.

*

Mâna cu care scrisesem povestea, ochii împăienjeniți de lacrimi, obrajii uzi... Toate au dispărut rând pe rând și, în cele din urmă, nu mi-a mai rămas decât vocea. Celor de pe insulă li se șterseseră contururile care-i ancorau în existență, iar glasurile li se rătăceau prin aer. Era destul o clipă de neatenție ca vocea mea invizibilă să zboare departe, purtată de vânt.

Nu mai trebuia să mă las în brațele lui să cobor în camera secretă. Nu mai era nevoie să ridic trapa, pentru că acum mă puteam strecura prin cea mai mică deschizătură. Dispariția completă a corpului a fost, de fapt, o eliberare.

— Știi, cred că sub formă de voce voi accepta mai ușor finalul. Cu liniște și calm, fără durere sau întristare.

— Nu te mai gândi la asta! a spus R.

Îmi dădeam seama că voia să-și întindă brațele spre mine, dar s-a oprit, cu mâinile în aer.

— În sfârșit, o să poți părăsi ascunzătoarea. Vei fi liber să te întorci în lume. Poliția Memoriei nu mai face de mult razii. Cum să aresteze oamenii din care n-au mai rămas decât vocile?!

Am dat să zâmbesc, dar apoi mi-am dat seama că n-ar fi avut nici un rost.

— Lumea de afară-i muribundă, strivită sub povara zăpezii. Cu toate acestea, unei inimi atât de bogate în amintiri ca a ta i-ar fi ușor să supraviețuiască. Sunt convinsă că și ceilalți din ascunzători o să ți se alăture să topiți împreună pojghița de gheață din jurul vostru.

— Degeaba, dacă n-o să fii și tu cu mine.

Încerca să-mi atingă cumva vocea.

— Simt că mi-am pierdut rostul, că nu mai sunt de folos, a zis.

— De ce vorbești așa?

A vrut să îmbrățișeze aerul în punctul unde își imagina că prinde contur glasul meu. Deși nu nimerise exact locul, i-am simțit căldura trupului.

Ca la un semn, curentul din încăpere și-a schimbat brusc direcția și vocea mi-a fost încet înghițită de lumea de afară.

— Te rog să ai grijă de cameră și după ce nu voi mai fi. Sper ca amintirile să trăiască veșnic prin tine.

De-abia mai răsuflam. M-am uitat în jur. Între cutia muzicală și muzicuță corpul meu zăcea pe podea cu picioarele rășchirate, cu mâinile pe piept, cu privirea în jos. Mi l-am închipuit pe R mângâindu-mi trupul ca să și-l amintească mai bine, așa cum făcuse odinioară cu cutia muzicală și cu muzicuța.

— Chiar trebuie să te duci? m-a întrebat, îmbrățișând aerul.

Reziduurile vocii mele sunau fragil, răgușit.

— Adio!

O vreme, R a țintuit cu privirea golul din căușul palmelor. După ce s-a convins că nu mai era nimic acolo, brațele i-au căzut inerte pe lângă corp. A urcat anevoie scara treaptă de treaptă și a ridicat chepengul. O fracțiune de secundă, razele soarelui au inundat locul, apoi s-au stins de îndată ce ușița s-a închis cu un scârțâit.

Rămasă singură în camera secretă, am continuat să dispar.

La prețul de vânzare se adaugă 2%,
reprezentând valoarea timbrului literar.

În seria de autor **Eric-Emmanuel Schmitt**
au apărut

Milarepa
Domnul Ibrahim și florile din Coran
Oscar și Tanti Roz
Copilul lui Noe
Viața mea cu Mozart
Secta Egoiștilor
Evanghelia după Pilat
Pe când eram o operă de artă
Cea mai frumoasă carte din lume și alte povestiri
Concert în memoria unui înger
Visătoarea din Ostende
Cei doi domni din Bruxelles
Femeia în fața oglinzii
Elixirul dragostei
Otrava iubirii
Noaptea de foc
Adolf H. Două vieți
Omul care vedea dincolo de chipuri
Răzbunarea iertării
Doamna Pylinska și secretul lui Chopin
Félix și izvorul invizibil
Jurnalul unei iubiri pierdute

În seria de autor **Amos Oz** au apărut

Scene de viață campestră
Rime despre viață și moarte
Poveste despre dragoste și întuneric
Cum să lecuiești un fanatic
Odihnă desăvârșită
Cutia neagră
Să nu pronunți: noapte
Muntele Sfatului Rău
Soțul meu, Michael
Pantera din subterană
Între prieteni
Sumki
Evreii și cuvintele (coautoare: Fania Oz-Salzberger)
Să cunoști o femeie
Iuda
Fima
Deodată în adâncul pădurii
Dragi fanatici
Din ce este făcut un măr? Convorbiri cu Shira Hadad

În seria de autor **Isabel Allende** au apărut

Casa spiritelor
Zorro
Fiica norocului
Eva Luna
Povestirile Evei Luna
Paula
Despre dragoste și umbră
Portret în sepia
Țara mea inventată
Inés a sufletului meu
Planul infinit
Suma zilelor
Insula de sub mare
Caietul Mayei
Dragoste
Jocul RIPPER
Amantul japonez
Dincolo de iarnă
O lungă petală de mare
Ce vrem noi, femeile? Despre dragostea nerăbdătoare, viața lungă și ursitoarele bune

În seria de autor **Mario Vargas Llosa** au apărut

Mătușa Julia și condeierul
Lituma în Anzi
Orașul și câini
Rătăcirile fetei nesăbuite
Cinci colțuri
Istoria lui Mayta
Casa Verde
Băieții și alte povestiri
Chemarea tribului
Cine l-a ucis pe Palomino Molero
Elogiu mamei vitrege
Povestașul
Paradisul de după colț
Vremuri grele

În colecția **Raftul Denisei** au apărut

Kurt Vonnegut, *Tabachera din Bagombo*
Zeruya Shalev, *Viața amoroasă*
David Foenkinos, *Către frumusețe*
Karen Viggers, *Soția paznicului de far*
Lorenzo Marone, *Mâine poate am să rămân*
Holly Ringland, *Florile pierdute ale lui Alice Hart*
Anuradha Roy, *Toate viețile pe care nu le-am trăit*
Melanie Benjamin, *Femei de Oscar*
Guzel Iahina, *Copiii de pe Volga*
Hiro Arikawa, *Memoriile unui motan călător*
Romain Gary, *Educație europeană*
Heather Morris, *Călătoria Cilkăi*
Ismail Kadare, *Generalul armatei moarte*
Yu Hua, *Ziua a șaptea*
Yōko Ogawa, *Înotând cu elefantul, în brațe cu pisica*
Roddy Doyle, *Zâmbește*
Sara Gruen, *Apă pentru elefanți*
Frances Mirrales, *Biblioteca de pe Lună*
Alan Hlad, *Lungul zbor spre casă*
George Saunders, *Pastoralia*
Paula McLain, *Soția din Paris*
Lisa Strømme, *Doamna Nobel*
Colson Whitehead, *Băieții de la Nickel*
Ji-min Lee, *Eu și Marilyn*
Grigori Slujitel, *Zilele lui Savelie*
Maja Lunde, *Istoria apelor*
Jeanette Winterson, *Frankisstein*
Boualem Sansal, *Trenul de Erlingen*
Annette Hess, *Casa germană*
Núria Pradas, *Aroma timpului*
Ludmila Ulițkaia, *Cazul doctorului Kukoțki*

Melanie Benjamin, *Doamna de la Ritz*
David Mitchell, *Conacul Slade*
Italo Svevo, *Viitorul amintirilor*
Ismail Kadare, *Dimineți la Café Rostand*
Eddy de Wind, *Auschwitz, ultima stație*
Jessie Burton, *Confesiunea*
Matteo Strukul, *Michelangelo ereticul*
Daniela Krien, *Iubirea în caz de urgență*
Anaïs Nin, *Henry și June*
Romain Gary, *Lady L.*
Ann Patchett, *Casa Olandeză*
Lev Tolstoi, *Anna Karenina*
Kate Morton, *Grădina uitată*
Laura Imai Messina, *Ce încredințăm vântului*
Kate Morton, *Casa de lângă lac*
Maria Stepanova, *În amintirea memoriei*
Christian Escribà, Sílvia Tarragó, *Cofetăria cu miracole*
Ludmila Ulițkaia, *A fost doar ciumă*
J.M. Coetzee, *Moartea lui Isus*
Norris von Schirach, *Cei mai frumoși ani din viața lui Anton*
Evgheni Vodolazkin, *Istoria Insulei*
Cho Nam-joo, *Kim Jiyeong, născută în 1982*
Simona Lo Iacono, *Albatrosul*
Nick Bradley, *Pisica și orașul*
Heather Morris, *Povești despre speranță*
Nikos Kazantzakis, *Ascensiunea*
Anthony Doerr, *Despre Grace*
Susana Fortes, *Iubirea nu e un vers liber*
Anaïs Nin, *Delta lui Venus*
Julie Orringer, *Portofoliul fugii*
Paula McLain, *Când stelele se întunecă*
Narine Abgarian, *Din cer au căzut trei mere*
Susan Choi, *Exercițiu de încredere*
Akira Mizubayashi, *Inimă frântă*
Laura Lindstedt, *Prietena mea Natalia*
Yōko Ogawa, *Poliția Memoriei*